U0484072

告别文星镇

邝立新 著

江苏凤凰文艺出版社
JIANGSU PHOENIX LITERATURE AND
ART PUBLISHING

图书在版编目（CIP）数据

告别文星镇 / 邝立新著. -- 南京 : 江苏凤凰文艺出版社, 2025. 1. -- ISBN 978-7-5594-7944-0

Ⅰ. I247.7

中国国家版本馆CIP数据核字第20242CJ257号

告别文星镇

邝立新　著

责任编辑　孙金荣
责任印制　杨　丹
出版发行　江苏凤凰文艺出版社
　　　　　南京市中央路 165 号，邮编：210009
出版社网址　http://www.jswenyi.com
印　　刷　三河市华东印刷有限公司
开　　本　880 毫米 × 1230 毫米　1/32
印　　张　7.625
字　　数　166 千字
版　　次　2025 年 1 月第 1 版
印　　次　2025 年 1 月第 1 次印刷
标准书号　ISBN 978-7-5594-7944-0
定　　价　58.00 元

目录

猫头鹰

李如泉回来了！

这个消息如同一场地震，在文星镇引起轰动。人们在巷子里碰见，先是东张西望，确认周边无人，再低声交谈，好像害怕李如泉听到。最早看到并散布这个消息的，是住在桥头的牛解凤。那天下午，她坐在门口剥毛豆。远远看到一个人走过来，刚开始她还以为是要饭的，穿得破破烂烂，头发乱糟糟的，胡须花白。等那人走近，她才认出是李如泉。“他额头上有块胎记嘛，黑不溜秋的，这个总不会变。”她像是见到鬼，一把扔下毛豆，跑回屋里，哐当一声带上大门。慌忙之中，她将白瓷碗打翻，一碗绿油油的毛豆撒在地上，跟尘土混在一起。

“这个老不死的狗东西，我要亲手宰了他！”父亲在饭桌上说出这句话时，我差点被一口饭噎住。在我的印象中，父亲性情温和，很少说出这种粗话。“好人不长寿，坏人活千年啊！”母亲说完这句话，把我紧紧搂在怀里。我把母亲轻轻推开，对她说："妈，我已经不是小孩子，这个老疯子能把我怎么样？我迟早会帮哥哥报仇的，你们放心吧。""老大还在的话，今年也十七八岁了，他成绩那么好，应该能考上大学吧。"母亲低头抹起泪来。

自从多年前哥哥遭遇不幸，这个家就彻底改变了。不仅是人数上的变化，更像一张波澜不惊的桌子，突然间缺了一条腿，从此很难保持平衡。父母经常因为无关紧要的琐事爆发争吵。每次吵完，他们又会抱头痛哭、自责不已。而我，成了家里孤零零的孩子。他们像城里家长一样，每天轮流去学校接我，细心照料我，寸步不离跟着我，甚至很少让我出去跟别的孩子玩。这种过度的关爱，让我透不过气来，甚至让我成为小伙伴嘲笑的对象。直到我上了镇里的初中，他们才稍微放松一些。李如泉的意外归来，让他们再次变得紧张兮兮。

在他们惊魂未定的时候，我决定先去一探究竟。李如泉住在镇子中间地带。穿过阒寂无声的巷子，心跳莫名加速，总感觉有人跟着我。回头张望，后面却空空如也。我站在门口，犹豫了两分钟，还是决定转身回去叫李少军。李少军正在家里看《名侦探柯南》，我拖他出来时，他极不情愿。看在我帮他打过架并负伤的情面上，他最终趿拉着拖鞋出来。出门时，他特意叮嘱妹妹，回来告诉他剧情。

"一个李如泉而已，至于嘛。"他说。

"我不是怕他，你不是对这个老疯子有兴趣吗？正好一起去看看。"

“听大人说了十几年，也不知道长什么样？不会有三头六臂吧。”

“你《西游记》看多了，哪有什么三头六臂。”

两人说着，已经走到李如泉家附近。说是家，其实是一座长久无人居住、房梁倒塌、瓦片掉落的破旧房屋。

“你先走，别推我。”李少军嘴上说不怕，身体却很诚实地往后退。

事已至此，我只好硬着头皮往里闯。我敲了几下门，无人应答，便径直推开门进去。半个屋子坍塌，几缕光线射进来，房屋半明半暗。屋里空空荡荡，几无家具。我壮着胆子喊了一声：“有人吗？有人吗？李如泉，你在不在？”声音从房屋缝隙泄露出去，好似水雾进入天空，很快消失得无影无踪。

我提起的心渐渐放下。人不在。还好不在。如果真有一个人从黑暗中出来，白发苍苍、眼窝深陷、瘦骨嶙峋，手里还提着一把明晃晃的刀，我会不知所措甚至魂飞魄散吧。李少军跟我一样，脸上的表情自然许多。“我说没事嘛，有什么好怕的？”确认没有危险，他开始大大咧咧吹牛。他一脚踢翻一个烂脸盆，脸盆在地上滚出去很远，最后被门槛挡住，倒扣在地面上，发出一声闷响。房屋中间放着一把皮开肉绽的转椅，上面积满灰尘。卧室铺着一张床，床上不知是哪儿捡来的烂被褥，散发出阵阵异味。无论如何，这里的确有人住进来。

“哇哇哇——呜呜呜——”几声诡异的叫声从黑暗中传来。我浑身打了个激灵，头皮阵阵发麻。“你听到了吗？叫声！”李少军一脸惊恐，紧紧抓住我的手。叫声再次传来，我们循着声音找去，在一堆瓦砾中发现叫声来源。原来是一只出生不久的雏鸟，嘴巴张成大大的横V形，一副嗷嗷待哺的模样，已经饿了很久。这是一只猫头鹰雏鸟，浑身毛茸茸，软软的，灰黑羽毛点缀有几点白色，像刚孵出不久的鸡仔。与瘦弱的身体相比，它的头部之硕大，让我们惊奇不已，尤其是两只圆圆的、带着黄褐光圈和宝蓝色眼珠的眼睛，看起来极为可爱。

我找了一个鞋盒，铺上干稻草，在侧面戳了两个小孔，把它安置在里面，藏在少有人知的阁楼。那是我和哥哥的秘密基地。我们在上面养过麻雀、喜鹊、燕子、布谷、翠鸟甚至蝙蝠，但从没养过猫头鹰。哥哥说这种鸟昼伏夜出，很少被人抓到。后来我还没想明白，这只猫头鹰从哪里飞来的？哥哥说，养鸟是为了观察，了解它们的习性，一直关在笼子里，会把鸟养死的。每次跟哥哥到野外放生，看着它们挥动翅膀，盘旋着，飞入天空，我也感到某种纯粹的快乐。

李少军说："我们就叫它'蓝宝石'吧。"

对于那些心中仍有悲痛的父母而言，李如泉像一颗钉子，一颗锈迹斑斑的钉子，扎在他们身上最柔软的地方。如果没有那桩轰动一时的案件，时至今日，文星镇也许仍寂寂无闻，许多人的命运不会因此而改变。最初那几年，父母亲也不知该如何面对这个残酷事实。他们试图抹去哥哥生活过的痕迹，似乎这样就能把悲伤放下，却又舍不得扔掉他的奖状、课本、学生证。他们有意无意提起再要一个孩子，却像那些同样失去孩子的父母，一再以失败告终。

过了几天我才想起，多年前父亲说过同样的话。哥哥出事后，父亲提起家里菜刀就往李如泉家里冲，嘴里喊着“我要亲手宰了他”。可是李如泉早已被押送到看守所。从那以后，再也没在文星镇出现过。悲痛不已的父亲只好挥着刀，把这座无人居住的房子乱砍一气。以李如泉的罪行，不判死刑，也是无期。在人们心里，他早已是个死去的、不可能再出现的人。他们没想到的是，李如泉不仅活着，还回到镇上，每天在街上晃荡，赫然证明道义并不总是如愿伸张。

父亲找出一把锈迹斑斑的尖刀，坐在天井边，用砥石反复磨洗，直到刀刃变得锃亮。阳光之下，反射着不寒而栗的光。母亲看到父亲默默磨刀的样子，心中担忧，反过来劝他：“你可不要去干傻事，他是神经病，杀人不用偿命，你犯法可是要坐牢的。”父亲瓮声瓮气道：“我心里有数，可是我不做点什么，心里堵得慌。”母亲就叹一口气，转身离开，头也没回地嘀咕道：“最近怎么老听见楼上有声音，听了瘆得慌，老二，你有空去看看，是不是有野猫什么的。”我说：“等会儿就去。”

“蓝宝石”已经长大一些。它把我和李少军当作了亲人，每次见面就跳到我们的胳膊上，一步一顿地走路，头部随着身体上下晃动。最可笑的是，它能把自己的头扭到身后，扭出一个不可思议的角度。只是它的声音越来越大，白天还好，到了晚上发出“呜呜呜”的声响。我警告过它很多次，却始终无济于事。等母亲发现，她必定会追问它的来历。要是她知道这是从李如泉家抱回来的，绝不会轻饶过我。在此之前，只能暂时交给李少军，让他放在一个安全的地方。

父亲磨了半个月刀，终于下定决心行动。那天中午，母亲正好不在，他在外面喝了酒，已有几分醉意。他把刀别在背后，带着我去仇人家里。有了父亲壮胆，尤其是想到那把雪白锃亮的尖刀，我不再像上次那样害怕。父亲说："君子报仇，十年不晚，十年前他欠我们家的一刀，今天要原封不动还给他。"我说："欠债还钱，杀人偿命，这是天经地义的道理。"父亲说："这一刀我来，看看我怎么给你哥报仇。"我说："爸，你喝了酒，让我来。"父亲说："你还年轻，有什么事我来扛。"冷风呼啸，嗖嗖灌进巷子里，带来阵阵寒意。父亲的脸红通通的，有一种大义凛然的神情。

走到门口，父亲敲了两下门，还没来得及听里面反应，就一脚踹开了门。一个枯瘦如柴、面无血色的老头坐在凳子上。这是我第一次见到李如泉。他看到我们，似笑非笑，神情猥琐怪异，脸上那块黑色胎记愈发突兀。父亲盯着他足足看了半分钟，开口说："李如泉，你认不认得我？"老头迟疑片刻，摇摇头。父亲说："十年喽，老子今天来报这个仇，杀了你这个狗东西，给我儿子的亡灵祭奠。"说罢，他从背后抽出那把刀。血红色夕阳在刀刃上反射出一道亮光。我睁大眼睛，屏住呼吸，感觉血脉贲张，仿佛自己握着尖刀，正插入李如泉的心脏。

"住手！"

我和父亲被不期而至的吼声吓了一跳。母亲不知何时出现在门口，左手搭着门框，右手按着胸部，大口大口呼吸。"把刀放下，李诚义，你也要做杀人犯吗？你还带着儿子来行凶，你这个酒醉鬼，你还要不要这个家？"父亲握刀的手颓然放下。那股即将喷涌而出的激情，又生生回到体内，这让他的脸变得扭曲。他把刀放回背后，怔怔站在原地。忽然，他快步上前，朝李如泉的脸颊狠狠抽了一记耳光。李如泉也不反抗，反而立起身子，敬了一个滑稽的军礼，嘴里含糊不清地说“领导辛苦”。父亲显然不知所措，再次扬起的手臂，也没有打下去。

回去的路上，母亲哭泣抱怨道：“都一把年纪，还这么冲动，真是越老越蠢，老子蠢儿子也蠢，李诚义哎，我跟着你这辈子都毁了，一个儿子没了，还要赔上一个吗——”夕阳照在巷口，风愈加冷冽。父亲的酒已经醒了。我和父亲垂头丧气，像是打了败仗归来的士兵。我盼着能早点回家，不用在街上丢人现眼。可是这条巷子永无尽头，就像深不见底的泥潭，裹挟着我们不断下沉。

李少军说最近有些奇怪。自从“蓝宝石”来到他家，家里就经常出现死鼠。有天早上，他妈妈踩到软绵绵的物件，低身细瞅，看见一只龇牙咧嘴的老鼠，吓得差点把手上的碗扔掉。我想了下说：“会不会是‘蓝宝石’自己抓的？”他说：“不可能，‘蓝宝石’关在笼子里，怎么捉老鼠？”我说：“那你家里有猫吗？”他说：“没有啊，我妈最讨厌猫，一来就往外轰。”我说：“那就奇怪，哪儿来的死鼠？难道是想不开自己服毒自尽的？”他说：“我家里也没有投毒啊。”

他这句话倒是提醒了我。自打上次铩羽而归，父亲愈加沉默。刀，已经不再磨。他自己也明白，磨得再锋利，也没多大意义。李如泉经常在街上捡拾残羹冷炙，或者站在门口等着别人施舍。他不仅没有饿死，脸上还日渐丰腴，渐渐有了血色。我对母亲说："你在给他的饭菜里下点药，量足一点，万事大吉。"母亲正色道："谁给你出的馊主意？李如泉固然该死，千刀万剐也不足惜，但我们不能动手，我现在一天都不想见到这个老叫花，看见心里就堵得慌，你们把他送走了才好。"许久不吭声的父亲，此时冒出一句话："我怎么没想到呢？"

把李如泉送走，很可能不仅仅是母亲的心愿，也是镇上许多人的想法。毕竟没有人想跟杀人犯朝夕相处——即便他已经无力行凶。父亲为此谋划许久。他最初想借一辆汽车，把李如泉拖到一个人迹罕至的地方扔下。但镇上有车的人毕竟少之又少，即便有车，也不会愿意借给父亲，让他干这种事情。后来他打算用自己的摩托车，但又担心李如泉不肯老老实实坐在后面，或者走到路上跳下来，回到镇上。李如泉再傻，这种事情也只能干一次，必须毕其功于一役。反复考量，父亲认为坐大巴车最保险，人多，李如泉也不会起疑心。他去跟李如泉说，县城里新开了一家超市，里面有很多好吃的，可以免费试吃的，不用花钱，想吃多少就吃多少，问李如泉想不想去。李如泉眨巴眨巴眼睛说："想去，但是没钱。"父亲说："我帮你出车费，你回来帮我搬东西就行。"李如泉说："那行。"

多年后回想起来，那是父亲带着我走得最远的一次。天还没亮，父亲就把我叫醒。母亲早已起来准备早饭，厨房里水气弥漫，锅碗瓢盆叮当作响。母亲动作轻快，举止间透露出即将解脱的愉悦。开大巴车的老高师傅，对父亲的举动心知肚明，同样默默地配合着。看到李如泉跟着我们上车时，我心里生出某种愧疚感。毕竟自己跟许多人一起，合谋将他骗到陌生地方，任其自生自灭。

但想到父亲的悲愤、母亲的眼泪，我的心肠又硬了。这一切，都是他该得的。

李如泉此刻就坐在离我不到 50 厘米的地方。他茫然而好奇地望着窗外风景。朝阳越过山峰，透过早晨的白雾，在旷野上投射出一层红光。冬日将至，稻田早已收割，田野只有一丛丛枯黄秸秆和肆意疯长的杂草，以及衣不蔽体的稻草人。寒风呼啸，稻草人露出怪异的微笑，好像嘲笑我和父亲的无能，嘲笑我们可笑的复仇。李如泉也笑了。他在笑什么呢？笑他将要流落他乡的凄凉生活吗？对他而言，还有什么可以失去？如果我们无权剥夺他的生命，所有的报复都无济于事，只不过让我们心里好受一点而已。哥哥已经不在，这个事实无法改变。

上午九点，我们三人已经到达县城。不同于镇上三天一次的集市，县城每天都有人做买卖，还有冒着黑烟、四处乱窜的三轮车和数不清的店铺。米粉店里雾气蒸腾，新鲜猪肉堆在案板上。李如泉说，饿。父亲买了两个包子塞给他。他一路走一路吃，口水滴滴答答流出来。吃完，刚好走到汽车站。父亲买了三张去谷城的车票。李如泉用衣袖擦了擦嘴说："不是去超、超市吗？"父亲说："对，还要坐一班车，才能到超市，叫丰茂大超市，什么都有，随便买，放心吃。"

大客车载着我们驶离县城，窗外风景渐渐变得杂芜。车内弥漫着鞋袜臭味、狐臭味、啫喱水味还有呕吐后未清理干净的腐食味。李如泉坐在最后一排，随着客车有规律的颠簸，他的眼皮不住地往下掉，终于陷入沉睡。不知道为什么，我突然有些害怕，对父亲说："要不我们下车吧，他已经睡着了。"父亲摇摇头，指着外面那片果园说："看见了吗？这就是柑子园，我们在这里下车，难道要走回去？"停顿片刻，他又说："柑子园的事你知道吗？"我说："不知道。"他说："好多年前，我在谷城读师范，那时候你还没出生呢，你哥也才一两岁，我每个礼拜都从这里经过。柑子园的柑橘好吃又便宜，每次客车到了这里就会停下，让我们下去买一些。有一回，柑子园出了命案，一个年轻姑娘遭人奸杀。据说那女孩就在这儿下的车。你看看，里面密密麻麻全是树，要是谁躲在里面干点坏事，还不是容易得很。后来这个案子一直没破。不仅没破，隔了三个月又出事了，还是一个女的被害，也是在柑子园里头。警察把这里封锁起来，地毯式搜索，几天几夜，也没有找到蛛丝马迹，那个罪犯好像长翅膀飞走了，至今还是悬案呐。""没人会在柑子园下车。"父亲喃喃自语，像是警告我，又像给他的故事结一个尾。我再看窗外那片遮天蔽日的树林，竟有一种阴森森的氛围，索性不提下车的事，闭上眼睛打起瞌睡。

客车到达谷城，已近中午。太阳明晃晃罩在头顶，一阵温热袭来，夹杂着汽油味儿。一个老妪下车，蹲在路边呕吐不止，在地上留下一摊白花花的流质。我们快步走出汽车站。这里跟我们的县城并没有多大区别，同样嘈杂，同样混乱，同样千篇一律，就连卖皮鞋的店名也一样，都叫"步步高"。李如泉龇着牙问："超市呢？"父亲说："先吃饭，吃完再逛超市。"李如泉说："吃饭，好，吃饭。"

我们找了一家饭店。父亲点了红烧鱼、小炒肉、酸辣土豆丝、紫菜蛋汤，还要了两瓶啤酒。三个人围坐着，开始狼吞虎咽，偶尔端起塑料杯碰一下。在别人看来，这就是最平凡的祖孙三人：家中女眷不在，只好到饭店解决，或者为了庆祝某些值得庆祝的事情到外面大吃一顿。如果忽略吃相的难看，甚至有某种其乐融融的氛围。李如泉大概很久没有（也许好多年）在饭店吃饭，吃得极为投入。他端起菜碗，把肉、汤和辣椒倒进自己碗里，把米饭和菜搅拌均匀，然后大口大口往嘴里扒。腮帮鼓起，两片嘴唇上下包住，下颚带动喉结反复滑动。几粒米从嘴角漏出，跟汤汁、汗水混在一起，“啪嗒”一声掉在桌上。我光顾着看他，甚至忘了自己吃饭，直到父亲轻声提醒，按照之前的约定，我先离开饭店。

我和父亲坐在返程的汽车上，谁也没有说话。我们也没有亏待他，让他饱餐一顿，毕竟父亲带我去饭店的次数屈指可数，我默默想着。父亲闭着眼睛，脸上有一种大功告成后的平静。李如泉也许会流落街头，但不一定会饿死，只不过谷城多了一个身份不明的老叫花。但对父亲而言，此事非做不可，至少当时我是这么认为的。客车再次经过柑子园，缓缓停下。我心怀忧虑地望着外面，望着那片挂着金黄果实、魅影重重的橘林。人们从座位上起身，从过道里依次出去。父亲此刻也醒了，他看我坐在位置上彷徨的模样，便催促道：“下去买椪柑啊，谷城特产，很好吃的。”我说：“不是说不能在柑子园下车吗？”父亲说：“嗨，多少年前的事了，有什么可怕的？再说我们又不走远，就在下面买几斤，没事的。”

客车再次发动时，车里弥漫着橘皮清香，人们剥开橘子，尽情吮吸那些甜蜜的果肉。“好吃”“味道不错”“果然不一样”。人们在吃的同时，还不忘评论一番。那一刻，我有些怀疑父亲说的故事，也许那只是他为了阻止我下车随意编排的，就像小时候他说过的许多故事，甚至李如泉的存在也变得可疑。

父亲仿佛看出我的心思。他说：“你觉得我们这样做对吗？”我说：“他应该待在他应该待的地方。”父亲说：“我听说有一种叫强制医疗所的地方，专门关那些犯了罪又不能判死刑的精神病人，每天有人看管，还给他们吃药，死不了，也出不去，他应该去那种地方待一辈子。”我说：“他不会是逃出来的吧！”父亲说：“以他的脑子和体力，逃出来也没那么容易，我们把他送走，对大家都好，对他自己也好，他待在我们那里，迟早有一天会出事，我们也许还救了他一命。”父亲好像在安慰自己，或者给我们的行为找个借口。其实不需要的，我想，有谁会在乎他？

的确如此，李如泉从镇上消失之后，没有一个人问起，好像他从未出现过。大家彼此心照不宣地接受这个事实。父亲甚至因为此事，在家族中威信大涨。镇上举办重大活动，譬如修谱、铺路、挖井、操办红白喜事等，主事人会主动找到父亲，听听他的意见，而如果他那天一刀下去，如今早已深陷牢狱，父亲也因此对母亲增添几分敬重。还是女人家厉害啊！他喝多了酒，会跟李少军父亲感慨。

猫头鹰的秘密终究无法隐瞒。李少军没想到“蓝宝石”食量这么大，吃得多长得也快，两只爪子变得锋利无比，鸟喙弯曲如鹰嘴，翅膀张开达七八十厘米。他妈让他赶紧送走，还不仅仅是吃肉的缘故。镇上的人对猫头鹰从来就不待见。人们认为这种行踪诡异的鸟不是什么好兆头，尤其是猫头鹰的叫声，常常与死亡联系在一起。还有人说，有些冤魂会附身猫头鹰，到人世间复仇。

“没有人会在家里养猫头鹰。”他妈妈说。

如何安置这只猛禽，成为我和李少军面临的难题。一放了之当然最简单，就像哥哥做的那样，但我们不愿意，也不舍得。伙伴们对我们拥有的“神兽”羡慕不已，以能够看一眼、摸一下为荣。一旦失去，我和李少军在文星镇的地位将大幅下降。我们也隐隐担心，这只从小就被豢养起来的鸟，是否具备野外生存的能力。至少在放生之前，要让它学会捕食。我们在黑夜中训练过几次，“蓝宝石”的表现差强人意。在李少军的反复引诱之下，它总算捕获了一只被束缚住的老鼠。

一天，经过李如泉家门口，我看见这座无人居住的房屋，突然想到，这不就是一个理想的场所吗？没有人会进来，李如泉也不会再回来，这原本就是它最初的家。我们趁着大人不注意，将“蓝宝石”转移到这里。我跟李少军约好，两人轮流到这里喂食。有的时候是猪肉，有的时候是青蛙，有的时候是田鼠。“蓝宝石”看到我们过来，就扑腾着翅膀飞过来，头部大幅度晃动，好像在跟我和李少军打招呼。它已经习惯饭来张口的生活，即便有机会飞出去，也没有离开这里。

夜晚，我一个人待在这里，偶尔会想起这栋房子的主人。也不知道他是死是活。死了，固然如父亲所愿；活着，也只能四处乞讨。以父亲的看法，我们应该把他送到杳无人烟的地方，才配得上他犯的罪行。我坐在那张转椅上，闭上眼睛，童年记忆扑面而来。出事之前，李如泉作为一名理发师，在镇上谋得一份生计。他的话不多，但活计熟练，收费也不高。他操持着剪子、梳子，在头顶上“咔嚓咔嚓”。用温热毛巾擦洗，剃刀在后脑勺上轻轻刮过。锋利刀刃与硬质头皮接触，发出“沙沙沙”的声响，皮肤酥麻刺痛。如果那时他有这种想法，只需把刀刃从脖子上轻轻抹过。镇上的人后来说起这些，仍后怕不已。只是谁也想不明白，他会做出如此极端的事情。许多人只能归结于精神错乱，患上妄想症。

我举起右手，从脖颈处轻轻滑过。其实也没那么难，没那么难，真的。难的是这种勇气，或者妄念。就像父亲抽出利刃那一刻，心中也有妄念。妄念一旦消失，勇气也随之而去。我记得曾经看过一部露天电影：抗击日军的中国坦克连，白天开着坦克在缅甸丛林里碾压日军，将日本兵碾得血肉横飞。到了晚上，就睡在地上。每天早上，连长第一个起来，把席地而眠的兵一一叫醒，清点人数，避免杀红眼的战士碾压同胞。敌人还是同胞，往往就在一念之差。

“蓝宝石”的眼睛在黑夜中发出奇异光芒，紫色中泛着金黄，略带火焰般的红。据说它能看到人眼看不见的东西，那些微弱的红外线、那些细小的尘埃、那些卑微的鼠类，在它眼里无比清晰。我想，李如泉是否也如此？也许他会看到常人看不见的东西，把那些微不足道的缺憾、碰撞或冲突无限放大，最终缠绕为打不开的心结，垒成绕不过去的山峰。他必须把这座山峰摧毁，否则无法继续生活。

除夕将至，镇上已经有了过年氛围。一些外出务工的中年人回到镇上，带回一年辛勤劳作的收入，给孩子新衣服和廉价玩具，以及外面世界真真假假的新闻。有些孩子按捺不住激动的心情，提前拿出烟花，在黑夜中炸开一朵朵璀璨焰火，瞬间又归于平静。

房屋内亮着灯，传出电视声响、麻将碰撞声，偶尔爆发一阵欢笑。我沿着这条走了无数次的巷子，往家里走去。风，有些冷。

李如泉又回来了！

春寒料峭时，牛解风再次发布消息。这次的消息引起的轰动，甚至超过第一次。人们第一反应是觉得不可能。但随即有人证明，说自己在街上看到李如泉，穿什么衣服都说得清清楚楚。父亲被这个消息弄得狼狈不堪。“不会的，不可能，怎么会呢？”他在家里自言自语，又问我有没有看到。我说：“应该是真的，李少军说他看到了。”父亲颓然坐下说：“李少军看到又不是你看到，你自己去看看。”

牛解风和李少军没有骗我们。李如泉真真切切回来了，在我和父亲把他送到谷城之后的 3 个月 21 天。没有人知道他是怎么回来的。他的头发和胡子长长了，脸上遍布脏污，身上套着一件捡来的军大衣，衣服上几个破洞，露出发黑发黄的棉絮。他已经成为名副其实的乞丐。当他的眼睛瞥到我时，我赶紧转过身。过了几秒，再望过去，他却蹲在地上捡拾菜叶。也许他已经完全记不起我。

我和李少军想到的，是尽快把“蓝宝石”解救出来。李如泉回到自己家里，饥饿交加，看见一只发育良好的飞禽，将它杀掉吃进肚里也未可知。“蓝宝石”从小跟人亲近，不一定知道保护自己。可是这段时间学校查夜很严，根本没有机会溜出来。我躺在宿舍的硬板床上，心中牵记我的“神兽”，难以入眠。

等我们回到镇上，准备闯入李如泉家，却听说一件骇人听闻的事情：李如泉晚上回到家里，受到一只来历不明的大鸟攻击。据住在隔壁的李老师说，打斗异常激烈，一直听到人的惨叫声和东西掉在地上的声音。大晚上，他也不敢过去看。到了第二天早上才发现，李如泉躺在地上呻吟，脸上血流不止，左眼血肉模糊，脸部、脖颈、手臂留下一道道血痕。虽无生命危险，但从此变成独眼龙。

“两只眼睛都啄掉就好了，谁让他回来的。”父亲说。

“那只鸟呢？”我问父亲。

“听说他家里掉了不少羽毛，白色、灰色都有，但是没有看到鸟的尸体，也许飞走了，你说也奇怪，为什么一只鸟会攻击他？难道那只鸟跟他有仇？”父亲说。

不知道为什么，我的脑子里突然闪现出哥哥的样子。跟“蓝宝石”在一起时，我总有一种莫名的亲切感。我不知道这种感觉从何而来。现在我才恍然大悟，也许猫头鹰就是哥哥的化身。时隔多年，他以这种方式回到文星镇，回到我们身边，在暗夜里对凶手发起猛烈攻击，为死去的孩子也为他自己复仇。

它（他）到底去了哪里？

李如泉回到镇上，某种程度上，标志着父亲的全面溃败。他引以为傲的经历，成为某种耻辱。他好不容易积累起来的威信，也荡然无存。李如泉带着那只浑浊的右眼和空空荡荡的左眼，从大街小巷走过，从千家万户走过，似乎在向全镇人宣告：他依然活着，还将继续在镇上活下去。不知道是不是模样的改变，他的身上多了某种恐怖气息。大人孩子都不敢靠近他。每次李如泉走到谁家门口，那家主人连忙给他盛了饭菜，请他早点离开，以免沾上晦气。

“蓝宝石”就这样从我的生活中消失了。我很想念它，想念它清澈动人的眼睛，想念它温暖柔软的羽毛。我很想对它轻轻地喊一声“哥哥”。我似乎看到它展翅翱翔的模样，茫茫黑夜中，它从空中急速俯冲下来，越来越低，越来越近，最后猛地用锐利爪子抓住茫然无知的猎物，带着它们回到巢穴，慢慢享用。我没有跟父亲说“蓝宝石”的故事，那也许只是我一厢情愿的想法。

再次看到它，是从学校回来的路上。那天走到集市上，我看见一群人聚拢着，七嘴八舌说着什么。凑上前看，一只体形硕大的猫头鹰被关在笼子里，翅膀和腿上都绑了绳子，身上还有血污。我怔怔看着它的灰白羽毛、蓝色眼睛，心中一颤：这不就是我的“蓝宝石”？它怎么会被人抓住？又会被卖到什么地方？

“好家伙，这么大一只，看起来得有七八斤！”

“你看看，站起来跟一个孩子差不多高！”

“听说有人收猫头鹰，这种体型大小的，能卖到七八百块。”

“这小子发财了！”

“哎哟，怎么会有人花这么多钱买这东西？”

“嗨，你不知道，有人喜欢养猫头鹰，威风，有面子！”

“不对，我听说是广东那边喜欢用猫头鹰泡酒，说是喝了能壮阳，猫头鹰在夜晚多生猛，还记得那疯子吗？听说就是被猫头鹰啄瞎眼睛的。”

人们兴高采烈地议论着，好像在讨论一只鸡、一头牛，又或者是一件稀奇的物品。“蓝宝石”在人群中看到我。它的眼睛从蓝色转成深褐，又变幻成红色，眼角渐渐流出泪水。我不顾一切往前冲。身边的人拉住我说：“小孩子当心啊，这野东西很凶的，刚才还把爪子伸出来，你看我的手臂上还有抓痕，你小心被它啄到眼睛。”我哭着说：“它是我的，是我从小养的，它叫‘蓝宝石’——”

站在笼子边上的中年男子笑着说：“娃子，你不要瞎说哦，这是我下了好大功夫，在山上熬了几个通宵，好不容易才活捉的。为了抓住它，我差点变成第二个李如泉。”他夸张地指了指自己的眼睛。人们都哈哈大笑起来。

拉猫头鹰的货车来了。一个操外地口音的人下了车，人们纷纷让开。那中年男子接过钱，跟买主一起把笼子搬上车。“蓝宝石”疯了一般挥动翅膀，用利爪撕扯木条，喉咙发出绝望的叫声。我死死盯着它，浑身颤抖，眼泪汩汩涌出。我在心里一遍遍喊着：蓝宝石，哥哥，哥哥——货车门“砰”的一声关上，尾气管冒出一股黑烟，冲了出去。货车爬上一个陡坡，拐弯，消失在视野里。

人们说：“散了吧，没有热闹看喽。”我坐在地上，伤心地哭起来，直到身边出现一个人。他站在我身边，很久没有说话。他的影子像一张灰色的渔网，铺张出去，抖落下来，把我严严实实罩在里面。我猛地抬头，看到那只空荡荡的左眼、若有若无的笑容，突然感到一阵恐惧。我扭转身体，拼命往家里跑去。

充气城堡

一

牛解凤到儿子家半个月后，才从晕晕乎乎的感觉中走出来。她一辈子没出过这么远的门。从文星镇乘中巴，到县城换大客，再到市里坐火车，次日再转地铁、公交。到达千里之外的K市，她差点把胆汁呕出来。脑子里云山雾罩，早已分不清东西南北。住下来后，那些密不透风的电梯、呼啸而过的汽车、闪烁迷离的霓虹、奇奇怪怪的方言，甚至空气中弥漫的烟尘，都让她感到不安。

这种胸闷气短的感觉，不会因为到了空旷地带就有所改善。有一天她带着孙女在河边散步，看到远处有三根巨大柱子，几股青灰色浓烟从上面冒出来。她想到马路上无数冒着黑烟的汽车，恍然大悟。也许困扰她的，正是看不见摸不着的空气。她习惯了泥土、庄稼、牲畜的气息。而这里的空气混杂着汽油、烟尘和工厂废气。她每吸入一口，似乎能看到不洁净的东西进入她的肺部、她的血液。

“最多半年，”儿子说，“等陈洁爸妈处理好家里的事，就来接替你。”每天睡觉前，她习惯用铅笔在挂历上画一道杠。日子一天天过去，挂历上的斜杠越来越多。她数着那些深深浅浅的线，仿佛离文星镇又近了一点。老伴让她不要操心，嘱咐她跟儿媳说话要注意，毕竟不是自己亲生的，看不惯也要忍着，有什么事跟他说，跟儿子说，好好歹歹就6个月，180天，熬过去就好。他还说：“家里的母猪配种配好，到8月中旬就能生产，那时候差不多你也回来啦。”晚上，她躺在柔软的席梦思床垫上，闭上眼睛，就能看到长着一身白色硬毛的母猪，甚至能闻到猪尿骚味。

牛解凤的活动范围局限在小区周边，顶多到外面小公园，再远就不敢去。小区带孩子的老人，来自五湖四海，口音各异。有的老人能说几句蹩脚的普通话。但牛解凤一句也不会，人家问她什么，她说几句看人家没反应，就咧着嘴笑而不语。时间长了，几个经常见面的便用眼神、手势交流。唯一例外的是花匠一家。

花匠夫妻带着一岁多的儿子，住在地面车库里。一天，牛解凤经过车库门口，不经意听到花匠跟老婆聊天，觉得有些耳熟。她停下来仔细听，发现他们说的话跟老家方言接近。她满心欢喜走进车库，用家乡话跟花匠攀谈起来。花匠老家跟牛解凤老家虽然不是一个地方，但隔江相望，方言接近。花匠姓黄，只比牛解凤儿子大五六岁，看起来却老成许多，皮肤黝黑，笑起来露出一口白牙。

她经常带着萌萌到老黄家里玩。这是个十来平米的车库。门口堆满高高低低的绿植，中间留着狭窄过道。车库内部一分为二，外面是吃饭、会客的地方。餐桌平时折叠起来立在墙边，吃饭时打开来用。靠近卷闸门的角落里摆放着炉灶、锅铲、碗筷、脸盆和煤气罐。布帘后面是一张床。床底塞着鼓鼓囊囊的箱子，床边立着钢架结构的布艺衣柜。牛解凤初到这里，感慨他们是如何把这么多东西搬进来。时间长了，也渐渐习惯这逼仄空间。跟儿子的家比起来，她更愿意待在这里。

有了这个去处，牛解凤的日子好过多了。她不再像刚到K市时那样无所适从。老黄有一辆带拖斗的电动三轮车。平时他开着这辆车去花木市场进货，再把那些绿萝、吊兰、红掌、发财树、龟背竹、滴水观音送到客户家里。生意不好的时候，老黄蹲守在车站拉客。听他说，跑黑车一天能挣一两百块。牛解凤也坐过他的车。她抱着萌萌坐在小拖斗里。老黄把她们送到露天游乐场。萌萌在那里玩滑梯、秋千、跷跷板、充气城堡。到了下午，老黄又把她们捎回来。牛解凤要给钱，他硬不肯要。他对牛解凤说："在这个鬼地方有个老乡能说说话，高兴还来不及，这几个钱算不得什么。"牛解凤自然感激不尽。她也没什么给别人的，便嘱咐老伴来接她时，从老家带只仔鸭过来，回头给他们做自己拿手的血鸭。

牛解凤有意不让陈洁看到自己跟老黄走得太近。相处的这段时间，她发现陈洁有些洁癖，回到家一遍遍拖地、擦洗。她看不过去，白天在家也拖。陈洁回来后，默默再拖一遍。萌萌用的奶瓶、碗筷，一律泡在开水里消毒。要是知道她带着萌萌去脏兮兮的车库玩，陈洁肯定不高兴。牛解凤记着老伴的叮嘱，尽量避免跟陈洁发生冲突，但是争吵仍然无法避免。那天，她不经意朝客厅的垃圾桶吐痰，正好被陈洁瞥见。陈洁说：“妈，你怎么在客厅吐痰，要吐就吐厕所马桶去。”牛解凤不甘示弱：“垃圾桶又不是什么宝贝疙瘩，吐口痰有什么关系。”陈洁说：“跟垃圾桶没关系，我是说你不应该吐在客厅里。”牛解凤说：“我是吐在垃圾桶里，不是吐在客厅里。”陈洁说：“你这不是强词夺理嘛。”两人怄着气，互相不理睬。

二

到K市二个月后，牛解凤对周边环境渐渐熟悉起来。天气好的时候，她带着萌萌去河边散步，沿着木栈一路往东，走到文化广场。萌萌在人工草地上撒欢，自己绊倒也不哭，爬起来继续跑。儿子小时候跟萌萌一样，喜欢到处跑。文星镇地方小，孩子自己出去玩，不用大人看着。吃饭的时候，她在门口吼一声：“小毛头，回来吃饭！”就算孩子不愿回家，也会被乡亲们扭送回来。转眼小毛头就长大了。当初到外地工作，她是不情愿的，但儿子没有听她的。她忽略了一件事：长久不在自己身边，儿子早已变成陌生物种。她不明白这种变化是如何发生的。儿子长大了，有了自己的主见。去外地工作是他自己决定的，媳妇也是他自己找的。领了结婚证，才带回老家跟父母见面。牛解凤还想把她看中的姑娘介绍给自己的儿子。看到他带回陌生女孩，心里就不高兴。

可是木已成舟。等萌萌出生，她只好接受这一事实。只是近一千公里的距离，对她而言，几乎是难以逾越的天险。每来一次，都要经历一番生死劫难。回到文星镇，也要好长时间缓过劲来。年纪再大一些，恐怕就经不起这种折腾了。到那时，想见儿子、孙女一面都不易。她经常跟老伴抱怨，说当初儿子回来工作就好，都怪他没有做好工作，到如今落得有儿子没儿子一个样。老伴说："这也怪不得我，我怎么没跟他说，三番两次讲，他不听啊。"说完牛解凤就劈头盖脸骂老伴一顿。

五一将至，天气仍寒凉。牛解凤不太适应这边气候，总觉得阴冷阴冷的，难得见到太阳。细雨绵绵时，她的手指、膝部酸麻疼痛。躺在床上，这种疼痛更加揪心，像被千百只蚂蚁啃噬。关节疼痛的时候，她经常整宿整宿睡不着。到了白天，神情有些恍惚。中午暖和时，她往公园木椅上一靠，睡意汹涌而至。过一会儿，她惊醒过来，睁开眼睛四处搜寻，嘴里喊着："萌萌、萌萌！"孩子通常不会跑远。牛解凤一喊，她就大声回应："奶奶，在这儿呢！"有一次，萌萌半天不出声。她失魂落魄地搜寻，眼泪流了出来。还好孩子就在不远处的草丛里，埋着头，一门心思玩蜗牛。她又气又怕，从此不敢大意。想睡觉的时候，就站起来拍着手到处走，嘴里不时大喊两声。她学着公园里的老太太，移动脚步，抡起胳膊，跳起略显滑稽的广场舞。萌萌看到时，发出一阵欢笑。她跟着笑起来，笑出一脸褶皱。

每天待在小公园，萌萌也腻烦。她对奶奶说："我要去滑滑梯、充气城堡，坐黄伯伯的车。"牛解凤说："乖萌萌，黄伯伯很忙，等他有空会带我们去。"萌萌哭闹起来："我现在就要去，现在！就去！"牛解凤没办法，只好去车库。老黄正往小三轮上搬一棵散尾葵。他笑呵呵地说："我去送货，正好路过露天游乐场，赶紧上来吧。"萌萌等不及就往上爬。牛解凤把她抱上去，自己也撅着屁股爬上去。

说来也奇怪，牛解凤晕车很严重，甚至听到"汽车"两个字就下意识反胃。但坐在小三轮上，却神清气爽。老伴笑话她，说她是坐拖拉机的命。许多年前，镇上还没有通中巴车，到哪里都是坐拖拉机。拖拉机真是吵，"突突突""突突突"。她跟姐妹们说话都得吼，吼得面红耳赤。路过的人不知情，还以为她们在吵架。还是小三轮好，声音轻巧，车把一扭就冲出去，要是能坐这个回文星镇多好。

"大姐，上次你儿媳好像不太高兴，是不是跟我有关系？"

"没有的事儿。"

"我看你最近不来，我和老婆还嘀咕，是不是我们做错了什么，惹得她不开心。你没来之前，她对我们还客客气气的，有时还给些东西，吃的用的都有。"

"有个人照应，她高兴还来不及呢。今天要不是你，我们哪儿能跑这么远！"

"嗨，这算什么，不是顺路嘛！"

小三轮过了一座大桥，路旁房屋渐渐稀少，几棵光秃秃的白杨树在风中摇晃。田野间，一个巨型工地上正在施工，几架黄色塔吊在空中缓缓移动。没有声音，也看不到一个人。更远处，湛蓝天空与绿色湖面融为一体，一时间分不清哪个是天空，哪个是湖水。牛解凤望着眼前的陌生风景，不知道为什么，心中有些莫名担忧。

三

老黄把牛解凤放下，说晚点来接她们，他还有几家要跑，时间不好说，实在等不及坐公交也行。萌萌下了车，小跑冲到滑梯边上，从楼梯上摇摇晃晃爬上去，排着队滑下来，一屁股坐地上，发出“咯咯”的笑声。牛解凤站在地面，每次都把萌萌扶起来。萌萌嫌奶奶烦，绕开她，自己跑过去爬楼梯。

牛解凤坐在木凳上，看着孩子不厌其烦地爬上滑下，不知玩了多久。她叫萌萌去玩儿别的，孩子却不愿离开。等她有心放弃，萌萌却跑过来，拉着她去充气城堡。牛解凤本想让萌萌一个人玩儿。想想不放心，狠狠心掏出30块，脱了鞋进到里面。萌萌在气垫上爬来爬去，一会儿就不见踪影。她踩上去感觉软绵绵的，感觉像在泥潭里走路，每走一步都很费劲儿，快跑几步就摔跤。她怕别人笑话她，看看四周却无人注意。她赶紧爬进去，继续追赶。萌萌却不管她，只顾自己往前。牛解凤鼓足劲儿，连滚带爬继续往前。经过充气隧道时，她卡在中间动弹不得，手脚使不上力气，只好嘴里喊：“萌萌，等等奶奶！”后面的人不耐烦，用力推搡她的屁股，硬生生将她顶出。她好不容易探出头，发现萌萌爬上三米多高的陡坡。她手脚并用地往上爬。爬到半山腰，一脚踩空滑了下去。萌萌在上面哈哈大笑：“奶奶追不上我，奶奶追不上我。”牛解凤不好意思地笑了。她往手心吐了两口唾沫，使劲儿搓揉，一步步往上攀。等她抵达“山顶”，萌萌已经滑了下去。牛解凤看着又陡又长的滑梯，心中惊惧，看着萌萌已经跑远，只好闭着眼滑下去。她在里面绕来绕去，始终只能看到萌萌的背影。最后，她索性不再追赶，蹲在出口等候，反而跟萌萌碰到几次。她心里嘀咕：在城里带孩子也是体力活儿，比在家种地还辛苦。

塑料气垫被阳光烤得热乎。牛解凤坐在垫子上，感觉后背湿汗渐渐蒸发，一股温热萦绕全身。她的眼皮不断下沉，徒劳挣扎几番，还是彻底闭上。恍惚中，她听到孩子的欢笑声，听到有人喊“妈妈”“奶奶”。她想努力睁开眼睛，但眼皮仿佛被针线缝住。等她浑身打个激灵，被喉咙发出的一声闷响惊醒时，太阳已经沉至西边。充气城堡里人不多。她站起来大声喊：“萌萌、萌萌！”但始终无人应答。她沿着入口到出口的路线，细细搜寻几遍，却没有发现孩子的踪迹。她又到充气城堡周边，仍然没有找到萌萌。售票员好歹明白她的意思，说没注意有孩子自己出去。

牛解凤感觉血液上冲，太阳穴周边“嗡嗡嗡”地响。她踉踉跄跄走了几步，颓然坐在地上。抱着头，呜呜咽咽哭了起来。周围聚拢了不少人，他们的嘴巴一开一合，像等待喂食的鸭子，不知道说些什么。牛解凤想站起来，但双腿绵软无力，动弹不得。她掏出手机，正想拨出去。老黄却不知从哪里冒出。他问清状况，赶紧联系李灿，搀扶牛解凤上了三轮车。牛解凤看到老黄，心中稍觉安定一些。他带着牛解凤在周边寻找。她说不出个所以然。找来找去，竟一无所获。

李灿、陈洁夫妻赶到露天游乐场，天色已然暗淡。夫妻俩顾不上责备牛解凤，跟着民警到派出所查看监控。监控探头这种东西，向来是，你不需要时一清二楚，需要时十有八九是坏的。游乐场的摄像头大多都是摆设。他们反复察看附近路口的探头，也没有发现孩子的踪迹。民警让他们先回去，表示派出所会密切关注走失孩子的信息，有消息第一时间联系他们。陈洁等人不愿离开，留在调解室，泪眼以对。

陈洁对着李灿哭诉："找不到萌萌可怎么办？你说怎么办？你说啊！"

李灿沉默半晌："不会的，肯定会找回来。"

陈洁说："萌萌找不到，我也不想活了，我活着有什么意思，你再去找一个，给你生一个儿子吧，你们家不是想要个儿子吗？正好顺了你妈的心愿。"

牛解凤连忙辩解："我可没这样说。"

陈洁说："你不用说，我也知道你怎么想。你把萌萌弄丢，也是有目的的。"

牛解凤哭着说："你不能这样冤枉我，我只是犯困打瞌睡，醒来就没看到萌萌，我再想要孙子，也不会故意把孩子弄丢。你这样说，不是逼我死吗？"

老黄看不过去，便想帮牛解凤说句话："小陈，我可以作证，大姐绝对不是故意的，自己的孩子心疼还来不及，怎么会故意弄丢呢。"

没想到陈洁火气更大，调转枪头对准老黄："故意不故意，你说了不算！我早就跟她说不要去车库，偏偏不听我的，非去不可，好像那里面有什么宝贝。我跟你说，这个事情你逃脱不了干系，要不是你把她们带到这里，萌萌也不会走丢。"

李灿看这情形，心想再吵下去场面无法收拾，便息事宁人道："你们都别嘴上逞强，吵来吵去有什么用，当务之急是把孩子找回来，这些事以后再说。"

牛解凤无端受了诋毁，不知该如何是好，只好趴在桌上呜呜咽咽。她想自己清清白白一辈子，在文星镇也算受人待见，哪里受过这种侮辱。但这个事情说一千道一万，是她粗枝大叶造成的，要是萌萌找不回来，她还有什么脸面活在世上。她应该去把萌萌找回来，而不是坐在这里跟陈洁斗嘴。她央求老黄带她去找。老黄本也觉得留在这里尴尬，有了这个借口，正好带着牛解凤离开派出所。

四

凌晨两点，白日喧嚣的城市陷入死寂。牛解凤坐在小三轮上，落叶被冷风吹拂，在空中胡乱飞舞。她抱紧双臂，扣好衣服，仍冻得牙齿发颤。萌萌到底去了哪里？一个活生生的孩子不至于凭空消失吧。她跟老黄到游乐场找了一圈。游乐场此时空空荡荡。那些滑梯、秋千、城堡悄无声息，缺了嬉戏的孩子，无故增添恐怖气息。她记得有一回自己走夜路，经过绿莹莹的坟地，也有这种感觉。她不敢想，如果萌萌真的找不到，她如何面对陈洁、面对儿子。还不如自己走丢呢。

“萌萌、萌萌，回家了！”声音在夜幕中飘飘荡荡，如同叫魂。

“孩子不会在这里，我们找过几遍，人影也没有一个。”

他们以充气城堡为中心，一圈一圈往外扩展。牛解凤没有放过那些草丛、荆棘、树林和水塘。水塘，她想萌萌会不会掉到水塘里。K 市水网纵横，有些河看起来不深，踩进去却不浅。孩子也许是自己出来上厕所，失足掉进水里。只是天还未亮，水面泛着黑沉沉的绿。她望过去，只看到模模糊糊的树影。水鬼索命。文星镇上每年都有孩子淹死，人们就说是水鬼索命。要索就索她的命好了，为什么不放过孩子？萌萌才三岁呢。她这样想着，迷迷瞪瞪踏入河里。河水没过脚踝，没过膝盖，没过大腿，没过腰胯，没过胸膛，没过脖颈。她渐渐感到安心。她似乎已经看见萌萌。萌萌像条鱼儿在水里游来游去，一串串水泡从口鼻里吹出来。孩子看到牛解凤，兴奋地喊："奶奶，奶奶，我在这儿！"牛解凤的眼泪哗啦啦流出来，与河水浑然难分。"萌萌，奶奶来了，奶奶来了，别害怕。"她在水里游啊游啊，始终抓不到萌萌的手。有时候只差了一两厘米，甚至能看见萌萌脸上的细密汗毛、额角淡紫胎记，却被一股水流冲散。她用力蹬脚划水，慌慌张张往前游。

牛解凤醒来，天已蒙蒙亮。她猛烈咳嗽，吐出一大口黄水。她觉得脑子沉重无比，身体疲惫不堪，不知道自己为什么躺在地上。她看见老黄口鼻翕张，耳朵里只有"咚咚咚"的声响。不知过了多久，她勉强听见老黄说话。"萌萌找到了！"老黄说，"萌萌找到了。"她勉强笑了笑。"在哪里找到的？现在人呢？"她费了很大力气喊出这句话。"李灿，是李灿他们找到的，已经带回家了。"老黄说。

老黄将牛解凤扶上车。小三轮跑了一晚，电量严重不足，像蜗牛一点点往前爬。上坡时，牛解凤就下车来推。花了平常两三倍的时间，才抵达车库。牛解凤回到儿子家里。陈洁看到她，没有什么特别的反应，只是轻轻点了点头。萌萌果然回来了，在床上睡得正香呢。她摸了摸萌萌的小手，柔柔的软软的，一股温热传至手心。萌萌嘴巴嘟囔一声，好像喊了一句“奶奶”。牛解风的眼泪又流了出来。儿子小的时候也走失过一次。他跟小伙伴去山上玩，自己迷了路。全镇人打着火把去山上找，喊他的名字。她以为儿子被野兽吃掉，自己躲在家里哭好久。好不容易找回来，她气不打一处来，狠狠揍了儿子一顿，直到老伴死命将她拽住。

牛解风躺在床上，想到这一天一夜发生的事情，终究觉得这一切像梦境。也许是自己一时犯糊涂，李灿和陈洁刚刚睡醒，萌萌也在家里。她到底去了哪里，又从哪里回来？那些游乐场、派出所、警察、水塘又是怎么回事？她脑子里乱哄哄的，想不明白这些事。她拿起笔，在“28”上面划了一道线，然后迷迷糊糊睡去。她真真切切看到那座巨大的充气城堡，城堡渐渐萎缩、坍塌。她眼睁睁看着许多孩子从城堡上跌落，哭喊着发出求救声。城堡被夷为平地，那些孩子也随之消失。

她从梦中惊醒，感到一阵心悸，大颗汗珠从额头翻滚滑落，湿了枕巾。

五

牛解风的日子重归平常。李灿、陈洁没有在她面前提起孩子走失的事。她觉得这样也好，她不明白萌萌是怎么走丢又怎么找回来的。她想到那些事情头脑就发昏发涨。她渐渐适应了这里的生活。她想自己一辈子吃了多少苦，最困难的时候孩子读书都拿不出钱。那年，她喂养的几头猪染上瘟病，最大的一笔存款化为乌有。她厚着脸皮找亲戚朋友东拼西凑，才凑齐儿子上大学的学费。城市自有城市的好处，至少比乡下挣钱容易。就像老黄夫妻，贩卖花花草草也能养活一家人。

儿子是她这辈子最大的成就。能够从文星镇出来，考上名牌大学，谋得一份安稳的工作，已经是几辈子修得的福分（除了离家远）。她在文星镇时，许多人羡慕她，说儿子找了份好工作，娶了城里媳妇，她到儿子家是享福去了。享不享福的，倒不怎么打紧。她是劳碌命，操劳一辈子，让她享福也享不起来。她真心希望儿子儿媳过得好，在这里扎根。如果儿子需要她，她可以留下来。是的，她现在倒是愿意留下来。那么苦的日子都熬过，现在条件这么好，有什么忍受不了的？老伴说得对，儿媳毕竟不是自己亲生的，也不是她相中的。说句实话，陈洁这人本质不坏，也就嘴上不饶人，待她不算刻薄。换了别人，弄出这种差点把孩子走丢的事，绝不会善罢甘休。就算为了儿子、为了萌萌，她也应该留下来。

儿子没有当面跟他说，老伴却在电话里交代，五一过来接她。她听到这个消息，最初有一种解脱感，旋即又感落魄。看来自己终究糊涂，派不上用场，留下也是累赘，甚至给儿子增添麻烦。李灿给女儿佩戴电话手表，他在手机上可以看到她的定位。这段时间，牛解凤带着萌萌老老实实待在小区，小公园也很少去。到了周末，小夫妻领着萌萌出去玩。他们到商场、到古镇、到郊外、到湖边、到游乐场，弥补孩子一周无法出远门的遗憾。牛解凤自然不去。到了这个时候，她就在楼下溜达、晒太阳、打瞌睡。有时走着走着，就到了车库。

车库里绿植变少了，门口只剩两棵树叶发黄的发财树。老黄对牛解凤说："最近城管查车库出租，不让人在里面生火、做饭，更不允许做生意。"牛解凤说："那你们怎么办？"老黄说："暂时跑黑车，我们想回去做生意，做小孩子生意。"牛解凤问什么生意。老黄说："还没想好呢，也许办个游乐场吧，买些充气设备，不用投多少钱，回本很快的。"牛解凤说："那是，现在都舍得在孩子身上花钱。"说起离开，老黄也有些不舍，但他自己也知道，这里终究不是久留之地。

老伴 5 月 1 日的票，当天晚上到。奇怪的是，儿子把他接回来时，只带着随身携带的背包。牛解凤质问："我让你带的东西呢？"老伴告诉她，东西都备好了，鸭子、母鸡、鸡蛋、豆角、辣椒，一大包，放在后备厢。但到了车站，后备厢卡住，死活打不开。发车时间临近，他只好匆忙上车。牛解凤气不打一处来："你有什么用，大老远过来一趟，竟然空手空脚，你以为自己出来旅游啊。"牛解凤越说越生气，恨不得让他立刻打道回府。儿子看不过去，便安慰道："没事没事，平平安安就好，东西以后还可以再带嘛。"陈洁也说："没关系的，我们也不图这点东西。"牛解凤说："不是你们图不图，这本是我们的一点心意，没想到——"

儿子给他们买了 4 号一早的票。2 号 3 号无事，正好小夫妻放假在家，便商量带老两口出去玩。K 市有名的城隍庙、古镇、老街，都是外地人必游之地。儿子的意思，他们难得出趟远门，如果不出去转转，回去跟乡里乡亲也没什么说道。老伴脸上流露出想去的心思，但牛解凤死活不同意，一来害怕坐车，二来心中有愧。儿子说服不了他们，只好顺其自然。

牛解凤带着老伴去了车库。当着老黄的面，又把他数落了一通。说是让老东西带鸭子来，连鸭血都备好，却卡在后备厢拿不出来，两手空空，真正是难为情。老黄说：“哪有的事，大哥来就好，大姐也有个照应，多待几天。”牛解凤说：“这段时间全靠他们照顾，要不然不知日子怎么熬。”几人说起老家那些事，絮絮叨叨、没完没了。老伴说家里那头待产的母猪脾气古怪，经常无缘无故干嚎一通，呼天抢地，等他火急火燎赶到猪圈，它若无其事地躺在干草上。大家都笑了起来。

六

离开K市那天，老两口四点多就醒了。东西提前一天收拾好。两人坐在阳台上，无话可说。天色熹微，光线黯然，儿子房间仍有鼾声。牛解凤说：“我们自己去车站吧，儿子他们今天还要上班，送来送去耽误他们的工作，反正走过去也不远。”老伴看行李不多，便点头同意。两人轻手轻脚提了箱子，出门换鞋，把防盗门带上。经过车库时，发现里面亮着灯。两人上前跟老黄一家告别。老黄得知他们走路去车站，无论如何用小三轮送。牛解凤几番推辞，最后还是爬了上去。

清晨的街道空旷无人，几个穿着黄色反光马甲的环卫工如魂魄般游荡。小三轮从白色薄雾中穿过，凉意侵入肌肤。牛解凤想起她和萌萌去游乐场那次，也是坐在这小三轮上。萌萌这会儿还在呼呼大睡吧。她想到那粉嘟嘟的脸、细长的睫毛、小巧的鼻子，眼眶不由湿润起来。这次离开，也不知什么时候才能相见。她醒来找不到奶奶也会哭吧。过段时间外婆会来，外婆来了她就不想奶奶了。

老黄挥手告别，调转车头离开。牛解凤看着小三轮消失在街角，眼泪又流了出来。两位老人上车后，接到儿子电话。儿子抱怨，他们不该这样无声无息走掉，好像做晚辈的很不孝顺。牛解凤说："反正也睡不着，走过来就几步路，没什么。"儿子特意嘱咐，让他们回去不要说这些事，乡里乡亲的知道不好。牛解凤说："那是不会。"她又问："萌萌呢？"儿子说："还没醒呢。"儿子说要到车站来。牛解凤让他们千万别来，火车马上就要开了，来了也见不着。等了半小时，列车缓缓开动。牛解凤躺在卧铺上，一动也不敢动。路上几乎不吃不喝，生生熬了一日。

回到文星镇，牛解凤又陷入一团泥淖，整日晕晕乎乎。有时候出门，走到半路却忘了自己办什么事，只好苦笑一声。有时候在家里，"萌萌、萌萌"脱口而出，发现无人应答，眼泪就默默流出来。人们看到她神情恍惚，说她是不是惦记城里的生活，回来反而不习惯。她就说，城里哪有文星镇好，连空气吸进去都不自在。

五六天后，她渐渐恢复元气。她穿过清晨的雾霭，走过露水打湿的田埂，去田里锄草、挖地，去河里洗碗、濯衣，回到家里喂养鸡鸭。母猪肚子一天天鼓胀起来，胃口比之前好。她每天要给它投五六次食。母猪看到她，哼哼唧唧凑上来。她嘴上骂骂咧咧道："就知道吃，除了吃还会干什么，跟老东西一个德行。"手上却没有停止给它喂食。她愿意待在猪圈里，那些干草、牲畜散发的味道让她踏实。

文星镇上也有了露天游乐场，只不过规模小得多，价钱也便宜，花 15 块钱就能在里面玩上大半天。牛解凤有时候经过那里，会停下脚步，怔怔地看一会儿。她看到那些黄蓝色的塑料布，总会莫名其妙担心，担心充气城堡会不会突然塌陷、干瘪，或者被一阵大风吹翻。但城堡始终好好的，孩子们在里面玩得欢快极了。她看着看着，天空渐渐暗下来，夕阳垂落，城堡被抹上一层绯红。她偶尔会想起老黄夫妇，也不知道他们离开车库没有。当初走得匆忙，也没留联系方式。

一天凌晨，母猪生产。牛解凤忙了一个通宵，把那些热乎乎、湿漉漉的小东西安顿好。牛解凤有教训，有一年母猪产仔时，她睡过头，母猪一翻身压死三四个，让她心疼不已。这次她盘算好时间，蹲守在猪圈门口。牛解凤做接生婆，出来一个就抱给老伴，总共 13 只。她抱着这些浑身粉红的乳猪，就像抱着刚出生的婴儿。她忽而觉得内心坚定。大半年来，她丢失的某些东西，仿佛重新回到体内。她要用粮食和青菜，把这些小东西喂养大，一个个长得皮毛厚实。

七

两个月后，李灿一家回到文星镇。萌萌出生后，第一次回到老家，看什么都觉新鲜。牛解凤暂时放下手中的活儿，带着萌萌到田野择菜、锄草。跟她在 K 市不同，她在老家带着萌萌，心是安定的，至少孩子走到哪里都不会丢。萌萌在地里捉蝴蝶、蜻蜓、瓢虫、蚂蚱，甚至抓到一只冬眠的青蛙。她想了很多办法，用水浇，大声喊，想把这只青蛙唤醒。可是青蛙不为所动。牛解凤说："放到炉灶边上试试看。"那只青蛙果然懒洋洋地睁开两只凸眼，"呱"地叫了一声。

那群猪仔长大一些后，不再拱来拱去争抢奶头。牛解凤每天把它们放出来，赶到地里吃草、打滚。萌萌自告奋勇担任"小猪倌"。只是她常常把这群小东西赶得东奔西窜。有一天，竟然把它们赶到河里洗澡。有人看到小猪下河，连忙告诉牛解凤。她连走带跑赶到河边，来不及脱鞋就跳进水里，把那些惊慌无助的小猪捞起来。要是晚到一会儿，这些小家伙恐怕就一命呜呼了。她不忍责备萌萌，只好告诉她小猪可不是鸭子，不会游泳的。萌萌说："为什么佩奇会游泳？"

萌萌把镇上所有能玩的玩过一遍后，开始打充气城堡的主意。牛解凤这一回态度很坚决。她说："这可不是你们城里的东西，质量不过关的，小孩子去玩很不安全，上次奶奶啊，亲眼看到充气城堡被大风吹翻，好多小孩子从上面落下来，好吓人的。"萌萌就闹着找爸爸妈妈。李灿最初也不同意，但熬不过孩子哭闹，就对牛解凤说，让孩子玩玩也没什么，到时候他陪着进去就好。牛解凤还是不同意。萌萌性子也犟，缠着大人非玩不可。陈洁说："玩就玩吧，也花不了多少钱。"

牛解凤阻拦不住，就说："这不是钱的事，十几块钱算什么。上次的事你们忘了吗？万一孩子出点什么事，我怎么交代？回来过年，平平安安最重要。"

李灿说："什么事？"

牛解凤说："萌萌在充气城堡走丢过，你们忘了？"

李灿摸摸下巴，一脸迷惑说："我怎么不记得。"

陈洁笑着说："妈，你记错了吧，孩子走丢不是小事，我们怎会不记得？"

萌萌也说："奶奶，我不会走丢的，我有电话手表，你看。"

牛解风看着萌萌手上那块粉红色的电话手表，心中迟疑起来。她仍然相信自己的记忆："萌萌，这电话手表是你走丢后找回来，爸爸才给你配的。"

"手表早就有，你去之前就买了。你在我们那边待了两个多月，后来萌萌外婆事情处理好可以提前过来，就让爸爸接你回来。"李灿说。

牛解风有些疑惑，难道她真的记错了吗？她努力回忆往事，却只隐隐约约记得她夜里在游乐场喊萌萌，在水里看到萌萌，其他的也模糊不清。为什么李灿、陈洁都不记得这些事。她也许真的老了，好多事情分不清到底真的发生过，还是自己的臆想，抑或梦境。看来现在只能找老黄核实，他是唯一的证人。

第二天，李灿、陈洁带萌萌去了充气城堡。牛解风站在边上，目光紧紧跟随萌萌，时不时朝里面吼几声"你跟紧啊，快快快。""萌萌你看着点啊，别掉下去。""小心点，哎呀！"旁边许多人转过头来奇怪地看着她，她也顾不上解释。直到萌萌精疲力竭，从里面笑眯眯地走出来，她悬着的心才放下。

后来，她拐弯抹角问到老黄电话。老伴上床后，她走到后院猪圈边上，郑重其事地拨过去。过了几秒钟，电话那边传来礼貌却毫无温度的女声："对不起，您拨打的号码是空号，请核对后再拨。"她试了几次，结果仍然如此。她叹了一口气，挂断电话，摸回房间，爬上了床。老伴鼾声时有时无，她过了许久才睡着。梦中，她又一次看到充气城堡。不知为什么，城堡忽然变得轻盈，像氢气球般缓缓升至天空，孩子们浑然不觉。她看到萌萌也在上面，她想喊却发不出声。

文星塔下

一

重华佬终于活到仅凭岁数就能挣到钱的年纪。

虽然这笔钱不值一提，也是一笔意外之财。每隔几个月有人专程上门，用牛皮纸信封装好，郑重其事地交给他。逢年过节，还有领导上门慰问，边上的工作人员抱着相机一顿“咔嚓咔嚓”。文星镇高寿的人不多，像他这样年近九十、能吃能睡还能做事的少之又少。他比以前动作略微迟缓，生活不需要别人照顾，店面生意也没有停顿。算起几元几角的细碎账，没人能占到这位老人的便宜。

活得太久，在他看来并非一桩幸事。他年轻的时候就固执地认为，人在七十岁上下死去是正当的、体面的。活到生活不能自理、屎尿拉在裤裆里，不是一件光彩的事。六十大寿后，他开始谋划身后之事。最要紧的是找到一处风水上佳之地。他请这一带声望最高的风水先生，好不容易寻到一块福地。他在上面植了几棵金桂，每年春天还去松土施肥，想着今后可以挡风避雨。他还置办了一副质地优良的柏木寿材，存放在老屋阁楼之上。办妥这些事情后，他的心安定下来。日复一日的等待中，他对那一天的到来抱有某种期待。此后的许多年，他的身体却没有衰败迹象，甚至头疼脑热的毛病也很少有，坟头那几棵金桂倒是日益繁茂。

唯一让他感到无力的，是难以捉摸的记忆。往事变幻成影影绰绰的轮廓，缠绕交织在一起，不知道是真还是假。有时他忽然想起某件事，刚想张嘴说上几句，脑子里突然一片空白，只好露出尴尬而茫然的笑容。有时他闭上眼睛，一幅幅无比清晰的画面却自动在他脑子里流动。多年不见的人、熟悉的声音，那些人和东西仿佛就在眼前，触手可及。这种不期而至的场景让他感到惊惧。他猛地睁开眼，察觉到一片白茫茫的光。短暂恍惚之后，眼前仍是现世光影。

就在这些日子，他脑子里反复出现那个后生仔的模样。此人下巴尖细、面皮白皙，手里抓着蓝色玻璃瓶，站在距离他十来米远的地方。他想走近了看，后生仔却有意躲着他。他快步走上前，后生仔往前跑，一边跑一边打开瓶盖往嘴里灌。跑着跑着，后生仔身体踉跄，软绵绵栽倒在地上。他赶上前去，躺在地上的人却不见了。有时，这位下巴尖细的后生仔也会出现在他的梦境中，脸上一副诡异笑容，怔怔地望着他。他从梦中惊醒过来，身上被汗水所浸湿。他不知道怎么跟身边的人说，他很难描述这种梦魇般的经历，说出来大概也会被别人当作疯子吧。

重华佬试着跟老伴提过几次，得到的都是答非所问的回复。老伴年纪跟他差不多，早几年就有耳鸣的毛病。他说后生仔，她问后山有什么在。他说不是后山，是后生。她说后天，后天什么事？他只好笑着摇摇头，不再发声。这位下巴尖细、面皮白皙的后生仔，为什么反复出现在他的脑子里，是不是有什么话对他讲，还是无处投胎的孤魂野鬼，谁知道呢。他已是半截身子埋到土里的人，对这些神神鬼鬼的东西，倒谈不上多少畏惧，只是这些烦扰让他本就稀少的睡眠变得愈加艰难。

二

店面无人光顾的时候，重华佬喜欢裹着绿色军大衣缩在火炉边。他半眯着眼睛，一副似睡非睡的模样。但只要有人来，他会立刻清醒过来。这些年，镇上意外死去的年轻人不少，生病去世的不用说，还有一些是南方城市遭遇不幸，或从事非法勾当。他跟这些人没什么交集，更谈不上冤仇。他做生意这么多年，几乎没有跟人发生过争执。何况顾客都是附近的乡亲，拐几个弯几乎都沾亲带故，他没必要惹麻烦。就在他胡思乱想的时候，一位看起来面生的年轻人走进店里。

来人个头不算高，面色棕黄透着黑，头发微卷，身上套着一件深灰色羽绒服，斜挎着一台黑色相机，看起来约莫三十来岁，应该是外地来的。年轻人站在香烟柜台前，要了一包15元的“白沙”。扫完付款码，却没有离开的意思。年轻人有些局促地说：“老板，哦，爷爷，有件事情我想打听打听，不知道您，您是否方便？”重华佬在镇上很少碰到这么客气的人，忍不住咧嘴笑起来，露出所剩不多的牙齿，花白胡须抖动。年轻人看到他这副模样，更加不知所措。他看出年轻人的窘迫，便把他请到里面喝茶。这些年，乡亲们没事经常到他店里，抽几支烟，说几句话，下几盘棋，也找他调解纷争，俨然把这家老店铺当成了茶馆。

年轻人说他到文星镇是要寻找一个人。此人曾在镇上生活许多年，后来到城市里打工、成家，有了自己的孩子。孩子五岁时，他却突然消失不见，也没有留下任何音讯。一边说着，他把双肩包里的照片取出来。重华佬把挂在脖子上的老花镜架到鼻梁上，眯着眼睛盯着照片瞅了半晌，也没看出个所以然。他不知道是自己记忆模糊，还是镇上根本就没有这个人。他叹了一口气说："找一个人恐怕没那么容易，何况已经过去这么多年。"年轻人说他已经待了两天，在街上问来问去也没什么头绪，听说重华佬年纪大、识人多，便特意上门来打听。重华佬说他也不敢保证，说找其他人问问看。年轻人颇为恳切地表示，此人正是他的父亲，找到他或者得知他当年为何不辞而别，也算了却母亲的一桩心愿。

年轻人走之前，在柜台上的红色收据联写下手机号码和他的名字（晓勇）。重华佬看着这个身穿深灰色羽绒服的背影消失在人群中，长叹了一口气。他回到烤火炉边上，盯着桌上的照片看了几秒钟，脑子里还是一片空白。这样的事情他不是没有经历过，大多数是孩子走丢，失魂落魄地跑来问他有没有见到过，有的还真找了回来。像这样找成年人，而且是多年不见的父亲，他还是头一回碰到。真要找人，应该去派出所找警察、查档案，找他能有多大用处？他笑着摇摇头。

暖气从搭在餐桌上的毛毯下面涌上来，他感到一阵困乏，眼皮控制不住往下坠，意识变得模糊不清。那位下巴尖细、面皮白皙的后生仔进入店里，走到他的身边，坐在重华佬身边。他好像对这个家和家里的陈设十分熟悉。他从身后的柜子里取出一本书，自顾自地看了起来。重华佬醒来，恍惚中看到边上的人，浑身打了一阵激灵。他下意识往后退，坐在他身边的后生仔连忙起身，迅速走出店门。他的睡意彻底消失，他在店里转了几圈，到楼上也四处看看，却没发现什么异样。这时天色已晚，屋后的江水从深绿变成青黑，他的店面也该关门打烊了。

他躺在床上，想着自己又多活了一天，心中有些沮丧。

三

九几年时，文星镇的年轻人扎堆往南方跑。那时在城市随便做点什么——哪怕是捡垃圾、卖废品——都比在土里刨食强。只有重华佬岿然不动。他自己不愿出去，也不允许儿子出去。他也知道种地没什么前途。反复思量后，他从盘根错节的老房子里搬出来，在集市上租下一间店面，从此开启他做生意的生涯。出去闯荡的年轻人最终出人头地的不多，有的在各种严打或火并中丢掉性命，或者彻底失去联系，从此生死不明。他的店面几十年如一日地开着，成为几代文星镇人的记忆。

次日文星镇赶集，街上的人比平日里多。几个老伙计照例到店里喝茶、抽烟。重华佬把照片拿出来。他们轮番审视一番，说出的名字至少有三个。有人认为是疯子李如泉，好多年前他因为持刀行凶被抓，中间回来过，后来下落不明。有的说是被人骗去从事传销以至倾家荡产的阿斌仔，他在文星镇有老婆孩子，但不排除在外面还有一房。也有人说可能是多年前回到镇上的权权，后来因身患绝症、无人照顾而去世。他年轻时在外面是否成过家、生过孩子，他们也不知道。如今除了在镇上生活的阿斌仔，其余两个死的死、走的走，哪里还能调查到什么消息。还有人说出一个名字，重华佬却没有听清楚。老伙计们自告奋勇帮忙打听，重华佬自然也乐见其成。虽然此事与他关系不大，但能帮到别人总归是好事。

到了下午，集市上的人渐渐散去，街道变得冷冷清清，地上随处可见摘落的菜叶、拔掉的鸭毛、废弃的下水、刮下的鱼鳞、吃了半截的包子。重华佬拎着一个黑色塑料袋，从脏兮兮的街巷走过。他走得不算快，往常只需十来分钟的路程，今天花了半个多小时。他爬到半山腰。走近看，文星塔更显老迈。塔身斑驳，墙体开裂，砖缝里长出杂草。他坐在冰凉的石阶上，望着远处层层叠叠的房屋。有些老房子已经破败不堪。那些贴着瓷砖或外墙裸露的新房从中耸立出来，显得有些突兀。这里面有他挣下的家业，是他用日复一日的劳作换来的。有一天他会离开，但房子还在这里。那一天不会太远了，他叹了一口气，慢慢蹲了下来。他把塑料袋里的香烛、黄表纸拿出来。山上不时有风刮过，他用打火机点了好几次都没成功。他把香烛插在碑前的草地里，纸钱呼呼燃烧起来，蓝色火焰在风中飘荡。

他跪在地上，嘴里喃喃自语。眼前是一个个土包，上面长满杂草。按照文星镇的习俗，那些意外去世的年轻人进不了祖坟，塔下这片荒山便成为他们最后的归宿。二十几年前，时常有人委托他跟雇佣这些年轻后辈的包工头或小老板谈判。有些家庭甚至因为有人去世而拥有一笔不菲财产。有些坟地前面插着被风吹熄的半截蜡烛。坟地没有墓碑，也不知道他们祭奠谁。因为这些无主坟地，往日喧嚣的文星塔也成为罕有人至的地方。有时在夜晚远远也能看到幽幽的蓝光。后生仔是不是也是其中一个，他也吃不准。但到这里烧点纸，至少心里安稳一些。

重华佬抽完一支烟，起身往山下走去。烛火已经熄灭，尚未燃尽的纸钱仍残留红色微光。回家的路似乎比来时近许多。也许身上轻快，底下脚步也快一些。天色暗下来，青黑色江面映照出深深浅浅的灯火。今晚应该可以睡个好觉，他对自己说。路上有人跟他打招呼，问他急着去哪里，怎么跑这么快。他微笑着点点头，并不打算回答。好多事情似乎说不出口，也没法说、不必说，那就干脆不说。

他走到江边那条街上，看到那位叫晓勇的年轻人已在店面门口等候。

四

次日，老伙计们纷纷带来消息。重华佬对他们在如此短暂的时间打听到的情报不以为然，但依然耐着性子听完了。他现在最不缺的就是时间和好脾气，他请他们坐下，给每个人泡茶、发烟。这几个老伙计应该已经碰过头，讲出来的话基本一致。他们认为李如泉可能性最小。他在镇上就是一个性情孤僻的人，很少跟人来往。那几年不在镇上，也是关在牢里，哪有机会成家、生孩子，更不用说离家出走之类。阿斌仔在镇上有老婆孩子，没听说他在外面胡来，搞传销那几年，他手上的钱包括家里的钱都被折腾一空，不可能有余力养小老婆。

那最有可能的就是权权。或许他发现自己得了不治之症，不想拖累家人，便独自回到镇上。他们算起来，权权的长相、年纪、回来的时间也差不多。他们说了两个细节来证实他们的判断：一是权权在世时，曾经跟别人提起他在城里有老婆，还说孩子好几岁了。当时别人都不相信，如果真有，不可能在他身患重疾时不闻不问。二是权权回来前，曾有一个女人来镇上找过权权，到处打听权权的消息，当时人们以为是哪里来的骗子。他们并未见过那个女人，说起来却十分笃定。

他记得这个叫权权的人。他跟权权的父亲年纪相差不大，可以说是看着他长大的。权权患病时（据说是尿毒症），父母已不在人世，家中又无兄弟姐妹，只能自己一个人去医院治疗。他记得那时候权权喜欢拍照，整天挂着照相机在街上晃悠，看到什么都会拍几张，好像给他也拍过。权权离世近二十年，重华佬早已记不清他的长相。倒是那位外地年轻人，不时在他脑海里浮现。

权权家的房子还在，只不过多年无人居住。他有时从房屋边上经过，还会忍不住往里面瞥上几眼。树木、杂草和苔藓从院子里蔓延进去，屋内绿意幽深，隐隐透着一股凉意。他不禁打了个寒战，转身快步离开。权权去世后，东西并没有被清理过，或许能找到一些有用的物件。所以重华佬在门口看到晓勇时，打算带他去那幢老房子看看。晓勇自然也乐意，他并没有多少选择。如果不是重华佬，他甚至不知道权权是谁、住在哪里，何况他就要离开，还不如碰碰运气。

他们沿着街巷往里面走。前一天晚上下过雨，青石板路泛着湿漉漉的光。重华佬在前面带路，晓勇跟在后面。晓勇担心滑倒，每次脚落地时都很轻，几乎不发出一点声音。重华佬不时回头看，担心走着走着后面的人不见了。他们从一扇小门进入一户人家，从带天井的堂屋穿过，出来后拐进一条逼仄巷子，头顶只能看见窄窄的天空。如此几次，晓勇已经彻底迷惑。他干脆不再辨认方向，只是跟着重华佬往前走。重华佬脚步放慢，年轻人走到老人前面。一阵风从身边拂过，他仿佛看到那位提着蓝色玻璃瓶的后生仔。他加快脚步往前追，后生仔一路小跑。两个人的距离越来越远，后生仔渐渐消失在巷子尽头。老人站在原地，脑子里一团混沌，不知接下来该去哪里。他干脆坐在屋檐下冰凉的石凳上。他回头看见晓勇仍跟在后面，一时间有些恍惚。晓勇快步赶上，也在石凳上坐下休息。

“你，以前来过这里吗？”重华佬问。

“好像有点印象，也许很小的时候来过吧。”

“你还记得父亲长什么样吗？”

“不太记得清，他留下的照片很少。”

重华佬带着他继续往前走，来到那幢被植物占领的老房子前。门上的锁不知什么时候脱落了，几块木板横着钉在上面。这样的房子似乎也没有上锁的必要，里面早已经是家徒四壁，没有一样值钱的东西。晓勇从门缝隙往里面看，只看到一片幽深的绿意。重华佬用力一推，钉在上面的木板掉落，门“嘎吱”一声打开了。

五

距离上一次走进这间房屋，已经过去将近二十年。那时，重华佬还不到七十。他已经做好死去的准备，但他的身体依旧硬朗，走起路来带着一阵风，说话中气十足。因为他反复提及七十这个关口，跟他年纪相仿的老伴反而有衰弱迹象。庆幸或不幸的是，他跟他的老伴都活过这个年纪，活到了今天。而那一年，三十出头的权权已经病入膏肓。他还记得权权面色发黑、头发稀疏，浑身上下瘦得只剩下一把骨头。不过他看起来依然乐观，经常笑着跟别人打招呼，露出镇上人少有的白皙牙齿。每隔几天，他会走进重华佬店里，要一包 5 元钱的“红双喜”。

天气好的时候，权权带着相机到处拍照。别人问他在外面做什么，为什么回来，他总是有意无意把话题岔开。大概是那年的七月份，人们忽然想起权权已经好几天没有出现。最初大家都不以为然，也许是天气炎热，他不愿意出来。又过了几天，权权依然没有出现，一种莫名的惶恐蔓延开来。有人说应该去他家里看看，但没有人愿意出面。最后还是重华佬去他家敲门，很久无人应答。他推门进去，一股臭味扑面而来。他看到那幅终生难忘的画面，难以抑制地呕吐起来。

与权权有关的一切，随着他的离去而成了一个谜。人们不知道他为什么回来、经历了什么、什么时候死去。但这些都不重要了，他本来就是一个无关紧要的人，何况身边也没有可以依赖的亲人。重华佬后悔自己推开那扇门，但事已至此，只能掏钱将这个不幸的人安葬，要不然那张高度腐烂、爬满蛆虫的面孔将永远挥之不去。重华佬没有白白花这笔钱，人们对他的敬重因为这件事增添了几分。

这二十年间，应该都没有人进入这所房屋。窗边一棵桃树的枝杈生长进来，或许桃仁掉落在地上，屋内也长出几棵发育不良的桃树。靠近地面的墙滋生出一层深绿的苔藓，桌椅、凳子蒙上厚厚的黑灰。一条青色四脚蛇游动身体，没入草丛中。虽是晴朗白日，房屋却透着一股阴森之气。重华佬和晓勇在里面翻了半天，没有发现什么有价值的东西。那张摆在书桌上的合影，早已被水雾漫漶，看不清人影。重华佬记得权权下葬时，他的衣服、账目、书本等东西都已付之一炬。

晓勇在抽屉里找出一盒旧底片。他拿起来对着光瞅了几眼，发现里面还能看见反光图像，便将底片揣入兜里。他自顾自说道："底片存放的时间很长，或许还能冲洗出照片来。"两人在里面又找了几遍，终究没有发现什么。晓勇只好打开黑色相机拍了几张，说回去给母亲看看这房子的结构，或许她还有印象。

往回走的时候，重华佬本想跟他说权权的事，但话到嘴边却没说出口。他无法确定权权跟眼前这个年轻人有什么关联，说多反而不好。晓勇倒是絮絮叨叨谈起这些年的经历。父亲突然消失后，他与母亲相依为命。上学的时候，他这个没有父亲的孩子，没少被人欺负，他也不敢告诉母亲。他还算争气，考上一所211大学，找到一份有编制的工作。母亲有时会提起文星镇上的父亲，说他如果还在的话，应该有多少多少岁，看到儿子有出息，应该也会感到欣慰。说的次数多了，晓勇把这件事记在心上，这次到文星镇来，希望能找到一些线索。

重华佬问：“你母亲多大年纪？”

晓勇说：“也快六十了，母亲还提过要到文星镇来。”

重华佬说：“她能来最好，也许只有她能确认权权的身份。”

六

权权的“儿子”到镇上寻亲的事很快传播开来。每天都有人到重华佬店里打听消息。人们的说法不一。有的认为晓勇归宗认祖，对自己的亲生父亲和老家还是有感情的，毕竟文星镇出来的人，血浓于水如何如何。也有人认为他看上权权的房子，虽然房子不值钱，但那块宅基地还是值几个钱的，今后无论政府拆迁还是邻居造屋，都免不了占用这块地皮。后面一种说法渐渐占了上风，人们更愿意相信这个叫晓勇的年轻人是为了利益来到此地。权权老屋附近的几家人反应尤其强烈，认为此人多半是冒牌货，甚至叫嚣着要把他赶出文星镇。

重华佬劝他们不要冲动，晓勇也没提房子的事，再说他跟权权之间是否存在血缘关系一时间难以证明，就算是，人家也不一定会争这块地。但不管重华佬怎么说，人们对晓勇的排斥并没有因此而减弱。他只好暗地里提醒晓勇，不要在镇上晃悠。晓勇说他做人坦坦荡荡，没有什么好怕的。他说走之前想去文星塔看看，到权权的坟上一炷香、化几张纸。重华佬说：“你确定权权就是你——父亲？”晓勇说：“我也不能确定，不是也不要紧，权权这个人也蛮可怜，估计这么多年都没人给他上过香。”提起权权，重华佬又想起面目模糊的后生仔。

重华佬费了好大劲儿才跟老伴说清楚后生仔的事。老伴反应奇怪，最初愣了一下，脸上掠过一丝惊惧，随后又让他不要胡思乱想，说都这么大年纪了，过去的事就让它过去吧。重华佬问她过去发生了什么事，她东拉西扯说起来。她说的那些却跟后生仔没什么关系。他试图在家里找到一两件跟后生仔有关的东西，比如照片、日记之类。他在老房子的里里外外找了几遍，却一无所获。他在阁楼上那副尚未上漆的寿材边坐下，点了一支烟。他的手掌在细腻木材的表面摩挲，心思变得柔软，这是他最终的安身之所。他将在里面慢慢腐烂，跟泥土、木材融为一体。他把盖板挪开，爬进去，轻轻躺了下来。阳光透过天井照射在他的脸上，他几乎睡着了。

重华佬两天没见到晓勇，心想难道他已经离开文星镇。不知为何，他忽然有些挂念这个外地来的年轻人。他拨电话过去，半天才有人接。电话那头的声音有些虚弱，话也不大说得清。重华佬察觉出异样，问他是不是有什么状况。晓勇支支吾吾半天才说出来，他的确受到攻击。晚上，重华佬冒着严寒赶到镇上唯一的宾馆。说是宾馆，其实只是镇子外面的一处山庄，里面有吃饭的地方和五六间吊脚楼。晓勇脸颊上有瘀青，口腔内应该也有伤，说话、喝水都有些吃力。晓勇看到重华佬连夜上门，脸上有些愧疚。他说自己应该听重华爷爷的，早点离开这里。

重华佬有些抱歉地说："文星镇人就是这样，为争地争水这些事不知道搭进去多少人命。"晓勇说："我不会留在这里的，即便他是我的父亲，我也不会回来，也回不来了，我只是想知道一些父亲的事。"重华忽然想起二十年前的往事。权权回到镇上，同时带回来一台相机，用胶卷的那种。人们劝他开一家照相馆，也能解决生计问题。他却没把这个当回事，纯粹拍着玩。人们不知道他已经来日不多，仍跟他开玩笑，问他什么时候把老婆带回来。权权去世后，那台相机也不知踪影。

晓勇说："父亲年轻时喜欢帮别人拍照片，他自己的照片倒是很少。五岁那年，他离开母亲和我，带走的只有那台富士相机。母亲这些年常常心有愧疚，父亲那时知道自己患上不治之症（她却不知情），他也许觉得跟我们在一起也是拖累，还不如离开这个家。他为了让母亲死心，走的时候没有留下任何讯息。母亲曾到文星镇来寻过，却没有找到。他最初可能没有回这里，而是在别的地方生活，后来身体实在不行，才回到镇上。说起来，父亲什么时候去世、去世以后如何埋葬的，我和母亲概不知情。"晓勇说着说着，竟有些动容，眼里闪烁着泪光。

几颗星星挂在空中，天空下是黑黢黢的山峰和田野。林中不时传来几声喑哑的鸟鸣，旷野更显寂静。远处的文星塔只剩下影影绰绰的轮廓，山上的土包已经被夜色吞没。重华佬走在路上，步伐有些踟蹰。冬天的风呼啸而过，树木发出骇人的声响。月色中，他的身影拉得很长，仿佛有一个人不远不近地跟随他。

七

老伴已经睡下，听到窸窸窣窣的动静，又醒过来。他解释说刚从晓勇那里回来。老伴迷迷糊糊抱怨："少跟他来往，这种来路不明的外地人还不知道想要干什么，权权也不是什么好人。"重华佬突然生起气来："别人也没什么坏心，不过想找到自己的亲生父亲，你有什么资格说三道四。"老伴争辩道："你以后还要做生意，还要在这里长久生活，你犯不着为了他得罪镇上的人。"说着说着，老伴抹起泪来，说起以前怎样怎样、做生意如何不容易，跟着他一辈子没过几天好日子，活着也没什么盼头。她的话题渐渐偏离晓勇，甚至跟重华佬关系也不大，也不知道她想要表达什么。重华佬听着听着，意识模糊起来，发出沉闷的鼾声。

次日上午，天上飘起细雨，寒风将地面的废弃之物卷至空中，街上一片萧瑟。重华佬在家中坐了半晌，也没有几个人光顾。快到中午的时候，那位脸颊仍有瘀青的晓勇出现在门口。他央求重华佬带他去一趟文星塔，说再不去就没时间了。老伴看到晓勇出现，脸色不是太好看，嘴上唠唠叨叨说着什么。重华佬现在也顾不上，他抓起一件厚外套、一把雨伞，跟晓勇一起出门。从街上走过的时候，他没有忘记买一把黄香、几根红蜡和一摞黄表纸。上山的路湿且滑，重华佬知道踩着有草的地方往前走。晓勇好几次滑倒，身上沾满泥土和水。

晓勇拍拍身上的泥巴，喘着粗气问重华佬，当初为什么把他们葬在这里。他说"他们"的时候，特意加重语气。重华佬明白他的意思。他对晓勇说："最早葬于此地的是一位寻短见的后生仔。也不知与父母发生何种矛盾或者受了天大的冤屈，人们看见他一边跑一边抓着农药瓶往嘴里灌。他跑的方向就是文星塔所在的山。等家人追赶上来，后生仔倒在文星塔下面，已经没有呼吸。人们不能将他运回镇上，也不好葬至祖坟，只好就地掩埋，没有留下任何墓碑。从那以后，意外死去的后生仔纷纷集中葬于此地，他们的家人心照不宣地没有留下墓碑。”

权权是重华佬当年请人埋葬的，但这些年他从未到坟上祭奠，也只记得大致方位。他带着晓勇在杂草丛生的土包前辨认。有时，他盯着某个土包许久不动，似乎回忆起多年前的情形。但他最终还是摇摇头，继续往前走。如此过去半个多小时，他依然无法确定这密密麻麻的土包，究竟是哪一个葬了权权的尸骨。他和晓勇坐在文星塔下面，望着铅灰色天空下死寂的村庄。重华佬叹了一口气。晓勇安慰他说：“如果实在找不到，我们就在这塔下面烧点纸，心意到了就行。”

重华佬说：“唉，不该死的人死得太早，不想活的人活得太久，你说这都是什么世道。”晓勇说：“爷爷你不要这样说，能活到这个年纪也是福分，上辈子修来的福分，多少人想也想不来。”重华佬说：“活得久有什么益处，不过是浪费粮食罢了，我早已没有什么牵挂，如果有，只希望我能走在老太婆后面，不至于没人管她的身后之事。”晓勇说：“你们两个都是好人，都会长命百岁的，今后有机会，我还会来看您。”重华佬感慨：“权权如果真有你这么个儿子，也是他的造化。”

重华佬终究没有想起权权墓地的具体位置。晓勇在塔下找了一处干爽之地，把黄香、红烛和黄表纸点燃。他跪在地上，朝着始终沉默的文星塔磕了几个头。晓勇起身时，雨停了，文星镇上空出现一道七色彩虹。层层叠叠的房屋也从云雾中显现出来。彩虹影影绰绰，仿佛有一个人影凝视着文星塔和塔下的一老一少。晓勇顺着重华佬手指的方向望去，人影不见了，只有云彩变幻着形状。

八

重华佬接到一个陌生电话，说县城有人要到他店里来。他问什么事，对方却不肯多透露，说也不需要特别准备，只要他人在家就行。重华佬想来想去，也理不出什么头绪，他猜测或许与晓勇有关，与那幢老房子有关，难道权权边上那些人已经把这件事捅到县里，想来也不至于。还好晓勇前一日已经离开，他们来也找不到他、问不出什么。重华佬躺在床上翻来覆去，好长时间都没有睡着。

没想到这次上门的竟是县里的领导。除夕将至，他们照例对镇上的高寿老人和孤寡老人有一个走访。重华佬作为镇上年纪最大、最有威信的老人，自然成为县领导走访的首选。跟着县领导来的，还有县里有关部门的负责人和镇上的领导，以及扛着长枪短炮的随行记者。一行人将重华佬的店铺挤得满满当当。老伴很久没见到这种阵势，话也说不大利索，站也不是，坐也不安。重华佬毕竟见过世面，配合县领导握手、寒暄、拍照，还说了几句感谢政府的场面话。县领导递给重华佬一个红包，让他保重身体，争取活到一百岁。重华佬大声说：“再活下去都要成精了。”大家的脸上洋溢着欢快的笑容。记者也不失时机地拍下这一画面。

一行人离开后，店里变得空旷起来。老伴这时回过神来，她把重华佬手里的红包抽出来，拆开来看，发现里面有整整五张百元大钞。她的脸上顿时开出花来，挤出一道道褶子，说县领导上门果然不同，以前镇上来人都是几十块，人家来一次抵他们十次。重华佬不以为然地笑笑，没有多说话。活到这个年纪，这些东西也没有多少意义。有地方住，有东西吃，连寿材都已备齐，钱财还有什么用。

晓勇离开的第五天，重华佬收到他寄来的信。他已经很多年没有收到信了，心中还有些许激动。他将信封撕开，里面掉出两张纸和几张照片。信里写道：

重华爷爷：

见信如面！

离开文星镇有一段时间，有些话想对您说，却不知从何说起。

刚到文星镇时，我并没有抱任何希望。这本来就是一件难以完成的任务。只是母亲有这样的心愿，我想应该帮她完成。感谢您帮我打听消息，带我去权权的家，到文星塔下祭拜。母亲看过房屋照片，她也无法确定我们去过的权权家，就是父亲曾经生活过的地方。也无法确定这个叫权权的男人，就是她的丈夫、我的父亲。但是这些都不重要了，重要的是去过了。就算不是权权，我想他的魂魄也在文星塔护佑之下，也许就在文星镇的上空，在那些七色云彩中间。我现在对父亲多了一层理解，也许当初他离开我和母亲，也有不得不走的理由吧。

文星塔是一个神奇的地方。听您说最初是为了纪念镇上考取的状元，后面却成为意外去世的年轻人魂归之地。也不知道几百年前的状元作何想。权权拍摄的照片，有许多文星塔的影像。他似乎很喜欢这个地方。夕阳下的文星塔的确有一种难以言说的美，似乎是某种神秘的召唤。权权葬于此地，也是他的幸运。

旧底片冲洗出的照片也有你的影像。想来应该是权权当年为您拍摄的吧。我寄给您作为留念。里面的年轻人长得跟您有几分相像，他是您的儿子吗？我在文星镇时似乎没有看见，不知他去了哪里。他的年纪也不小了吧？您要保重身体。有您在，我觉得自己跟文星镇也有某种特别联系。

祝：

身体安康！

晚辈 晓勇

重华佬把挂在脖子上的老花镜推上去，盯着桌子上的照片。他看到了二十年前的自己，以及自己和那位下巴尖细、面皮白皙的后生仔的合影。照片中的他脸上还有笑意，后生仔却是一脸严肃。他皴裂的手指轻轻抚摸着照片上的人脸，浑浊的眼泪沿着眼角沟壑流出来。眼泪落在相片纸上，缓缓漫漶开来。

青　白

青白踩着高跟鞋，“橐橐橐”走过石板街时，闻到一股熟悉的味道，像阴雨天被褥受潮的霉味、母亲在厨房操持时窜出的香味，或者秋天焚烧秸秆时萦绕在村庄上空挥之不去的烟味。她深吸一口气，五脏六腑缓缓舒展开来。这些年，她以为自己早已适应南方那座城市的生活。可这座村庄早已融入她的血液。一丝气味、一种声响，甚至一缕尘土飞扬的光线，就能让熟悉的记忆汹涌而至。

她走过那条青石板街时，并未注意到别人异样的眼神。后来，她听乾勇说起，她的走路姿势跟镇上女人有所不同。她问他：“哪儿不同？”他一脸贱兮兮说：“就是好看呗，让人看了，特别是男人看了，眼珠子都要弹出来哦。”她特意观察别人怎么走路，还试着学着她们，身体前倾，甩开手臂，迈开两腿，臀部保持不动。但多走几步或走快了，又不自觉扭动腰肢，挺起胸脯，收紧腹部，伸长脖颈，昂着头，高跟鞋“橐橐橐”地敲击石板，仿佛踩着音乐节拍在 T 台上走秀。

离开南方那座城市时，回老家并非首选。闺蜜菲菲找到新工作，三番两次叫她去。她思前想后，终究没下决心。她在外面闯荡多年，多少赚了一些钱，可心里毕竟不安定。她听母亲说，文星镇这几年发展得不错，县里投了不少钱搞建设，从周边山上迁来不少人，到了节假日还有外地游客，汽车一辆接一辆，堵得水泄不通。她盘算着，回去做点生意什么的，应该能养活自己，好过在外担惊受怕。

这样的事儿她经历过不止一回。有一次晚上下了班，她一个人往出租屋走。走到巷子口，一个男的不知从哪儿冲出来，扯了她的包就跑。她跟着追了一段，眼见着人影没入黑暗。她站在街口，寒风迎面吹来，眼泪扑簌簌流下来。从此，她再也不敢一个人回家。两人结伴未必安全。她和菲菲遭遇过飞车抢劫。摩托车从身后呼啸而过，刚在耳边通话的手机，转眼不见踪影。

她走进镇子，看到许多新的风景。北面大片田野，如今用木质栅栏围起来，上面挂着“农耕文化体验园”的牌匾。远远看去，稻草人、游乐场、巨型风车、竹制水车、铜牛雕塑，还有一眼望不到边的郁金香花海。沿河建了不少两三层楼的房屋，外面贴了白色、红色瓷砖。正值集日，街巷两旁密密麻麻摆着各种摊位。她拖着白色行李箱，从吵吵嚷嚷的人群中穿过，一路经过卫生所、小学、诚公祠、状元楼、广文桥。她听着熟悉的乡音，走过潮湿的街巷，渐渐踏实下来。

快到家时，一个满脸褶皱的老妇眯着眼瞅她，过了片刻迟疑道："姑娘，你是素丽家的？"她朝老妇点点头："奶奶，我是青白啊。哎哟，好多年不见，小青白长得这么好看，女大十八变，真是认不出来了，你们快来看啊。"浑浊的、清澈的、好奇的目光，齐刷刷打到她的脸上。一时间，竟然觉得脸上发烫。绯红夕阳从房屋之间的缝隙射进，在巷子里映下一道狭窄光带。她的影子被拉得很长，脚还在原地，头已经到了远处。她望着自己的影子，脚下有些踟蹰。

走进素丽服装店，迎面而来的红灰绿紫，将三面白墙遮挡得严严实实。一块浅蓝色布帘，在角落里牵扯出一个试衣间。母亲戴着老花镜，上身前倾，坐在缝纫机上踩着踏板。看到门口有人拖着行李走进来，她才停下手中的活儿，转过头，取下眼镜。母亲有些惊讶说："你回来怎么不提前跟我说一声？"青白说："回来就回来了，反正你也不会到哪里去。"母亲笑眯眯地说："那倒是，我得守着这家店。"

过了几日，她不经意对母亲说："现在谁买这么老土的衣服？"母亲说："你在城里待久了，不了解行情吧，我跟你讲，这就是文星镇最流行的款式。"说罢，她抓起一件灰色涤纶面料的女式衬衣，给青白絮叨半天。青白对这些东西感兴趣，因为她也有开店的想法。她在服装厂流水线做过几年，也熟知当地的服装批发市场。她跟菲菲没事就去那些店里淘衣服，从堆积成山的货物中，挑出一两件适合自己的。如果不是初中毕业后出去工作，她也许会去念一所中专，学习艺术设计之类的专业。兜兜转转这么多年，也许最终还是回到这条路，跟母亲做同行。

母亲不怎么支持青白的想法。她说："卖衣服不是什么好营生，累得要死，赚不了多少钱，你这次回来，当务之急是先成家，解决终身大事，再来考虑这些事情不迟。"青白说："这个你不用操心。"母亲说："你都快三十的姑娘，我能不急吗？镇上像你这么大的，娃娃都生了几个了。"青白说："我跟她们不同。"母亲说："有什么不同？你比她们高级？还是比她们好看？""反正就是不同。"

青白离开文星镇多年，在城里虽是打工人，毕竟见过世面，耳濡目染，多多少少染上城里人的习气。比如她实在做不到像母亲那样十点不到就上床，次日清晨四五点起来。她的生物钟跟母亲正好相反。到了晚上，精神出奇地好，早上却哈欠连连。九点一过，偌大的文星镇黑黢黢的，没有几家营业的商店。她走在街巷之中，好似孤魂野鬼。她习惯城市夜晚的喧闹，习惯五光十色的城市夜生活，回到这寂静的小镇，反而有些不适。仿佛人在白茫茫的雪地里待久了会患上雪盲症。在彻底的寂静之中，她的耳朵嗡嗡作响。好不容易睡着，尽做些奇奇怪怪的梦。

有时候她半夜醒来，恍惚间，以为自己仍在那座城市，陪客人喝酒、唱歌、掷骰子，在出租屋里睡得天昏地暗，不知白天黑夜，胃部甚至有一种莫名其妙的不适，仿佛喝多了酒想吐又吐不出来。她趴在床边干呕，吐出一口酸水。等眼睛彻底适应黑暗，看到墙上已然发黄的海报、海报上若有若无的笑容，才知道自己回到少年时生活过的地方。她索性起来，靠在床上，点开手机里的消消乐。

回来第三天，她才见到乾勇。乾勇忙着做家电生意。政府出台家电下乡的补贴政策，乡下人见有便宜可占，纷纷抢购，也不管买回来用得着用不着。他拖着冰箱、电视机、洗衣机、消毒柜，翻山越岭送到别人家里。他对青白回到镇上颇为不解。他说："这破地方有什么好的，要不是被老头子拖着，我早就出去闯了，我要是出去，搞不好已经发了大财。"青白说："别吹牛，过几天去你家里玩啊。"

状元楼牌匾红漆斑驳，几根木头柱子开裂，硕大蛛网占据了檐角和梁柱缝隙，几丛杂草从琉璃瓦上探出头来。青白从那些街巷和老房子间穿过，见到一些面孔熟悉却叫不出名字的人。她走错两个路口，好几次差点走到陌生人家。最后看见门口那辆沾满泥土的老款嘉陵摩托，才找到这间光线暗沉的老屋。

乾勇看到青白冒出来，有些措手不及。他慌慌张张地说："你怎么来了？"青白说："我来看看你不行啊？"乾勇搓着手，不知道该说什么。青白打量起这间屋子来：红砖瓦房，杉木门面，灰泥地面，嘎吱作响的饭桌，光滑发腻的长条凳，积满黑色尘土的蓝白条纹塑料布屋顶。与少年时的记忆相比，没有太多变化，只是更老旧更破败。她听到剧烈的咳嗽声，走到里间，才看见一位老人躺在床上。她叫了一声"伯伯"。老人咧着嘴，咕哝几声，似笑非笑，口水鼻涕齐齐淌出，滞留在花白胡须上。一股酸臭味钻入她的鼻腔，她忍住呕吐欲望，回到堂屋。

乾勇把泡好茶的纸杯递给青白。他坐在凳子上，掏出一支"白沙"。

老头子骑摩托车送货，在山上摔了一跤，骨盆骨折了，一直躺在床上，两年多了，要死不活。每天回来伺候他吃喝拉撒。“你说我能去哪儿？”乾勇说。

“文星镇也挺好，我看你到处去送货，忙得不得了。”

“听说大城市送快递，一个月也能赚七八千。我骑车技术好，脑子也不笨。”

“钱能赚到，开销也大，其实不划算。你看我在外面这么多年，最终还不是回来。”

“你在外面都做些什么？”

青白想想说：“做过很多工作，进过厂，端过碗，唱过歌，发过传单，也做过销售，什么挣钱做什么呗。”

“文星镇这种鬼地方，你待久了就知道，没什么意思，大家天天忙着一张嘴，好像吃饱喝足就万事大吉，还喜欢背后嚼舌根，无中生有，听风就是雨。”

屋内传来“哇啦哇啦”的喊声。乾勇不耐烦地吼道：“来了来了，说几句话也不消停。”他扔下烟头，走到里屋，掀开被子，一把褪下老人的裤子。青白不好意思再看，一个人走到门口。她坐在石凳上，看见一只黄狗躺在摩托车下。她对那只黄狗说：“你叫什么名字呀？”黄狗耷拉着眼皮，呜咽几声。过了一会儿，巷子那头传来狗吠声。地上的黄狗竖起耳朵，爬起来，后腿一蹬，朝有声音的地方跑过去。脚爪在石板上发出“噗噗噗”的声响。黄狗消失在巷子尽头。一位身形瘦小的短发姑娘从门前走过，停住脚步，目光在屋里和她身上迅速切换，脸上似有疑惑。她正想说几句话，短发姑娘却转身离开了。

乾勇出来了。他把钥匙插到摩托车里，一脚跨上去，左脚踩住离合，右手缓缓加油门。摩托车轰隆隆发动起来。他扭过头说：“我要去送货，你上来吧，顺道把你捎回去。”青白从后面跳上去，身体后倾，抓住座位边上的护栏。摩托车在逼仄巷子里游走，时而急转，时而加速，时而贴墙而过。青白下意识搂住乾勇的腰。经过服装店，她没下车。“带我一起去吧，反正没什么事。”她轻声说。

时值初秋，田野渐次染上金黄，远处重峦叠嶂，空气煦暖绵柔。一群飞鸟从绿树间窜出，在湛蓝天空中映出星星点点。青白想起她看过的一部电影。台北街头，年轻的舒淇坐在摩托车上，紧紧搂着男孩的腰，黑色长发在风中飞扬。青白想，什么时候是她最好的时光？上初中时，她常与乾勇结伴而行。她的父亲不在，他的母亲也走了，两个少年因此有了一丝隐秘联系。五里多的路程，在两人的谈天中也不觉得长。乾勇有时带她去山上玩。她记得好像去过一个什么溶洞，乾勇举着浇了煤油的木棍在前面带路。她看见里面有石椅、石桌、瀑布、河流，就像齐天大圣的水帘洞。回来的路上，一只母猴拦住他们，抓耳挠腮，不给吃的不让过。乾勇虚晃一枪，带着她一路狂奔，生怕那猴追过来。跑到山下，两人呼哧呼哧喘着气。看着对方的狼狈模样，忍不住笑出声来。那已经是久远的回忆。十三四岁时，不知道为什么，她突然变得很愤怒，跟谁说话都很冲，成绩急转直下。她一门心思想着离开文星镇，离开唠叨的母亲。她草草应付毕业，跟着别人去南方打工。从十五岁到二十五岁，她经历残酷的青春，她见过太多的爱恨与背叛。也许现在就是最好的时光。她搂紧前面男人的腰，任由自己的长发飘扬。

货物送达，乾勇收了货款，调转车头往回走。卸了货，车身轻便许多。乾勇扭动油门，超过路上一辆辆汽车。青白坐在后面有些害怕，又觉得刺激，不时喊“啊”“当心”“你慢点”。乾勇也不理会，到了笔直大路，车身才平稳。青白想起来说：“这附近是不是有个溶洞？好多年不去了。”乾勇说：“你是说紫霞岩吗？最近——”他的声音被风吹得模糊不清。她说：“我想去看看。”乾勇说：“好啊，正好顺路。”

摩托车又开了十来分钟，来到一座秀丽山峰下。卖票的人认得乾勇，笑嘻嘻说：“勇哥，你交桃花运了，找到这么漂亮的女朋友。”乾勇干笑几声，也不解释。两人沿着石阶往下走。洞口约有三四层楼高，石壁上刻着“紫霞岩”三个红字。走到空荡荡的洞口，凉风袭来，白色水雾笼罩。岩石上滴滴答答有水落下，路面湿滑。青白穿着平底鞋，走路也不敢大意。乾勇担心她摔倒，牵着她的手往前走。

青白走进洞口，想起自己大约来过，五六岁时，父亲带她来的。如今回忆起来，脑子里只剩下朦朦胧胧一团雾。许多造型奇特的钟乳石，从岩壁上倒垂下来。有些石柱与岩顶连接部分很细，下面却疙疙瘩瘩，长出很多石瘤。青白看得提心吊胆，生怕它们砸下来。有的从地上往上生长，一节一节，像春天长出的竹笋。洞内雾气氤氲，给人一种如梦似幻的感觉。乾勇说：“这个是八仙过海，那个是西天取经，还有牛郎织女。”青白起初不觉得像，多看几眼，似乎也有那么点意思。

青白听到汩汩水声，心中感觉轻快。她问乾勇，哪儿来的水声。乾勇不出声，径直拉着她往前走。走到尽头，右拐，水流声如在耳旁，却看不真切。乾勇说："你听听，这儿有一条暗流呢。"青白屏住呼吸，听见河水从山洞涌出，哗啦哗啦流到河里，又进入地底，不知去了哪里。乾勇打开手机电筒，一束白光划破黑暗。青白看见清澈的河水，水底卧着光滑的绿色石头。她伸出手指触碰水面，凉意从指间传来。她用双手掬一些水，送至嘴边，溪水甘甜。她从水中捞出一块绿石。

乾勇告诉青白，他听老人们说，这条暗流也不知从哪儿流过来，一直在地底下走，据说最终流入大海。老早以前，岩洞没被开发，经常有人来打水，比那什么山泉、冰泉要好得多，有时还能捕到鱼，肉质鲜美无比。青白忍不住多喝几口，甘甜在唇齿间荡漾开来。蓦然间，黑暗中发出异响，水中似有东西游动。青白下意识扑进乾勇怀里。乾勇起初犹豫，继而将她抱紧，双手搂着她的腰，嘴唇慢慢贴了上去。青白闭着眼睛，感受到舌头的温热与柔软。青白想，也许自己应该早点回来，到了这个年纪，还是要找个归宿。她回到母亲身边，多少也有这种想法。

两人分开，气氛有些尴尬。乾勇说："洞里阴暗潮湿，不宜久留，要不我们早点出去吧。"青白有了心事，对大同小异的钟乳石失去兴致。走马观花看一遍，匆匆走出溶洞。洞外乾坤朗朗、炊烟袅袅。青白愈加觉得，刚才或许是一场梦境。想到那溶洞暗流，一种奇异感觉在体内流淌。她坐在摩托车后面，一路无言。乾勇扬着头望着前方，专注骑车。但青白能感觉到他身体紧绷，后背微微发烫。

服装店有妇女试衣服。母亲忙着给人搭配，看到青白，让她也帮忙找。她找了几件，那女人却不满意。母亲只好亲自上阵，那女人才接了过去，到试衣间换了起来。看她换了衣服出来，青白忍不住想笑。只见她上下皆是红色，独独衣领处一抹绿，身材中间粗、上下稍细，远远看去，像一棵带叶的红皮萝卜。母亲却连连夸赞，说颜色搭配好，让她自己照镜子。妇女左瞧右看，颇为满意，让老板娘让让价。母亲做出一副很为难的样子，笑着说："乡里乡亲，这件衣服就算帮你带的，一分钱不赚，下次务必关照生意。"妇女连忙说："那是一定。"

等客人走了，母亲才问青白去了哪里。青白如实相告，除了溶洞那段。母亲说："乾勇这小伙子呢，还是不错的，能吃苦耐劳，也会赚钱，但家中条件太差，有个瘫痪在床的老人。还有哦，我听说他之前有个女朋友，很难缠的，不知道现在还有没有来往。你跟他在一起，少不了吃苦头。"青白说："谁要跟他在一起，我只是让他帮我找个店面。"母亲说："你还真要在文星镇开店？"青白说："当然是真的，不然你养我啊？"母亲说："我养你也不是养不起。跟你说正经的，人家跟我介绍个小伙子，在镇政府车队上班，部队转业的，身高一七五，腰杆笔直，相貌堂堂，有事业编制，你有空跟人家见个面吧。"青白不置可否，找个理由往外溜。"还有，你走路什么的，稍微注意下，不要让人说三道四。"母亲对她喊道。

不赶集的时候，街上宽敞清静许多。青白漫无目的地走动，街上中老年妇女居多。她寻思，自己如果在文星镇开店，那些漂亮的衣服卖给谁？母亲店里的衣服虽然款式老旧，但有人买就行，管它老土不老土。或许自己应该到县城里去，但在县城开店，没有二三十万是不现实的。短时间，去哪儿弄这么多钱呢？她是不是再出去赚点钱，攒够再回来？也许可以向菲菲借点钱。菲菲还想让她去，说那边生意不错，一个月能赚到一万多，一两年下来就够本了——

“你是青白吗？”青白正在想着心事，被突然冒出的声音吓了一跳。她回过神来，看见一位二十出头的女孩站在不远处，身形瘦小，短头发，细长脸，薄嘴唇，额头上冒出几粒粉刺。看起来有些面熟，她却想不起在哪儿见过。女孩眼睛直直地盯着她，一缕栗红色刘海垂下来，遮挡住半边额头。青白说：“我不认识你，有什么事吗？”女孩说：“我想跟你谈谈。”“跟我谈什么？乾勇——”

“你在文星镇打听下，我十五岁就跟他在一起，谁不知道？什么事情都有个先来后到，对不对？你比我好看，比我条件好，我承认，但也不能一回来就抢别人男朋友吧？婊子才干这种事呢，你在外面是做小姐吗？这么不要脸。你还叫青白，我看你这样的人最不清白。”女孩挑衅般看着她，脸上浮现出一丝冷笑。

一腔怒火从脑后升腾而起，她感觉自己呼吸急促，她本想一记耳光抽过去，但想到在大街上，自己若跟她动起手来，可能互相撕扯，在地上翻来滚去，想来自己还不至于如此。她压制住怒火，深吸气、呼气，如此三四秒钟，她才说出话来：“小姑娘，你说话客气点，我跟乾勇没什么事情，你不信自己去问他。”

“还没什么事，你骗鬼哦。你们两个人，孤男寡女，一起骑摩托车，你把乾勇抱得那么紧，还去逛什么紫霞岩，伸手不见五指，谁知道你们在里面干什么。”

青白又羞又恼，说不出话来，转身就想离开。女孩却抓着她不放，嘴上说：“干什么，别走啊，这样走掉算怎么回事？心虚了吗？青白小姐！”

幸好旁边有人将女孩拉开，不然青白还真不知该如何脱身。青白回到家里，心脏仍扑通扑通狂跳不止。母亲看到她这个样子，问她怎么了。她说不出什么话，大声哭起来。母亲更加着急，反复询问，好不容易搞清楚状况。母亲又心疼又气恼，说：“乾勇造了什么孽，跟这种小婊子婆搞在一起，我们也跟着倒霉。”

乾勇三番两次上门解释，却被青白的母亲拒之门外。不得已，只好给青白发信息。青白由此得知，女孩名叫艳红，二十出头，跟乾勇有过交往，但早已分手。乾勇反复说，艳红还是小孩子，不懂事，嫉妒心强，见不得他跟别的女孩在一起，尤其是比她好看的。他已经当面教训艳红，让她不得再骚扰青白，否则让她好看。青白本想问他，准备怎么让她好看。想来想去，终究没有回复。她心中也明白，说到底，这件事跟乾勇无关。如果说他错，就错在不该隐瞒此事，让自己毫无提防，被一个女孩子搞得措手不及，在文星镇上丢了面子。母亲说，面子事大。

在南方那座城市，这种事情她经历过太多。女人之间明枪暗箭，耍小心眼，搞小动作，她自认为没吃过亏。菲菲刚上班时不懂规矩，被别人呼来唤去，活儿没少干，钱却拿不到几个。有时候还无缘无故背锅，被领班一顿臭骂。菲菲心思单纯，搞不过她们，自己躲在宿舍里哭。她看了心疼，心想菲菲不就是年轻的自己嘛。到下一次菲菲受欺负，她站出来说话了。她对那帮女孩说：“菲菲是我亲妹，你们谁跟她过不去，就是跟我青白过不去，有本事冲我来，别欺负小孩子。”那些女孩有些惊讶，但也没冲上来对她如何。此后，她们对菲菲不再无所顾忌。

过了三五日，她才把这件事完全放下。在文星镇开店这件事，占据她更多精力。回来近一个月，还没理出头绪，她心中越发焦急。她跟菲菲联系，让她去挑一批货，好看、畅销，价格还不能高。菲菲专门去了一趟广州白马，一件一件拍给她看。她开玩笑说：“今后我不干这行，还指望你养活我呢。”青白回复：“有我一口吃的，就不会饿着你。”青白做着这些事，心中笃定下来。她幻想着未来，今后她在文星镇也有自己的产业，自己养活自己，不必看谁的脸色，就算不嫁人，也没多大关系，女人为什么一定要围着男人转？这十来年，她见过太多男人，没有几个真正靠得住。张先生算是痴情吧，每次来必找她，在她身上也舍得花钱，ELAND、TEENIE WEENIE、VEROMODA之类的衣服没少买，临到谈婚论嫁，仍然闪烁其词。小曹年轻，甚至比她还小几岁，带她去迪士尼、海洋公园玩，给她买礼物，就像真正的恋人。但她心里明白，他们没有未来的。老王年纪大一点，结过婚，以为能给自己一个说法，可是终究没有下文——很多事情就这样不了了之。

乾勇跟她接触多了起来。她时常提醒自己注意，仍然免不了麻烦他。她偶尔会想，如果不是艳红这个插曲，她跟他也许真的会发展出什么。她并不讨厌这个人。那天在溶洞之中，她抓着他的手，心中就很踏实。自从父亲去世，她就与母亲一起生活，家中无男性，时常被人欺负。年少时离开文星镇，她就想逃避这些东西。那些年，她很期待也很渴望安全感。乾勇能给她安全感吗？乾勇不甘心留在这里，却没办法出去。他熟悉这里的每一个人，熟悉那些山川河流、沟壑田地。但她和乾勇却谈不上多么熟悉。在成长最快、变化最大的年月里，他们彼此是缺席的。回来之后，两个人仍然若即若离，她不明白乾勇到底是怎么想的。

菲菲寄过来几件样品。她一一熨好，换上吊牌，挂在母亲的服装店。她想，美好的东西，总会有人喜欢吧。能够以一己之力提升文星镇女性的审美水平，这种想法让她兴奋。乾勇那边却迟迟没有消息。也许文星镇的很多事情，并不是她想得那么简单。光天化日之下，总有暗流涌动，有一些她看不见、摸不着的东西。

南方那座城市刮起一场“风暴”。电视台四处曝光，许多高档酒店被查封，老板跑路，姑娘们惶惶然四散而逃。她庆幸自己有先见之明，早走一步，不然落到如此田地，岂不走投无路。那场“风暴”在电视上反复播出，她甚至从画面中认出几张熟悉面孔。还好菲菲没有被抓，她转移到中部一座城市，重操旧业。文星镇有许多人议论此事，有人叫好，有人叹息，更多的人是抱着看热闹的心态。

青白听到那些流言时，最初没有放在心上。这些流言愈传愈广，说得有鼻子有眼。说青白也是从那座城市逃回来的，在外面混不下去，回文星镇避风头。还有更难听的，说什么“以前卖身、现在卖衣”“青白不清白”。“青白小姐”这个恶毒称呼也流传开来。青白觉得委屈，而且不知道跟谁解释。人人在传，但当面无人承认。她总不能在街上随便抓住一个人，她想：哎，我青白不是那样的人。

青白怀疑是艳红散布的谣言。她不想直接跟艳红打交道，便让乾勇去问。过了几日，乾勇却说自己没碰到艳红，说不出什么所以然来。青白隐约感觉，乾勇对自己的态度也变了，似乎有意无意跟她保持距离。青白起初想是不是自己故意冷落了他，后来又怀疑跟这些流言有关。不光是乾勇，她走在路上，发现别人看自己的眼光也奇奇怪怪。看到她扭动腰肢走过来，那些男人脸上露出近乎猥亵的笑容。

母亲提醒她走路注意些，不要扭来扭去。青白气呼呼地说："你干脆送个轮椅给我，今后我出去就不用走路。"母亲讪讪然道："倒没这个意思，文星镇这种地方，听风就是雨，无风能起浪，人言可畏啊，你以后还要成家，名声坏了可怎么办。"青白说："大不了，我再出去，也不是非得要嫁人，我就不信养不活自己。"

出去容易，她打算开的店怎么办？照此形势，她料想今后生意不会好。她期待"以一己之力提升文星镇女性审美水平"，不过是自己的妄想。她想也许自己真的错了，应该听母亲的。母亲三番五次告诫她，在文星镇做生意，三分靠质量，七分靠人情，人家来买你的东西，很多时候就是相信你这个人，他们哪里知道什么流行、什么好看，你说好看他们就说好看，你说流行他们就认为流行。她在城里学到的那一套，所谓口碑相传、会员制度，在这里根本派不上用场。

她想找乾勇谈谈，也许他有办法。约了几次，终于在"农耕文化体验园”见上面。她跟乾勇在里面走着，看见许多外地游客。那些人在郁金香花海中拍照，在大风车上摇动木质手柄，在儿童游乐场里玩耍。有人爬到铜质牛背上，摆出 V 形手势，嘴里高喊“耶”。人们举着相机、手机不停拍照，脸上洋溢着虚假的笑容，跟她在南方那些游乐场、海洋公园、儿童乐园看到的场景没什么区别。文星镇在变，她也在变。文星镇不再是她的文星镇，青白也不再是十年前的青白。

她对乾勇说：“你也相信那些流言吗？”乾勇望着远处答道：“不会的，不会的，我怎么可能相信，我跟你说过的，文星镇人最喜欢传这种无聊八卦，你别放心上。”她看着乾勇，他的眼神却躲躲闪闪。她叹了一口气说：“我这次回来，其实不打算走的。现在看来，待在这儿也没多大意思。今天跟你见个面，也算告别，感谢你的帮助，下次见面还不知什么时候。”乾勇扭转头来诧异道：“你不是要开服装店吗？怎么又要走？”“我都找好一家店面。”她说，“其实在哪儿开店都一样，我挺傻的，为什么一定要回到这里。”乾勇似乎想说什么，嘴巴张开，却没有发出一点声音。

农耕园里放起了烟花，那些五彩斑斓的烟花升入天空，“轰”的一声，留下一阵淡缈青烟。烟还未散去，地上升起许多蓝色、粉色的氢气球。那些气球慢慢浮上去，越来越远，渐渐变成圆点，消失在湛蓝天空。青白仰着头，看着那些气球飘远。白色阳光刺入眼帘，眼泪不知何时流出，模糊了眼前风景。

青白跟菲菲说了自己的近况。菲菲说：“最近情况也不太好，生意不好做，三天两头还有人来找碴儿，要不还是回南方城市，换个地方继续做事。”青白说：“还是别干之前的行当，要是被抓就会留下案底，如果生意实在不好做，就过来找我，彼此有个照应，开店，打工，做点什么都行。”说到那些不开心的事，青白和菲菲在电话中哭了一通。完事，两人又互相安慰。挂了电话，青白辗转反侧，难以入眠。她试着放松身体，但脑子不由自主想着那些事情。不知熬到几点，才恍惚睡着。

她在黑暗中游动。她能听到河水流动的声音，却什么也看不见。她处在彻底的黑暗之中，仿佛所有的光都被吸收了。她只有不停划水，让身体一点点往前。她感受到河水的冰凉，她的整个身体也被冰凉所包围。偶尔有滑腻的东西擦着身体过去，她想也许是鱼。这些鱼要游到什么地方？她的力气越来越小，气息越来越弱。有好几次，她很想放弃，就这样沉入水底。但耳边有个声音对她说：“青白，你一定要游出去啊！前面就有光，有亮。”她咬紧牙关，并拢双手，两脚用力往后蹬，身体往前滑出去。每次蹬，仿佛都用尽全身力气。她想自己就要死在这里，死在这漫无边际的黑暗中，无人知晓，连母亲和菲菲也找不到她——

水中有了一点点光，微弱之极，她却能感受到。这若有若无的希望，让她的身体重新注入力量。她朝着有光的地方游去，划水，蹬腿，身体像青蛙一般往前蹿。真的是光。她甚至能感觉到光线的温度。她渐渐看到五彩斑斓的珊瑚，看到丝丝缕缕的水草，看到海鳗、鲸鱼、鲨鱼。她憋住最后一口气，用力往上浮。水花四溅，开阔的水面出现在眼前。远处是峭壁巉岩。海水翻涌，拍打岩石，哗哗啦啦退却。一轮暗红色朝阳浮出水面，水面铺满一层细碎阳光。太阳缓缓升起，从暗红变成火红，再转绯红。她感觉到朝阳的温暖。她想大喊一声，却从梦中惊醒。

天空已露鱼肚白，文星镇仍阒寂无声。青白坐在床上，想着刚才那个梦。她在南方看过海，但不会游泳，只能套着充气圈浮在水面。如果掉到河里，恐怕早已淹死。但在梦里，她却游了很久，姿势极为舒展。她想，那条河为什么一点光都没有？为什么游着游着就到了大海？她想不明白这些事情。她打开手机，看见菲菲发来信息："亲爱的，你想好了吗？出不出来？什么时候过来？"她本来打算明天就跟母亲告别，就说自己找到更好的去处。现在她有些犹豫。如果自己再坚持一下，事情或有转机。她的体内忽然有了力量。她不知道这种力量来自哪里。

天亮以后，她就跟菲菲联系，她不想再出去漂泊，她受够那种担惊受怕的生活。她想让菲菲过来，两人凑钱去县城开服装店，不用听母亲唠叨，也不用跟镇上的人打交道。菲菲应该会同意，她没有多少选择，青春饭吃不了几年，除非找个人嫁了。她会带菲菲去紫霞岩，看看溶洞里那些奇形怪状的钟乳石，还有那条通往大海的地下河。她总觉得里面有些说不清的东西，也许菲菲能解开她的疑惑。

东江湖

一

东江不是一条江，而是一片湖。这是我到东江以后才知道的。

那年春天，组织上安排我到东江分公司工作。到基层任实职本来就是好事一桩，何况还是离老家最近的地级市。母亲得知消息，在电话里连说几声“好”。隔着300多公里，我似乎都能看到她瘪着嘴笑眯眯的模样。母亲多年前曾在省城帮我带孩子，虽然语言不通，生活习惯不同，她还是熬了三年。等到孩子上幼儿园，她回到乡下，种田锄地，喂猪养鸡，每天早出晚归。身体虽然没什么大毛病，但毕竟也是八十多岁的老人，一个人生活，我总是放心不下，有时半夜都会惊醒。从东江市区开车到老家，不到一个小时车程。只要不是特别忙，我十天半个月就回去一趟。其实也没什么事，听到老人家絮絮叨叨，我便觉得心中安然。

在异地工作有诸多不便，唯一好处是拥有大把的时间。初到东江时，我为打发这些时间而烦恼，甚至拖着保洁大姐东拉西扯，没话找话说。还好她脾气好，也不嫌我烦。我没有跑步的习惯，最多饭后散散步。到了这个年纪，书不大看得进去，电视剧、游戏之类更是提不起兴致，每天下班之后简直无所事事。好在东江离老家近，老乡也多，有几位还是一个镇上的。时常有人招呼着聚会、打牌、吃饭、喝酒、吹牛。一来二去，跟他们很快熟识起来。这几位都是通过高考或参军出来，又或白手起家创业、在东江地界有头有脸的人物。一般老乡进不了这个圈子，老万是一个例外。自从参加一次饭局后，他就被大家所接纳甚至喜爱。

早在文星镇，老万就是“响当当”的人物。倒不是说他有多大的本事，而是他非同一般的口才。据他自己说，他年少时记忆力很好，几乎过目不忘，无奈他的父亲目光短浅，为了省几个钱，没有继续供他上高中、考大学，以至于他一辈子只能做苦力。他在打工之余，经常会买些书来看，尤其是野史、秘史、战争、传记之类的书。不光看，他还能大段大段背诵书中的内容（包括具体日期、数字），让我这个历史系毕业的研究生也有些汗颜。不过文星镇人对老万这种人不待见，认为他不过是在夸夸其谈，做不了实实在在的事情，略带揶揄地称他为“万秀才”。

我到东江不久，老万就寻上门来。他上的不是我东江的门，而是母亲的老屋。当年父亲患上重疾，正是我职业生涯的紧要关头，不好长时间请假，医院的护工又不放心，最后请老万全程陪护。虽然父亲还是走了，但老万尽心尽力照顾，伺候父亲吃喝拉撒，办丧事时忙前忙后，也算替我尽了一份孝心。因为这层缘故，母亲对于老万也有一种亲近感。每次我回家，她总会把老万叫过来坐坐。

老万提出想到东江找点事情做。他说这些年他一直在外面做些零工，到深山老林烧炭、在大城市做工、为他人造屋等，都是赚点辛苦钱。现在女儿在外地成了家，他一个人无所牵挂。我到东江任职，他也算有了依靠，想托我找份安稳些的工作。母亲在旁边附和道："找工作是第一步，后面要想办法给你老万哥找个伴儿，老了老了就得有个伴儿哇！"老万咧开嘴笑起来，眼睛眯成一条细缝。我当着母亲的面应承下来。其实我到东江不久，认识的人也不多，心中并无把握。

二

老乡碰头时，我不经意间说出老万的事情。在东江经营多年的钟老哥拍着胸脯表示，这是小事情，包在他身上。我原以为这只是酒桌上夸下的海口。隔天，钟哥又详细询问老万的具体情况、工资诉求等，我知道这个事情应该有戏。没多久，钟老哥就把老万安排到某政府部门做保安。老万对于这份工作挺满意，虽然工资不高，但他觉得有面子，说起来也在"某某局"上班。每天早上，那些局长、科长的车都要经过他的"同意"，才能进入那幢守卫森严的大楼。

保安工作看似清闲，其实也有许多门道。"某某局"明文规定，进大门必须出示证件。但实际操作中，很少有人老老实实佩戴证件，其中还有一些是局领导。哪些人进来时需要行礼，哪些人要板着面孔挡在外面，哪些人可拦可不拦，全靠当值保安的眼力。老万进保安队不久，就听说新来的年轻人曾把大领导拦下来不让进门。大领导当面表扬年轻人做事有原则，事后年轻保安却被物业经理一顿臭骂。老万自然不会犯这种低级错误。他凭借惊人的记忆力，在不到一个礼拜的时间里，就把科长及以上人员的照片和姓名记下来。每次远远瞥见有人进门，他就快速搜索比对脑子里的图像库，“啪”的一声抬起右手，同时叫“某局好”“某科长好”。局长、科长们最初觉得突兀，习惯之后，也报以微笑或点头回应。

老万很快适应保安队的生活。相比于他曾从事过的职业，这是一份相对轻松的工作。每天在门口站岗、行礼，就能拿到几千块的工资，吃住还不用花钱。每天下班之后，他就在宿舍里跟年轻保安讲故事。他说自己曾在山里挖矿时看到过野人，浑身覆满棕色毛发，如猿猴一般，有男有女，跑起来时速度奇快，眨眼间人就消失了。说他在虎门、长安一带跑摩的，最好赚的就是那些小姑娘的钱，穿得很少，出手大方。老万这些年走南闯北，经历本来就丰富，加上他口才一流，讲起来绘声绘色，年轻人都愿意听。这些事情都是老万后来告诉我的。

我叫老万过来参加聚会，就是想当面感谢钟老哥的举荐。老万本来就话多，几杯酒下肚，更是刹不住车。那天，也不知谁说起太平天国与东江的渊源，老万接过话，说天京事变后翼王石达开率军出走，1859 年 9 月在东江一带被围，3000 多名太平军走投无路，投湖自尽，如今东江湖底还有好多死人骨头，东江的鱼为什么这么肥——在座各位，他肯定是学历最低的，高小都没毕业，但无论谈到什么话题，他都能发表一番见解。他的见解谈不上多么高明，只是从他的嘴里一本正经说出来，而且用的是老家方言，就显得有些滑稽。一帮老乡不时发出惊叹声，每当这时，老万眯着眼睛，脸上不动声色，似乎这一切与他并没有关系。

离开饭店时，钟老哥搂着我的肩膀，口齿不清地交代："以后，我是说以后聚会，必须叫上老万兄弟，他，他不来我也不来。"他说："老万兄弟干保安可惜了，以后我要帮他找一份更好的工作，你要相信老哥的能力，至少在东江，钟哥说话还是管用的。"老万似乎看到闪闪发光的前程，眼里也有了光亮。

在保安队干了小半年后，老万的确有了换一份工作的想法。最初他觉得轻松，时日一长，渐渐就变成单调、枯燥。尤其是在门岗上一站一整天，还不能说话，对他这种话痨也是一种折磨。当然，钟老哥的承诺也是很重要的因素，似乎激发了他的潜意识，他也认为自己的才能应该有用武之地。但他的学历实在太低，年纪又偏大，除了口才还不错，没什么拿得出手的专业技能，总不能让他去做老师吧，做老师也要考资格证啊。我思来想去，也没有为他找到一条好的路子。钟老哥毕竟是东江老乡的扛把子，在他的运作之下，老万的命运将迎来转机。

那段时间，我也为自己的工作烦心。东江分公司的一把手即将退二线，我能否接任尚无定论。从总部出来时，老领导口头上虽有承诺，但这种承诺也就说说而已，当不得真。时过境迁，上面也只能顺势而为。钟老哥让我多去省城跑跑，他说人都是见面三分情，老领导还在位置上，总归有机会。母亲似乎看出我心思浮动，对我说有好大肚子吃好多饭，人都有定数，官是做不完的，如何如何。钟老哥说得没错，母亲说得也有道理，我想该跑还得跑，尽人事听天命而已。

三

老万经常开玩笑说，万家的文脉都传到你们家了，他有几分偏才，可惜生辰八字没有配好，出生日子不对，有这个运没得这个命，一辈子只能做苦劳力。他的话有几分恭维，也有几分抱怨，好像“文脉”这种看不见摸不着的东西是有定数的，我家用多了，他家就要少用。那时，镇上大部分家庭的孩子都是读完初高中，就出去打工、做事，像我这样念到研究生的确屈指可数。但我并不相信老万说的文脉、命数之类，我能上大学，说到底还是父亲的眼光和魄力。

所以现在想起父亲患病时，我没能日夜守候在身边，心中仍觉得愧疚。那段时间我在领导身边工作，大大小小的事情都是我在安排，每天忙得脚不沾地。领导得知父亲生病，主动提出让我多去陪陪老人。我思来想去，还是没有长时间请假。在我们这种单位，又处于这种敏感位置，时时刻刻都有人盯着。你不在，很快就有人取而代之。我当时一心想着事业上有所出息，也是为父亲为家族争光。父亲也劝我以工作为重，有老万陪着就行。现在看来，自己的想法还是狭隘的，说起来似乎是为了父亲，其实还是为了自己的前程。但现在说这些也没什么用，父亲已经化为一抔泥土。如今只能多花些时间陪伴母亲，稍稍弥补当年的遗憾。

钟老哥的解决方案出乎我们的意料。他并没有打算为老万再找一份工作，而是想让他直接当老板。他解释说，兄弟们手上多多少少都有些资源，但很多事情都不好直接出面，还不如成立一家公司，让老万出面做法人，这样既解决他的生计问题，也能为兄弟们拓展空间。另外几个人连连表示赞同，说钟老哥果然是东江老江湖，做事情漂亮、大气。当时我没有说话。在我看来，事情没有那么简单，法人不是那么好当的，何况还是这种代为持股的法人，本来就有点打擦边球的意思，今后但凡有什么法律和债务上的纠纷，老万可是要吃官司的。

老万显然想不到这些，他的脸上有一种难以抑制的兴奋，嘴巴几乎都闭不拢，整天“哇啦哇啦”地叫嚷。他大半辈子不曾得到认可的才能，终于有了施展的机会。他仿佛看到自己昂首走进巍峨堂皇的办公楼，身穿制服的保安向他敬礼，他微微点头以示回应。我跟他说过我的担忧，他不以为然。他说：“钟老哥和你们总不至于害我，再说这些钱也是你们投的，我有什么事，你们也跟着倒霉不是。”

再次回到文星镇时，老万要当老板的消息已经传播开来，就连母亲都知道了。母亲瘪着嘴笑眯眯地说：“你老万哥这是老树开新芽，有本事的人迟早都会有出息。”乡亲们不再叫他“万秀才”，而是一口一个“万总”，老万嘿嘿一笑，坦然受之。我对他说，这种事情知道的人越少越好。他仿佛才回过神来。下次再有人叫他时，他连忙矢口否认，说不过是别人谣传、开玩笑如何。但这时已经没有人相信，有人甚至还开起他的玩笑，问他什么时候再找一个老婆。他们对老万说：“这次可要把老婆看紧，别让她再跑喽。”老万作势冲上去打人，人群一哄而散。

四

东江分公司的负责人退二线后，上面让我代理工作。代理比暂时代理好，接任的可能性较大，但也并非板上钉钉。我虽做了名义上的负责人，但处处小心行事，夹着尾巴做人。老领导特意打电话来提醒，东江这边风气不好，告状写信的人多，这种时候安安稳稳才是最重要的，宁可少做事，也不要得罪人，如何如何。

老乡们怂恿着聚会，说要给我庆祝，我推说时机还不成熟。钟老哥动作却很快，他以老万的名义注册一家文化传媒公司，主营业务有广告制作、文化策划、文化传播、影视制作等。说来也有意思，连初中都没上过的老万，却干起文化传播的活儿。钟老哥说，重点不在于老万懂不懂，而在于这家公司在谁手上、为谁所用。话说到这个份上，大家也不再多说什么。他为老万印了名片，上面赫然写着“万氏传媒总经理”。老乡们说这件事更值得祝贺，干脆两件并在一起。

那天老万喝了不少，一杯接着一杯。钟老哥说：“你们兄弟俩一文一武，互为犄角，将来要在东江干出一番大事业。”几杯酒下去，我也兴奋起来，端着酒壶四处出击。酒精在我的身体里发酵，眼睛也渐渐朦胧，眼眶周边嗡嗡作响，只看见他们嘴巴一开一合，说了什么却听不清楚。但我的心是安定的，毕竟为老万做了些事情。父亲在世时，就让我多关照老万，说你和老万年纪、出身差不多，只不过一个上了大学，一个没念书，命运有了很大分别。母亲也说：“你不在身边，多亏老万照顾，以后要给他找个伴儿。可什么样的女人适合他？有工作的看不上他，没工作的给他增加负担。”我想着这些事情，眼皮愈发沉重，不知什么时候睡着。

第二天早上醒来，脑袋依旧昏昏沉沉，胃部一阵阵翻涌，几乎吃什么吐什么。我躺在软绵绵的布艺沙发上，努力回忆昨天的聚会，脑子里却一片空白。老万打来电话时，我还有些恍惚。他最后说：“老三哎，你别忘记昨天晚上说的话。”我说：“你放心，不会忘记的。”但我已经想不起自己说过什么。想到自己酒后胡乱说话，心里便有些懊悔。即便是老万，也不能什么都说，自己还是要谨言慎行。

老万买来了一大堆书，如《传播学概论》《大众文化与传媒》《基业长青》《从优秀到卓越》，每天在家里研读。我问他能不能看懂，他颇为恳切地表示，字都认得，但理解起来还有些困难，多读几遍总会明白。老万这时已经辞去保安工作，准备全身心投入到这家公司的运营。实际上万氏传媒公司成立后，后续并没有什么动静，包括办公地点、业务发展、人员招聘等。老万问了几次，钟老哥态度暧昧，能拖则拖。老万整日无所事事，便有些躁动。他找到我，想让我跟钟老哥说一下，尽快启动起来，他也不好意思吃干饭。我不知道钟老哥葫芦里卖的什么药。但我也不好跟老万说什么，也许钟老哥有自己的计划，只是还没到那一步而已。

就在这段时间，母亲摔了一跤，躺在床上动弹不得。我第一时间赶到医院。看到母亲身体并无大碍，但行动不便，必须有人照顾。我托老万去找人，镇上五十来岁的妇女有的是，但愿意干这个活儿的不多。好不容易找到一个，母亲却不满意，对我说那人手脚不怎么勤快，做饭也不好吃，钱花得不值如何。我恨不能自己回去照顾母亲，但想到自己是分公司的负责人，又是代理工作期间，一举一动都要向上级报告，心中便有些迟疑。老万说他现在反正没什么事，不如他回去照顾老人家。我说："这再好不过，母亲对你最信任，有你在我也放心，只是要辛苦你。"老万说："你我都是兄弟，你老娘也是我老娘，有什么好客气的，但公司的事你要多费心——"我说："钟老哥这边我会盯着，大家都是自己人，他不会坑你的。"

母亲看到老万回来，脸上果然有了笑容。她再次跟我提起要给老万找伴儿的事，说他两个女儿都不在身边，以后要有个人陪着过日子。我对母亲说，事情已经有了眉目，我会尽力去办，请她安心养病。老万自己倒有些难为情，说无所谓，这么多年他也习惯了，找一个女人反而麻烦。汽车离开时，我透过后视镜看见老万站在医院门口，想到母亲日渐衰老，我的鼻子一阵发酸，眼眶湿润起来。

五

我说事情有了眉目，并非宽慰母亲的一句空话。母亲提到老万时，我想起那位保洁大姐。她大概四十七八岁，模样周正，做事勤快。我偶尔把家里吐得乱七八糟，她也没有什么怨言，拖、擦、洗，三两下便收拾得干干净净。第二天她看到我宿醉未消，还会泡蜂蜜水给我。最重要的她还是单身，连个孩子都没有，也不知道什么情况。老万这老小子要是把她娶回去，也是他上辈子修来的福分。

她见过老万，似乎对他印象还不错。尤其是老万做了所谓的

"总经理"后，保洁大姐看他的眼神都不一样。如果对老万的过往不了解，或许认为他颇有魅力，能说会道，相貌也还不错。我跟她提了一下，她面露羞赧地说："你不要开玩笑，我哪个配得上万大哥。"我说："老万也是穷苦出身，他还怕你瞧不上他呢，他的公司刚刚起步，正需要你这样的贤内助。"大姐笑笑，继续低头干活儿，动作也轻快起来。

钟老哥对促成此事的兴趣比我还大，不知道是不是因为公司的事。我听老乡说，他已经通过这家公司做了几笔业务。我还想老万不在东江，公司也没有正式运转，如何能开展业务。后来我渐渐明白，也许他需要的就是一个空壳，通过自己和朋友的资源，把业务发包给这家公司，再转包出去，赚取一笔不菲的管理费，本身不需要从事具体事务。我想想不放心，当面质问钟老哥："老万也是自己兄弟，怎么可以这样利用他，如果只是借他的身份开公司，应该跟他说清楚，而不是骗他说可以干一番事业如何。"钟老哥说："老三，不要这么较真，有些事就是要做得真假莫辨、以假乱真，让外面的人觉得是这么回事，但又不完全是这么回事，至于老万嘛，我们也不会亏待他。"我还想继续追问，他却借故离开。

钟老哥说的"不会亏待老万"，大概就是给他一笔固定收入。这笔钱当然比做保安多，但跟公司营收和利润比起来可谓九牛一毛。钟老哥的话没说透，但我大概能猜到他的意思。只是老万做了马前卒，还以为自己是运筹帷幄的将帅。但事已至此，我如何跟他讲呢。母亲身体稍微好一些，回到乡下老屋。一个月后，她基本能生活自理，说不需要人照顾。老万也打电话过来，跟我商量母亲今后如何生活，说他想回到东江。我说："正好有事想当面跟你说，你把那边的事情处理好就过来。"

我们再次碰面时，钟老哥让我把保洁大姐也请过来。老万和保洁大姐见了面，才知道我们有意促成此事，神色间有些局促。直到聊起熟悉的话题，老万才滔滔不绝发表起演说，从最新的国际局势到政坛内幕，从中美冲突到海湾战争，他都有自己的看法。大姐很少参加这种聚会，不知该说些什么，脸上维持着礼貌而局促的微笑。我注意到每次老万说话时，她听得都很认真。那天大概是有特殊观众在场，老万说得特别起劲，直到我们哈欠连天，偌大饭桌上只剩下残羹冷炙，老乡们才纷纷起身离开。最后还是保洁大姐把喝得胡言乱语的老万送回家。

从那天以后，老万跟保洁大姐的关系热切起来。后来听老万说，保洁大姐是川妹子，2008 年汶川大地震时家人都去世了，一个人到东江务工，跟他一样无牵无挂。保洁大姐为我打扫时，也格外用心，有时还会带一束花过来，空空荡荡的房间也因此有了一丝生机。我对老万说："这位大姐是好人，只是命不好，俗话说百年修得共枕眠，遇到是你的运气。"老万嘿嘿一笑，眼睛眯成一条细缝。

对于公司运营的事，老万仍抱有幻想。他找过几次钟老哥，问他如何拓展业务、如何招聘员工等。钟老哥很有耐心，跟他商量很多细节问题，在哪里租房办公、内部如何装修、购置多少办公设备、招聘多少员工、主营哪些业务等，甚至为某些问题发生争执。只是涉及具体实施时，他的言辞便模糊起来。老万并没有怀疑钟老哥，他始终认为这件事需要谋划妥当后，才能按部就班地推进。

六

在我代理工作这段时间，东江分公司也遇上麻烦的事。总部要求彻底排查整治员工经商办企业的情况。东江人的经商风气很盛，当地许多职工有经营或参股企业的行为，比如开餐馆、办培训班、入股小水电等。这种事情要是真查真改，涉及职工切身利益，今后少不了各种信访、闹事。本地民风之彪悍，我来前就有所耳闻。要是糊弄上级，今后真查出什么问题，我也脱不了干系，真正是进退两难。

下班时经过钟老哥的公司，我想或许可以听听他的意见。他泡了一壶红茶，坐在沙发上，呼出一团烟雾，缓缓说道："上级有明确要求，你不动起来肯定不合适，你先把情况摸清楚，这些都不需要职工自己报，工商网站都能查出来，至于查出来后怎么办，是上面的事，能拖则拖，等你职务明确再处理也不迟。"我忽然想起，老万的公司也做过东江分公司的业务，都是钟老哥一手推动安排的。他大概看出我的心思，说："老万跟你我都不是直系亲属，就算查到也不是问题。"

我想想别无他法，便按照钟老哥交代的方法，先安排人摸底。职工和职工家属经商办企业的有几十个人，涉及大大小小的企业近 100 家。要是把这些企业统统关掉，人家不找我拼命才怪。我担心有人走漏风声，亲自跑了一趟总部。统计报表呈送上去，暂时没有什么动静。我暗自祈祷推进速度慢一些，能给我一点时间。"事缓则圆""车到山前必有路"，这些话不时在我脑子里闪过。我渐渐体会到，在这个位置上，有些事情不是你想做就能做，也不是不想做就可以不做的。

不知是哪个环节走漏了风声，基层职工风传公司层面已经摸清情况，下一步就要动手。有人放出话来：要是我敢做这事，也不会让我有好日子过，大不了同归于尽如何。话虽然有些夸张，但不排除他们会盯梢、写信，死缠烂打，以至鱼死网破。这些谣言传到全省，引起连锁反应，有人私下串联要去上访。工作还没怎么推进，却捅出这么大的篓子，看来我还是低估了当地职工的能量和决心。老领导说已经有人写信反映情况，言之凿凿说我在东江搞小圈子，还让自己兄弟成立公司，搞关联交易如何。老领导质问我情况是否属实。

几件事情压过来，我不知如何是好。钟老哥的说法当然可以作为理由应付上级质询，但老万跟我走得这么近，东江地方又不大，哪有什么秘密可言。事到如今，只有把公司彻底关掉，才能撇清嫌疑。但这涉及钟老哥这帮老乡的股份，得先征得他们的同意才行。钟老哥倒也通情达理，说绝不能让自家兄弟为难，只要老万那边做好工作。这个弯拐得确实太大，刚给他天大的希望，又硬生生拽回地面，换了谁心里都不好受。他和保洁大姐能否修成正果，跟此事多少也有关联。

本以为承诺注销公司事情就能圆过去，但底下几个人不依不饶，继续给上面写信。幸好我当初并没有入股，几番调查，也没发现什么问题。至于我跟老乡的聚会，大家轮流坐庄，我也掏过腰包，不算违反纪律。但出了这种事，又是代理工作期间，对我的个人形象仍然造成不好影响。快到年底时，组织上任命东江分公司新的负责人。对于我的安排，组织部门事先征求我的意见，要么在东江继续干副职，要么调动到其他分公司转正。几经权衡，我还是选择后者。

七

母亲上了年纪，不愿意跟着我。此番调动，距离老家更远，她更不想离开老屋半步。我让老万尽快找一个人，至少母亲身边有所照应。老万让我放心，他已经托人寻访，实在不行就他回去。走之前，钟老哥安排在东江湖边上的饭店聚餐。到东江近三年，我第一次领略这方湖光山色。从落地玻璃望出去，能看到那汪清澈的蓝色湖水。傍晚时分，水面上方弥漫着一团白色雾气，渔船从薄雾中缓缓驶出，一位渔夫在绯红霞光中撒网，一派如梦如幻的景象。

来东江之前，我做好在这里待五六年的准备。就算不能接任，至少能照顾到母亲。目前这种结果是意料之外，但还不算坏，人生哪能事事如意。钟老哥他们频频举杯，向我表示祝贺。唯独平时话最多的老万几乎不怎么说话。钟老哥调侃老万，跟川妹子进展如何、什么时候请我们喝喜酒。老万敷衍着回答："再说再说。"一位老乡说："老万你是不是想把请客的钱都省下，不行我们自己凑份子。"老万一脸落寞，说川妹子最近不怎么跟他联系，不知道是不是跟传媒公司的事有关。

说到传媒公司的事，包厢里瞬时安静下来。窗外不知什么时候暗下来，湖面变幻成暗绿，林间不时传来几声鸟鸣。沉默片刻，钟老哥才开口说："老万兄弟，我们对不住你，最初是想为你提供一个平台，干一番事业，但很多事情我们也无能为力，老三离开东江，多多少少也是因为这件事。”我把话接过来：“也不能这样说，开公司也好，干事业也罢，都要因时而起、顺势而为，你们也是一片好心，只是时机未到，今后我不在东江，还要仰仗各位老兄继续关照老万。”老万说：“没什么没什么，我早就请文星镇的李瞎子算过命，五行缺金，一辈子发不了财，命里注定的，要怪就怪我老头子当年的播种时间没算好。”老万的话音刚落，大家脸上泛出了笑容，刚刚还有些沉闷的空气，此刻也变得欢快起来。

交流房里的东西打包，还是保洁大姐帮的忙。她找来许多纸箱，把物品分门别类放好，并在纸箱外面做了标记。想到她跟老万之间短暂的交往，我有些过意不去。临走的时候，把几件自己买的电器留给她，她连忙表示感激。我忍不住多了一句嘴：“老万这人话多，没什么坏心眼，只是一辈子差些运气，你多担待些。”不提还好，一提起老万，保洁大姐眼泪扑簌簌滚落出来。大姐抽抽噎噎说了半晌，大致意思是说两人都谈得差不多，老万却莫名其妙反悔、退缩，搞得她不知所措，也不知道是哪里不满意，还是做了“总经理”看不上她，想找年轻小姑娘。

我听得云里雾里，但出发在即，也来不及跟老万当面对质。有几回给母亲打电话，我本想问老万的情况，但她也说不清楚。自从上次摔了一跤，母亲的身体就大不如前，脑子也一天天糊涂。陪护的阿姨抱怨，老人家有时白天黑夜都分不大清楚，大白天睡得天昏地暗，半夜里反而起来吃饭、做事，她身体也有些吃不消。言下之意是她照顾老人家很辛苦，待遇也应该有所提升。我照例给她涨一点。我不在乎这点钱，最好是不停涨下去，这样母亲才能长命百岁。

我走以后，老万继续留在东江。有时我回老家看望母亲，见他家门紧闭，锁具锈蚀，不免心中落寞。听钟老哥说，他自己做点事情，具体做什么他们也不清楚，现在跟他来往不多。新任职的地方更偏僻，经济更落后，工作上掣肘不比东江少，很少有消停的时候。刚开始我经常想起老万，时日既长，也有了新的朋友。

八

离开东江第三年，中秋前一天，母亲在睡梦中安然辞世。我从外地匆匆赶回老屋，母亲已换上崭新衣裳。乡亲们都说，老人家得享高寿，走的时候也没有痛苦，可以算得上喜丧。可丧事就是丧事，哪里还有什么喜。那几日，我都不敢抬头看母亲的照片，瞥见那笑眯眯的模样，心里便说不出的难受。

东江那帮老乡赶来吊唁，当然少不了老万。老万两鬓已然花白，额头也增添几道皱纹，但看起来精神还不错，他整日对着手机哇啦哇啦，不知在干什么。离开故乡多年，许多规矩我并不明白。老万帮忙招呼宾客，披麻戴孝，跟侍奉自己母亲没有多大分别。等老人入土为安，亲朋散去，坐在空荡荡的老屋里，我们才有机会说话。老万对我说了很多，为了讲述上的方便，还是直接引用他的话吧：

公司关闭之后呢，本想再找一份工作。但我还能做什么呢，不外乎当保安、打零工之类。我整天在街上游荡，想想这辈子一事无成，到底是能力不行，还是命该如此。我甚至想跳到东江湖一了百了，跟那些太平军为伍。那天下午，我坐在湖边抽烟，远远看见有人在渔船上撒网。我还想东江湖怎么还可以捕鱼。后来身边的游客越来越多，大家举着照相机对他“咔嚓咔嚓”一顿拍。我才明白他是景区工作人员，撒网不过是唱戏。第二天我又来，看到他还在撒网，有时还做些夸张动作，逗游客大笑。我觉得这人挺有意思，想跟他交个朋友。我请他吃了几顿饭，几杯酒下肚，很快就熟识起来。他后来告诉我，他当初是附近的渔民，后来东江湖开发成景区后，他也没鱼可打，就到深圳、东莞一带打工，做了很多工作，但赚不到什么钱，生活过得也不如意。有一次他回到东江，得知景区在招渔夫，主要任务就是在船上撒网。他想这是他擅长的，便跑去应聘。做上这份工作后，他最初也觉得无聊，整天在船上撒网，却从来不捕鱼，这不是傻子吗？

一天一天地，他也发现其中的乐趣。怎么说呢，每天干的工作说一样，又不一样，比如雾的浓淡、光的明暗、风的方向，以及渔网往哪个方向抛、抛多高、抛多远，穿什么衣服等，甚至游客人数的多少，出来的效果都不同。在反复的练习中，他成为东江湖上最受欢迎的渔夫，好多大片上都有他的形象。我听了以后，也蛮有感触。我像无头苍蝇忙忙碌碌一辈子，却不知道自己能做什么、想做什么。而这个打鱼的兄弟却把一份枯燥的工作干出了乐趣，干出了境界。

后来钟老哥他们也找过我，想再成立一个公司，让我继续当总经理。我考虑许久，终究还是没答应。你母亲在世时常说，有好大肚子吃好多饭。你之前也对我说，这种事情搞不好要吃官司，也超出我的能力。想来想去，觉得自己口才还不错，这方面有些天赋。正好现在直播很火，我想着可以尝试一番。于是我注册自己的账号，每天在网上乱说一通。没想到效果还不错，粉丝越来越多，每天都有人关注、催更。你晓得，我这人别的没有，经历的事情蛮多，看的书不少，记性也不错，有东西讲。平台奖励，粉丝打赏，今后还可以接广告。我要求不高，能养活自己就行。现在不用依靠谁，说起来网络真是个好东西——

我本想问问他保洁大姐的事，但想想还是没开口。过去的事情无须再提，只要他现在过得好，别的都不重要。墙上的母亲笑意盈盈，凝视着我和老万。一时间，我也有些恍惚，眼前的老万仿佛是我的一个化身，说到底，我和他的命运又有多少分别，他甚至比我活得更明白。我到了如今这个位置，再往上就不是自身努力所能达到的，其间机缘巧合、上层人事，或多或少与此有关。稍有不慎，或许摔得粉身碎骨。与其把后半生都押在这件事上，不如做些自己想做的事情。

返程的列车上，我点开“东江老万”的账号。只见他在里面指点江山、唾沫横飞，讲战争、谈历史、论时事，他所经历的人和事、各地的风土人情，甚至讲到他做过文化传媒公司老总的往事。他说东江这边的好多文化活动，都是他一手策划的，什么雾漫东江摄影大赛、东江美食节、东江旅游周等。一条条弹幕飘过："老万威武""老万 666""YYDS""万总带我们一起飞""吹吧吹吧，反正吹牛不上税"。我看着看着，忍不住笑出声来。其中一个讲的是他的感情经历，我反复看了几遍，他在屏幕里说道："我在东江时，碰到过一个川妹子。她是汶川地震的幸存者，人很好，我也喜欢她。我和她本来有机会组成家庭。但我还是缺少勇气，最后放弃了。我不知道自己做得对不对。无论如何，希望她过得幸福——"

此时，列车从东江湖畔驶过，浩荡湖水铺陈开来，水雾弥漫在天地间。母亲不在，我与故土少了一丝牵连，以后跟老万见面的机会也会越来越少，心中不由生出许多惆怅。我先前听人说，人和人见面都是有次数的，人和鱼虾没什么不同，在江河湖海里游到一起，再相互分别，最终回到自己的池塘。如此说来，人的一生不过是面积稍大的一块湖泊，只是湖泊越大，越是难以找到自己的池塘。

黑色钢笔

刚回到镇上，他还能拖着臃肿的身体四处走走，看看这座破败与崭新并存的村庄，与旧日熟悉的人说几句话。这几日，他只能躺在嘎吱作响的竹椅上，身上盖着暗红色腈纶毛毯，望着身边的人或物件。体内无法忽视的疼痛让他难以站立，更不用说行走。他第一次感觉时间流逝得如此缓慢。有时，他盯着一只嗡嗡乱飞的苍蝇，苍蝇从油腻的锅盖飞到漆面斑驳的餐桌，再从桌面落到他浮肿的手臂上。他扬起手臂，苍蝇飞起来，一头撞进墙角蛛网中。有时，他看着一条脏兮兮的黄狗躺在门口晒太阳。阳光往西挪动一寸，黄狗也跟着挪动一寸。黄狗没有起身，在地上翻转打着滚儿，连眼睛都没有睁开。毛发所带起的尘土在夕阳中纷纷扬扬。

他无来由地羡慕起苍蝇和黄狗，至少它们还能自由自在地活动。而他像一名囚徒，被关押在这间空荡荡的房屋，被绑死在这把吱嘎作响的竹椅上，不知刑期到哪天。他有时觉得愤怒，有时感觉悲伤。他从来没有如此生活过。一个人不能吃、不能动，跟一棵树、一株草、一块石头有什么区别。早知如此，还不如做个了断。

但他想活下去，不仅是求生的本能，有些话还没说，有些事情还没办。

半个月前，父亲到那座城市接他。那是九月初的一个傍晚，南方的天气潮湿燠热。父亲把他背上车时，后脑勺和脖颈冒着大颗大颗的汗珠。他发现父亲的头发花白，皮肤也变得松弛，脖颈处堆积着层层叠叠的皱纹。这些年来，他很少回家，也很少近距离地观察父亲。父亲的衰老让他感到沮丧，这意味着他也不年轻了。父亲喘着粗气说："亮儿唉，这个病就是吃出来喝出来的，回去粗茶淡饭，休养一段时间就好。"他在这座城市里有不少朋友，此刻唯一能依靠的还是年迈的父亲。

所以父亲对他说这些话的时候，他心里是相信的。身体越虚弱，越是相信那些虚无缥缈的说法。回到县城后，他在医院里住了一段时间。医生说他目前的身体状况不适合动手术。父亲问医生什么时候才可以动，医生说他说了不算，要看患者自己，什么时候具备条件就什么时候做。他瞥见医生说这些话的时候眼神飘忽，他总觉得事情没那么简单。父亲也没多问，把他带回镇上。

镇上好多老房子都拆掉了，原地建起两三层的楼房。也有长久无人居住的老屋，门锁锈蚀，半侧墙壁都坍塌了，房主也许不会再回来。如果不是生病，他大概也不会回到这个地方。他们家的房子在三十年前还算气派，一间四四方方、带天井、类似四合院的平房，如今也破败不堪了。往日吵吵闹闹的房屋只剩几个身体佝偻的老人进进出出。墙上挂着祖父的遗照和老式玻璃相框，蛛网爬满了墙壁角落，白色墙壁也变得暗淡。空旷的堂屋让他感到阵阵寒凉。虽然盖着厚实的腈纶毛毯，他还是觉得身上发冷。尤其是晚上无法入睡时，这种寒凉更是侵入骨髓。

疼痛换着花样折磨他。有时像是后脑勺被人狠狠砸了一拳，身体为之一颤，几近晕厥；有时像被钢针一次一次扎进肌肉，好像有千万只蚂蚁或马蜂啃噬，使劲儿抓挠却无济于事；有时像吞服毒药或短时间喝进高度白酒，五脏六腑被拉扯、翻涌，只好不停地干呕，却只能吐出一摊黄水；有时是从身体深处生发出来的痛，悠远持久，由内及外，像是一场缓慢而剧烈的地震，想要解脱却无处可逃。

病痛发作的时候，母亲在一旁干着急。她能做的也只是给他拍拍胸口、捶捶背，或者喂他喝几口温水。母亲絮絮叨叨说："亮亮哎，你要好好的，你有父母，我们还等着你养老送终，你弟走得早，你要是有个三长两短，我和你爸还怎么活啊。"说罢，她开始抹眼泪。他挣扎着说："我——我一时半会死不了，有些事——事情没办，咳——"母亲问他什么事，他却大声咳起来，半晌说不出话。

母亲去镇上抓来中药，倒在瓦罐里，咕嘟咕嘟地熬煮，中药味在屋里弥漫开来。那碗药汤有一股奇怪的味道，有点像加生抽的黑咖啡，他喝了几口忍不住吐出来。母亲劝他好好喝药，说这是本地有名的老中医开的药方，用的是家传秘方，能药到病除如何。过了几日，一名身着道袍的白须老头来到家里。手持一根鸡毛掸子似的东西，在屋里跳着奇怪的舞蹈，嘴里念念有词，最后把纸灰化在水里，一口水喷在他脸上。如果不是坐在椅子上动弹不得，他很可能会扇这假道士一巴掌。他在南方那座城市，没少跟别人动手。年轻的时候他身手不错，三五人也近不了身。这几年身体发福，但这种虚张声势的老把戏，肯定不是他的对手，甚至不需要他出手。母亲却对这假道士客客气气，给他一个红包，恭恭敬敬送出门。

两天后，姐姐姐夫回来看他。这些年，他在外面打拼，家里都是姐姐悉心照料。他对于姐姐心有愧疚，总想为她做点什么，却不知从哪里入手。姐姐对母亲那一套不以为然，说什么时候了还中医调理，像弟弟这种病情比较重的病人，就应该到医院接受治疗。吵着吵着，声音又低下来，他听见母亲低声啜泣的声音。他到底生了什么病，中风？脑梗？要不就是不治之症——癌？他胡思乱想着，却得不出结论。姐姐在小房间跟母亲说完话，又到屋里来安慰他。姐姐让他不要胡思乱想，该去医院时就去医院，钱什么的都可以想办法。

胸部一阵剧痛袭来，他龇着牙对姐姐勉强点头。年轻时他曾在部队服役，十来公里的体能训练他从没落在后面，如今走个一两百米，心里就发慌。临走时，姐姐把一个红包塞到他手里，说这是她和姐夫的一点心意，让他好好休息。他想要推辞，姐姐已经走出大门。汽车发动起来，声音渐渐弱下去。房屋再次安静下来，他听到了父亲的鼾声。不知什么时候开始，也许是弟弟走后吧，父亲开始变得嗜睡。父亲像刚出生的婴儿，可以整日整夜躺在床上。母亲抱怨他不管事也不做事，父亲却说不睡觉还能干吗。早饭后躺椅上小憩，中饭后午睡，晚上喝点酒，不到九点又上床。他之前也说过父亲，父亲却不以为然。如今他躺在家里，倒能理解父亲。弟弟出了意外，他又身患重疾，父亲还有什么希望。

那个叫晓萍的女人不知从哪里听说他回来的消息，也特意赶过来看他。从心里讲，他并不愿意见这个女人，不想让她看见自己这副模样。多年不见，她依然身材纤瘦，脸上有一种本地女人少有的白皙，只是眼角和额头增添了细密皱纹。晓萍看到他的第一眼，眼眶就湿润了，泪水扑簌簌流下来。他看她流眼泪，自己也忍不住流眼泪。过了一会儿，他又觉得不好意思。一个大男人，滴滴答答掉眼泪，说出去不是光彩的事。晓萍说："你怎么会变成这样子，早就跟你说不要整天喝酒，你不听我的，身体是自己的。"他不知该说什么。晓萍又说："你也不要灰心，只要自己有这个心力有这个意愿，好好配合治疗，迟早有一天还会跟以前一样。那时候你身体多好，有一回还背起我跑呢。"他似乎想起年轻时的往事，脸上浮现出片刻欢愉。晓萍说了一会儿话急着走，说家里还有事。临走的时候，塞给他一个沉甸甸的东西。他想说些什么，喉头却有些发紧，只好向她眨眨眼睛。

晓萍给他的是一个金手镯。手镯磨得光亮、圆润，还带着她的体温。他真是个混蛋，当年他怎么对待她，她到这时候还来看他、为他流泪。如果当初跟这个女人在一起，也许会过上一种完全不同的生活吧。他的眼泪滑到脸颊上。他努力伸出手去擦，手却不听使唤。身体在一点点变得糟糕。前段时间说不出话来，现在连手也动不了。父亲的鼾声在黑暗中不时响起，提醒他依然活在这世上。他想早点死掉未必是坏事，对于家人、对于自己都是一种解脱。出来混迟早都要还，他想起早年在港片里听到这句台词。想到自己近二十年的生活，如今疾病缠身就是对那些年放荡生活的补偿吧。他把手镯放进贴身的口袋，贴着虚弱的肉身。

他想活下去，不仅是求生的本能，有些事情还没有办，有些话还没有说。

这一辈子他亏欠父母太多。对父母没有尽到责任，也算不上称职的男人。他真的不在，只能托付姐姐为父母养老送终。他的保险账户还有一笔钱，可以想办法取出来，多少也是他的心意（把账号、密码写下来给姐姐）。在他三十来岁手上有钱的时候，大手大脚花钱，真正用钱的时候却拿不出来。这次生病，还是父母、姐姐和一些亲戚凑的钱。前几天，疼痛再次发作，父亲把他送到医院。医生也没有好的办法，只是给他打止疼针。他隐约听见父亲跟医生谈及手术费用的问题，说性价比不高如何，花钱也不一定有作用。回家的路上，父亲一根接着一根地抽烟，不怎么说话。他想安慰父亲几句，却不知从何说起。父亲一下把烟头掐灭，对他说："亮儿，我对不住你，要是爸爸有本事，就算没任何希望，也要去试一试，我们家现在这情况你也知道，爸爸尽力了。"他当然不会怪他们，他有什么资格怪他们。他只希望有个落叶归根之地，在南方那座城市，他毕竟是外人。

还有那个年长几岁让他念念不忘的女人阿芸，不知道如今过得怎么样。他一生的命运跟这个女人息息相关。如果不是碰到她，他不会拥有那些本不属于他的东西，也不会遭受无端的厄运。阿芸的先生前几年意外去世后，他们的来往就多了起来。阿芸跟他提起过，无论是家庭还是生意，她都需要一个男人。他却有些迟疑。他生病后，阿芸也来看过他，带给他一笔钱。他本想拒绝，却没有足够的底气。那个既是又不是他儿子的少年。他见过这个少年，已经长到一米七几的个头，相貌轮廓跟他年轻时几乎是一个模子刻出来的。他恪守承诺，私下里从来没有跟孩子接触过。所以少年至今不认识他。事到如今，他也有些话要对他说。

他想找一支笔，把自己要说的话、要交代的事情写下来，抓紧写下来。他记得抽屉边上就有一支，他在黑暗中一点点挪动身体，直到自己的手能够得着。他摸到那支笔，却又找不到合适的纸。他想起白天时看到的挂在墙上的年历。他想把那张纸撕下来，在上面一笔一画写下自己想说的话。他从床上挣扎着起来，他爬到床的边缘，用双手支撑自己沉重的身体。他颤颤巍巍坐起来，他的心里涌起一丝微茫的欣喜——是的，他似乎、好像又可以控制自己的身体。他把脚伸进塑料拖鞋，试着努力站起来。有那么一刻，他成功了。但他只往前迈出一步，身体便踉跄往前一扑，臃肿的身体轰然倒地，发出沉闷的声响。他就这样面朝下趴在地上，口和鼻触到地面上的尘土。尘土进入他的肺，进入他的血液，他渐渐与这座房屋、与大地融为一体。而那支黑色钢笔还在他的右手里被紧紧握着。

天边划过一颗流星，像是黑暗中擦亮一根火柴，发出短暂光亮后迅速熄灭。他看到了那束光，仿佛黎明前那道橘红色的霞光。他的身体变得轻盈，他从地上爬起来，站立，甚至跑了几步。那些折磨他的病痛消失了，身体里涌动一股难以抑制的力量。他仿佛拥有一个崭新的年轻的肉体，他跑啊跳啊挥舞胳膊，他已经很久没有这样活动过了。等他的眼睛渐渐适应黑暗，他看到一个个熟悉的场景。

天刚蒙蒙亮，房屋和人被笼罩在橘色柔光中。人是新的，房屋也是新的。一个少年穿着带褶皱的绿色军装，身上戴着红花，面容青涩稚嫩。少年十七八岁的模样，身材瘦削，板寸头发，看起来十分精神。父亲似乎比少年还激动，他忙着给乡亲们散烟，跟他们说话，不时发出一阵爽朗笑声。一个十来岁的男孩站在少年边上，用羡慕的眼光打量着他。母亲不时抬起手臂抹眼泪。一位皱巴巴的老人从布袋里掏出几颗黑色药丸，放到少年的手中，嘴巴嚅动交代着什么。

少年迟迟没有出发，似乎在等着什么。他望着暗淡的路口，神情有些沮丧，也许她不会来了吧。他准备起身时，一个模糊的身影忽然出现。他睁大眼睛分辨。身影越来越近。是的，小跑过来的人正是那个女孩。她穿着红色外套，扎着一条马尾辫。跑动的时候，辫子一跳一跳，像一头轻快的小鹿。他本想一把抱住这个气息尚未平息的女孩，就像他们在黑暗中多次拥抱。但看到周围这么多人，他只能抓住她的手。女孩看着他，眼里泛着柔和的光。女孩把一支黑色钢笔交到他手里。女孩说：“记得我跟你说的话。”他点点头说：“最多三年，我就回来找你。”

母亲把背包放到少年肩上，把腰间的带子勒紧。远处的汽车闪了两下大灯，提醒他该出发了。父亲点燃了蜿蜒铺在地上的鞭炮。一个个鞭炮在熹微晨光中炸响，红色的纸和黑色的火药散落在地上。他想起还有一句话没对女孩说，他等了女孩这么久，就是为了说这句话。他折返过来对女孩说，女孩却没听清。他重复了一遍，女孩仍是一脸疑惑。鞭炮声一声接一声，没有停歇下来的意思。汽车远光灯又闪了两下，喇叭也响起来。那边已经等不及，他只好往村口走去。

出文星镇的路比往日漫长。道路两旁散落着房屋、店铺、牲口棚、田地和坟墓，炊烟里混杂着牲畜的粪便气息和青草的清香。那些死去的人魂魄飘荡在村庄上空，萦绕在房屋之间，生和死触手可及。他看到远处逶迤的山峰，清晨白色的雾霭。朝霞冲破云层，射出一道道柔和的红光。他走过一座石桥，桥下流水淙淙，石子圆润如鸽蛋。这条路他走了许多次。他沿着这条路去上学、去集市、去县城，他无数次想着有一天要离开这个地方，去南方的城市闯荡。如今真要离开，步伐却有些彷徨。他回过头看了一眼，那些人和房屋模糊了，他的眼睛也模糊起来。

不知道什么时候回来，也许不再回来。父亲对他说："早点离开这里，没本事的人才守着这块土地哩，土地里刨不出黄金。"父亲从事过许多行当，木匠、劁猪、养鹅、贩药材、种烟叶，到南方开摩的、做厨师，甚至搞过一阵子传销，但没有一样做成的。但凡有点办法，父亲也不会在这里待着。镇上跟他差不多大的孩子，要么读书出去，要么辍学打工。父亲为他找了这条路，还花了不少心思和代价，就想让他离开这里。他对文星镇倒没那么抵触，毕竟这里有他牵挂的人。

他把背包扔到车厢里，然后抓着后面的挡板飞身跳进去。车厢里黑乎乎的，过了一会儿他才看清里面还坐着几个人。他们的脸上有一种茫然无知的兴奋。汽车发出一阵轰隆声，喷出一股黑色的尾气，挣扎着驶过颠簸的泥路。轮胎碾过路面扬起的尘土，在空中飞扬。太阳升起来，村庄变成白茫茫一片。

小镇消失在身后。也许从那个橘红色的清晨开始，他就回不去了。他的身体仿佛失去重力，渐渐漂浮起来。暮色苍茫，他看到那座四四方方的老屋，看到躺在床上的父亲，看到趴在地上一动不动的臃肿男人，看到那条张皇的黄狗，看到灯光昏暗的村庄。他大声地喊父亲，却发不出一点声音。他看到那家面包厂，听到厂房里吱嘎作响的机器声，一个动作轻快的男人忙着往车厢里装货。

面包厂终年弥漫着一股甜丝丝的味道。他待久了就不在意，只有出去跑一趟，再回到这间杂乱的小作坊，才能重新闻到那股熟悉的味道。这股味道让他感到安心，他很适应这里的生活。他最初的工作是送货，把厂里生产的新鲜面包送到这座城市各个角落的面包店、面包坊。他在部队学会开车这项技能。在城市开车时，他把这辆白色厢式货车开出赛车的感觉，几乎把路上的所有车辆都超过，他熟知哪里有监控、何处有交警，甚至知道哪个路口经常有人闯红灯。老板娘阿芸担心他出事，一直提醒他慢一些。

这天下午，他装好一车刚出炉的面包，准备爬进汗味弥漫的驾驶室。阿芸把他叫住："你到我那儿坐一会儿，有个事跟你说。"他说："急着送货，回来再说行不行。"阿芸说："你先过来吧，送货也不急这么一会儿。"他只好从爬了一半的台阶下来，走进阿芸的办公室。老板常年不在身边，面包厂都是阿芸在打理。

阿芸把门带上轻声说："亮仔，你在我这里干了两年，有没有什么想法？”

他大大咧咧地说：“倒没有别的想法，就想多挣点钱，出来打工嘛。”

阿芸抿嘴一笑说：“你也蛮直爽，我就喜欢你这一点，有什么说什么。”

他也跟着笑笑，不知道说什么好。

过了一会儿，阿芸缓缓说道：“我跟你大哥的事，你可能也听说过。我们什么都不缺，钱也花不光，唯一的遗憾就是没有孩子。本地的风俗又特别讲究传宗接代。我们去医院看过，我的身体没问题。我的年纪也不小了，不能再这样等下去。你我不是外人，我想请你帮个忙。这个忙说大也大，说小也小，对你来说应该很轻松，也不用承担什么责任。但是事情要做得机密、妥帖，不能透露一丁点风声。当然不会让你白帮忙，我和你大哥商量好了，只要成了，我们会给你一笔钱，你放心，这笔钱不会少的。”

他看了一眼阿芸的眼睛，脸颊莫名发起烫来。他端起桌上的陶瓷小茶盏，嘬了一口仍然温热的红茶。阿芸待他还不错。他之前找过几份工作，但做的时间都不长。他受不了台湾老板的抠门，也不愿意去管理严苛的外企。阿芸絮絮叨叨，但为人还算心直口快，也能容忍他偶尔迟到、出工喝酒。阿芸这个要求，照道理他应该一口答应，但心里总归别扭。他还不到二十六岁，虽然交过女朋友，但还没有考虑成家。他忽然明白这段时间，为什么阿芸给他买衣服、袜子，送他滋补身体的乳鸽汤、母鸡汤，劝他少喝酒、少抽烟之类。他以为这只是出于老板娘对员工的关爱，现在觉得事情也许没那么简单。

阿芸笑笑说："也不需要着急答复，你想好再来找我。"

他走出阿芸的办公室，爬上那辆浑身划痕的货车。这一天他比平时开得稍慢，东西都送完时，已经到傍晚六点。两个要好的兄弟叫他去吃饭。几瓶啤酒下肚之后，他的脑子开始活跃起来。他本想跟这两个兄弟说说白天的事，但话到嘴边却说不出口。他在电线杆上看到过类似的广告，知道这都是骗人的玩意儿。没想到他有一天也会遇到这样的事。虽然他缺钱，也很想赚钱，但用这种方式挣钱总是心里别扭。他一杯接一杯地喝酒，却不怎么说话。一起喝酒的那帮兄弟见他默不作声，问他要不要去边上 KTV 或酒吧玩玩。他摇摇头说："下次吧，回去还有事。"

躺在床上，他不由想起阿芸说的话。他想，阿芸为什么会找他，因为他年轻吗？还是有别的想法？他听说阿芸的先生在外面有女人，好像还有私生子。阿芸着急有自己的孩子，大概也是顾及长远。如果孩子是他的，是不是意味着他也能分到一份？那该是多大一笔钱？文星镇也有人"借种"，那人身体壮得跟头牛似的，不到五十就走了。人们都说，不能做这种事，否则会遭到诅咒。他在床上翻来覆去，试图说服自己，却得不出结论。也许酒多了，他打着哈欠，昏昏沉沉睡去。

一股甜丝丝的味道在他身边萦绕，挥之不去。

那束光越来越近，他甚至能感到光线打在身上的温度。他看到父亲起来了，母亲也跟着起来。他们似乎感觉到什么。他们推开房间的门，拍打地上男人的身体，大声呼喊他的名字，用手试探鼻息、掐人中。一切无济于事，母亲终于放声大哭。他本想安慰母亲，说自己好好的，能跑能跳，身上不疼也不冷。但他始终无法靠近母亲。他像一片影子，又像一阵风，飘飘荡荡，不知何时驻足。

他抓着那支黑色钢笔，在阿芸提供的协议上用力签下自己的名字。有了那笔启动资金，他也开了一家面包厂。他熟悉所有的原料、设备、流程和生产环节，请到技术更好的面点师傅。文星镇的人知道他做了老板，纷纷找过来做事。面包厂步入正轨后，他不用再为钱发愁。那是一个做什么都能赚钱的年代，他的头脑本来也不笨，何况手上还有多年积累的客户资源。这一切多少受益于阿芸。他从心里感激她，却又不愿在别人面前提起她。就像那些带着原罪的创业者，阿芸似乎也是他的原罪和禁忌。他跟阿芸之间的事，不知为什么，悄然传播开来。他不知道是谁走漏了风声，难道是自己喝多了酒说出来的？他想极力否认，又不知道该对谁说。他总不能到电视上打广告，说阿芸的孩子跟他没关系吧。

也许为了摆脱这个女人的阴影，他对酒精渐渐有了依赖，他喜欢微醺乃至醉酒的感觉，一场两场三场，正餐、烧烤、酒吧。酒真是好东西，酒杯一碰，都是兄弟，酒让身体感到愉悦，让人忘记这世上一切烦恼。只有半夜从宿醉中醒来，躺在床上内脏翻滚时，他才会想起文星镇上那个传闻。镇上的人都说，生养后代都是自然法则，借种违背了这个法则，所以会受到诅咒。他今年四十岁，满打满算还有十年。这十年间，忧心忡忡也是过，开开心心也是过，还不如过得洒脱一些。

女朋友当然也没少交，只是每一个交往的时间都不长，有的甚至还没发生什么就分开了。他喜欢上一个女孩的理由很简单，有时候是因为她有一头栗色长发，有的是因为穿了一件合他心意的浅绿色连衣裙，有的是说话的声音很轻柔，有的是跟他一样喜欢喝酒、赌钱。他也说不清自己有什么吸引力，那些女孩子似乎很轻易就跟他在一起。他笑嘻嘻地对女孩说："我可不会跟你结婚的哦。"女孩嘴上说不在意，却催着他办手续。他很容易厌倦跟同一个女孩生活，最多半年，他就会找借口跟她分开。那些痴心的女孩不知道自己做错了什么，哭哭啼啼来找他。他会给她们一笔钱，说自己也是不得已，也是为了她们好。女孩们闹着闹着就算了，她们还能怎么样呢。如果不能解除诅咒，跟她们结婚，生活也许是更大的悲剧。

母亲和姐姐都劝他早点成家。镇上跟他同样年纪的男人，早已做了父亲。他当然不能把阿芸的事情和自己的担忧告诉他们。他对她们说，自己还没有想好，也没有决定到底跟谁过一辈子。母亲让他回到镇上，她会为他找一个称心如意的姑娘，长得好看，还能生娃。他说，光长得好看还不行，身材还要好，最好家里还有钱有地位，比如镇长县长的女儿。母亲说他不正经，他每次都这样嘻嘻哈哈应付过去。大部分时间他跟母亲不生活在一起，所以不需要面对这种逼迫。

如今想来，他跟晓萍是有机会在一起的。他们从小就认识，十七八岁时各奔东西，其间一直有联系。他到了南方这座城市后，两人再度相逢。他那时还是一个到处送面包的打工仔，而晓萍是流水线上的厂妹，家庭出身和经济条件都差不多。如果不是阿芸这个插曲，他跟晓萍应该早已结婚生子。他们会过上一种平凡而庸俗的幸福生活，逢年过节领着两三个孩子回到镇上，喝酒打牌虚度人生。这幢房子也不至于如此空空荡荡，他的父亲也不会整日在床上昏睡吧。人生哪有那么多如果，过去就过去了。他拥有自己的工厂后，身边的女孩多了起来。他跟晓萍之间也渐行渐远。晓萍似乎有意跟他保持距离，他不知道自己做错了什么。

那束光让他感到温暖。他仿佛置身于巨大的浴池，他想脱光衣服，跳进白花花的水池里，让热水包裹自己的身体。姐姐姐夫赶过来了，那个叫晓萍的女人也过来了，他们用热水给他擦拭身体，就像为刚出生的婴儿清洗。他们为他穿上干净的衣服，一件又一件，一层又一层，他的身体像木偶一样被摆弄着。他看着自己臃肿的身体，忽然觉得有些滑稽。他想对他们说：不需要的，不需要那么多。

晓萍打电话过来时，他正在浴池里待着。热气氤氲在浴池上方，他靠在池边，眼睛微眯，快要睡着了。他从浴池里起身，擦干有些发福的身体，套上宽大的衬衫、裤衩，在二楼茶室见到这个女人。晓萍满面愁容说：“阿亮，不是走投无路，我也不会来找你。”他点了一支烟，淡淡地说：“跟我不要客气，你的事就是我的事。”女人说：“我爸在ICU里躺着，一天就要一万多，家里老底都花光了，医生说再不交钱就放弃治疗，我也不能见死不救。”她说着，眼睛里闪着泪光。他吐出一圈白色烟雾：“这种时候就是子女尽孝的时候，我给你准备十万，不够再说。”女人自然千恩万谢。

晓萍转身欲离去。他望着她娉婷的身影，心中忽然一动。他把她叫住说道：“要不我开车送你吧，正好我要回老家办点事。”

晓萍一时没反应过来，很快就说那再好不过。后来在路上的时候，他还在想当时为什么要说这种话。他或许只是觉得这女人可怜（仅仅是可怜吗？），而他正好有能力帮她。晓萍一路上跟他说话，说起有意思的人或事时，“扑哧扑哧”地笑起来，清脆的笑声在车厢里回响。仿佛她这趟回去不是看望生命垂危的父亲，而是跟男朋友到另一座城市自驾游。

也许是受到她的感染，他的身体也放松下来。他踩下油门，速度一点点提升，100、110、120、125、130，车速超过150码时，他没有太多的感觉，只是看到两边的车一辆辆落到后面。女人紧紧抓住副驾驶上方的拉手，还不时发出尖叫。晓萍的反应让他感到兴奋，他继续加速。前方一辆车毫无征兆地减速，他的车迅速贴上去，他连忙踩刹车。轮胎与地面猛烈摩擦，发出刺耳声响，最终在距离前方车辆不到20厘米的地方停下来，车身左右晃动着。他听见自己的心脏“扑通扑通”跳动，后背已被汗水浸透。他看着身边缩成一团的女人，莫名其妙笑出声来。

汽车到另一座城市前，天渐渐黑下来。除了大灯照亮的前方十几米，周边黑黢黢一片。他开着车犯起困来，抽烟、抹清凉油都不管用。他问晓萍会不会开，女人摇摇头。他说：“要不找个地方休息下，明天早一点再出发？”女人点了点头。如果他一个人，在汽车上对付一宿就行。但带着一个女人，他觉得还是应该找一家旅馆，简陋点也行。不知是不是为了省钱，晓萍主动提出开一间就行。他躺下去很快就睡着了，沉闷的鼾声在泛着霉味的房间里混响。他开了这么久的车，仿佛就是要到这里睡上一觉。晓萍被鼾声吵得难以入睡，但心里是踏实的。她轻轻靠了过去，贴近男人的身体。

第二天早上五点多，他就醒了。简单洗漱后，他把睡梦中的女人叫醒。他说，再开个三四个小时就能到县城，那时再吃东西也不晚。晓萍也跟着上了车。晨雾还未散去，前方白茫茫一片，车子只能开到五六十码。他点了一支烟，也递给晓萍一支。晓萍没怎么吸过烟，吸入一口烟雾后，大声咳了起来，眼泪鼻涕都咳了出来。他说："抽几次就会了，以前我也这样。"他问晓萍这次回去还出不出来。她说："看我爸的身体状况吧，其实我在哪儿都一样，反正是一个人。"

如果在五六年前，他会毫不犹豫地说出那句话。但经过这么多事后，他心中却迟疑起来，他不知道自己还能否像当初一样爱她。对他而言，纯粹地不带游戏色彩地爱一个人，似乎成为一件困难的事。阿芸那边如何交代？还有那个孩子，那是一种血肉模糊的联系，永远也无法摆脱。"那你呢？"女人问，"以后还回来吗？"

他缓缓吐出一口烟："我也不知道，目前没有这个打算，等老了干不动了，还是会回来吧，毕竟是这里的人。"汽车经过漫长的隧道，里面只有他们一辆车。他们望着前方幽深的洞口，不由安静下来，只听见车身划破空气的呼呼声。

透过那道橘红色的光，他看见许多熟悉的身影。外公外婆拄着拐杖，一步步朝他走来，头上还有一圈淡淡的光晕。好久不见的弟弟，肚腩前凸，一副笑容可掬的模样。弟弟在向他招手，招手的动作像一只笨拙的企鹅。女人的父亲，他见的次数不多，但他记得老人的模样。还有他多年不见的战友，酒都倒好了，就等着他上桌开席。那些过往时光如电影画面般一帧帧在眼前闪过。

晓萍来找他时，他忽然有些动心。他想起那个辫子一跳一跳的红衣女孩，想起他的少年时光。他们在写信的年代互诉衷肠，用那支黑色钢笔写下许多傻乎乎的情话，那是一种美好而虚幻的记忆。这些年，他早已淡忘这种感觉。他开着车送她回家，送她去见生命垂危的父亲，跟她在文星镇上散步，回忆过往，谈及今后的打算。他犹豫许久，终于没有说出那句话，他怕自己耽误别人，他是一个被诅咒的人。而晓萍这样的女人，应该有自己的男人、自己的孩子。

也许可以做出改变，时间还来得及。跟那些女孩断绝往来，告别那种醉生梦死的生活，跟阿芸和她的孩子不再往来，这是有可能做到的。他甚至可以把这个厂搬到老家去。这几年，好多工厂出于成本考虑搬到内地，他为何不可？离开这个地方，一切都会重新开始。他可以把老家的房子推倒重建，依山傍水，在那里和晓萍度过余生。从明天开始，他要锻炼身体，戒除烟酒，过一种自律的生活。

然而，这只是一刹那的想法。第二天醒来，依然按部就班地生活、工作。说起来容易，搬迁一个工厂是何其浩大的工程。他在这里多年积累的客户资源、人脉关系都将付诸东流。老家工厂生产的东西卖给谁？难道卖给那些手头拮据的留守老人？他几次按下晓萍的电话，又匆忙挂断。过去这么多年，许多事情起了变化。那份感情也不像当初那么纯粹。她有自己的生活，有了爱她的人。他们在老家付了首付，准备回到县城生活。她当然有资格选择自己的路，他没有理由抱怨。

他送了一对金手镯给晓萍，这是给她的祝福，也是对那段交往的纪念。晓萍最后一次拥抱了他，双手抱得很紧，他感觉身体的一部分被抽离了，像飘飘荡荡的灵魂，悄然离他而去。他跟朋友通宵达旦地喝酒，两场三场，玩牌九、轮盘、百家乐、老虎机、廿一点。那些感官刺激让他暂时忘记痛苦。他把自己赚来的钱都投到这上面，刚开始也会赢几把，最后大把大把地输钱。而面包厂的生意也大不如前。一进一出之间，那些积累的财富渐渐耗空，甚至欠下不少款项。身体也在日复一日的自我摧残中变得臃肿、虚弱。

事情为什么会变成这样？他想不明白。他不到五十年的人生，像一条前陡后缓的抛物线，快速抵达山顶，此后便缓慢地下沉、下沉，直到坠入深渊。如果要追溯起点，应该是跟阿芸的那桩秘密交易吧。如果没有那笔钱，他可能一辈子做打工人，平平凡凡，但没有大风大浪。也是这桩交易，让他背负上难以摆脱的诅咒。他见过那个孩子，那是他留在这世间唯一的骨肉。等孩子长大，他的母亲如何解释他的身世？也许不用解释，这一切都跟他无关了。

真的如此吗？也许所谓的诅咒只是放纵自己的借口，逃避自身责任的借口。就算没有阿芸，也许还有别的诱惑，他能抵抗得住这花花世界吗？所以不要怪别人，一切都是他造成的，都是自己作的孽，也只能由自己来承受。再看一眼这个世界吧，这个五光十色让人沉沦的世界，这个温情脉脉又无比残酷的世界。永别了，妈妈，姐姐，晓萍。再见了，阿芸，还有他陌生的孩子——他将回到这个生他养他的地方，长眠于此，这是他的幸运，也是他的命运。他的身体进入那道橘红色的光，进入那恒久世界。在那里，他不再感到痛苦，也不会悲伤。他将跟那些祖辈、先人，跟他的兄弟、战友重逢，俯瞰这片土地上的生灵。

凌晨四点左右，一辆没有任何标志的白色商务车悄无声息地开进文星镇。两位穿着白大褂、戴着口罩、浑身包裹严实的工作人员走进屋里，把一个身材臃肿的男人抬上担架，合力推进车厢。男人似乎很沉，两人做这些事的时候显得有些吃力。两位老人站在门口望着救护车，十指交叉死死扣在一起，仿佛担心对方突然离去，脸上却看不出什么表情。穿白大褂的人让老人在纸上签字，匆匆上了车。

车子往县郊的一处幽深建筑驶去。他们把男人从车上抬下来，用小车推到房间里安顿下来。天亮后，一对五十来岁的夫妻开车来到这里。身穿制服的工作人员领着他们走进那间凉飕飕的房间，打开柜子，把其中一个柜子拉出来。女人掀开白布，看了一眼便扭过头去，身躯觳觫不止。男人扶着女人，快步走出房间。他们坐在大厅，看着进进出出的人们。不知过了多久，约莫两三个小时吧，他们领回一个沉沉的木盒。女人紧紧抱着木盒，软绵绵地走出大厅，回到自己的车上。

他们往文星镇的方向开去。两人在车上并无言语。时值九月下旬，天气仍然炎热，他们没有开空调。也许不想开，也许是忘了。女人抱着那个木盒，眼神空洞地望着前方的风景，不知在想些什么。车子很快进入镇里，停在那间四四方方的老房子门前。两位老人在门口等了好长时间，看到汽车出现的时候，神色放松下来，甚至有几分欣喜。四人往江边走去。女人捧着那个木盒。

正午的阳光笼罩在头顶上方，她的额头上冒出大颗大颗的汗珠，影子却只有脚下短短一截。

“就在这里吧。”他们走到一座石桥边时，一个老人指着桥下的河水，笃定地说。大约许久没有下雨，河水被分成一股股细小的溪流。前方是一片开阔的田地，水稻已经收割完毕，龟裂的土地上只留下短短的稻茬。再往远处看，就是高低起伏的丘陵和连绵幽深的山峰。他们对了一下眼神，似乎认同老人的说法。他们从桥边走下去，来到桥墩旁的水边。女人把抱在怀里的木盒拿出来，解开锁扣，轻轻抖动手腕。只见白色的如尘土般的细小颗粒，缓缓落在水里，很快就不见踪影。

“一点都不留吗？”女人问。

“不留了，一点都不剩，最好。”老人说。

“还是留一点吧，好歹有个念想。”另一位老人说。

“不要自找麻烦，没有人知道他，没有人能找到他是最好的。对他是这样，对我们也是如此。就当他从这世上消失了。”老人的语气坚定而决绝。

女人只好把剩下的一点也倒掉。男人在岸边挖了一个浅浅的洞，女人把空盒子放进去。男人往上面盖上沙土、石头，还找了几根枯树枝放在上面。如果不刻意找，没有人会注意下面还埋着东西。哪天河里涨水的时候，这一切将荡然无存。他们洗净双手，转身往回走。女人的手上失去重量，仿佛身体也失去重心。她不知道把手放到哪里，甩着手走路不合适，把手插在裤兜里也不好，抱在胸前或背在身后更是奇怪。她不知所措地哭起来。老人看到她哭，也默默抹起眼泪。

天空飘来一阵乌云，暂时遮蔽亮得刺眼的阳光。

几天后的傍晚，一位皮肤白皙的纤瘦女人来到桥下。她望着周边的溪水和河岸，神色间有些彷徨，她不太确定该在哪里停下。转了几圈后，她决定在一处枯树枝前蹲下，把红烛和黄香拿出来，用打火机点燃，插在沙石地里。烛火很快被风吹灭，她用一张黄表纸裹住烛头，再用打火机点燃。纸烧起来，蜡也融化不少。她用树枝把烧着的纸挑下来。她把黄表纸撕下、对折、点燃，堆放在地上，这些薄薄的纸张很快燃成灰烬。她带了厚厚几沓，所以不急。她坐下来，慢慢地、一张接一张烧着。天暗下来，远远望去，人们能看到桥下有微弱的火光浮动。火光渐渐暗淡，她将怀里那支黑色钢笔掏出来，埋在沙石之间。

桥下有风穿过，吹拂女人的头发。风中夹杂着秸秆燃烧的气息，一轮残月挂在天边，月光映在绿色水面上。女人喃喃地说：“阿亮，你也算回到文星镇了。”

翻越南风坳

一

放在多年前，李凯对“子承父业”是不以为然的，况且他的父亲只是文星镇上的中巴车司机。那时文星镇到县城的柏油路还未修通，父亲每天就在坑坑洼洼的乡村黄泥路上来回奔波。他跟着跑过无数回，中巴车外面灰头土脸不说，里面也是乌七八糟。臭烘烘的鸡鸭笼、嗷嗷叫的猪仔、污浊不堪的呕物、孩子的哭闹声，声音和气味混杂在一起，简直让人窒息。有人问他愿不愿意接父亲的班，不到十岁的他毫不犹豫地回答：“不愿意。”

没想到二十几年后，他却成为文星镇上第一个网约车司机。他回到文星镇，从未想过要开网约车或出租车。他最初盘算着开一家旅馆。这几年前来观光旅游的人不少，但文星镇并没有像样的酒店或旅馆。他想着租一座独门独院的大房子，收拾出五六间房。住宿之外，还提供餐饮、KTV、导游、出行等服务，做成一条旅游产业链，一年下来能挣不少钱，但文星镇派出所这里就把他的计划扼杀了。张所的理由是他有案底，不宜从事特种行业。他当着张所的面忍不住发飙："开旅馆算什么特种行业。"不爽归不爽，他也明白强龙压不过地头蛇的道理，只好把这个商业计划搁置在一边。

他的B计划是开一家餐馆。本地菜没什么搞头，土里土气不说，每家的菜肴大差不差，只能拼命打价格战。他要做高端粤菜，错位竞争。鲍鱼、烧腊、烤乳猪、虾仁蒸饺、深井烧鹅，从广东那边请酒店厨师。来镇上旅游的客人珠三角一带居多，加上本地人出于好奇尝鲜。要是有一家正宗粤菜馆，生意应该不会太差。父亲坚决不同意他的计划，说："文星镇这消费水平，人均七八十不得了，你开一家人均200的餐馆，就等着亏钱吧。"他不死心，自己找人谈、租门面，但找来找去，也没有合适的地方，这个事情也不了了之。

做网约车不必看谁的脸色，只要一辆车、一部手机、一张C1驾照，谁都可以做。话虽如此，李凯还是开了文星镇网约车的先河。柏油路通车后，从文星镇到县城只需半小时，坐中巴车也很方便，但他想的不是县城的生意。从文星镇到广州、珠海、东莞、佛山这些城市，两三百公里的路程，其间中巴车、火车、公交车、地铁转四五趟，费时费力不说，钱也没少花。李凯这些年混迹两地，不光是大路，那些小街小巷他也寻着。人们只需花五六百元钱就能安全便捷地到达南方某个犄角旮旯，不啻为一桩利人利己的好买卖。

李凯做过很多生意，倒火车票、摩托车拉客、贩卖水货手机甚至资本运作（传销），风生水起时手下也有十几个小弟。如今回到文星镇做网约车司机，算得上龙困浅滩。父亲说今后可以接他的班，好歹有口饭吃。他并不认为自己会继承父亲的事业，至少他没有去开那辆灰头土脸的中巴。他按照自己的心情接单、载客。虽然回到文星镇，回到父亲身边，他仍然是自由的，这一点对他而言极为重要。这也是离开南方那些城市的原因。

二

他的网约车生意并不好。不客气地说，几乎无人问津。他暗自揣测，还是消费习惯的问题。文星镇人用智能手机叫车的人不多，也许到节假日外地人涌入，生意才会有所好转。但这个想法很快就被现实所打脸。一位叫乾勇的文星镇人，之前骑摩托车拉人送货，攒钱买了辆比亚迪 F3 后，也在“出行”APP 上注册成为网约车司机。奇怪的是，乾勇的生意比他好许多。他想是自己技不如人，还是车子没别人好。可两者都不成立，事情就有些蹊跷。

他不好去问乾勇，这等于变相承认自己输了。他为了招揽生意，每天开着车在文星镇上转悠。如此，油费倒是用去不少，收入却少得可怜。在镇上等客人时，人们好像约好，径直走到乾勇那边。有时只有他一辆车，客人走到车边，跟他打声招呼，竟然转身离开。他做了个“出行 8 折、长途从优”的广告牌放在挡风玻璃后面，但生意依然如故。乾勇这些年没怎么离开文星镇，人们熟悉他、愿意乘他的车也正常，但不至于如此排斥他。

有次李凯忍不住叫住一个想乘车又转身离开的人，问他为什么不上车，是不是受到乾勇的威胁。那人支支吾吾，说自己不坐车，就是到这边晃晃，瞎晃晃。他也不好继续追问。但乾勇的车子回来，那人却屁颠屁颠上了车，让他眼里几乎冒火，把烟头摔在地上，狠狠地骂了一句。父亲让他不要急躁，说："你虽是文星镇人，但出去这么多年，跟外地人也差不多，过段时间混个脸熟，自然有人坐你的车。"父亲还让他考虑成家的事，都一把年纪了。

直到有一天，一位年轻女孩坐上他的车，这种状况才略有改观。女孩看起来只有十七八岁，穿着牛仔裤、白T恤，长头发，成熟装扮之中透露出稚嫩。女孩先是看到乾勇，神色有些惊慌，转身打算离开，然后看到他，慌忙上了车。一路上，他跟女孩有一句没一句地聊起来。女孩说她在县城上高中，叫李真，别人都叫她真真。他对这个女孩并没有什么印象。算起来，他离开文星镇时，这位叫李真的姑娘只有几岁，互不相识也正常。真真的父母都在广东打工，一年到头难得回来一次，她平时跟着爷爷生活。李凯把真真送到县城后，说这次不收她钱。真真问为什么。李凯有些难为情，说这是他第一单生意，就算做活动。真真说那更应该收钱，不然以后生意不好做。他象征性地收了5块钱，因此对真真多了几分好感，觉得这女孩年纪不大，却明事理。

一天深夜，他已睡着，手机铃声却突兀响起。电话那边说有人突发心脏病，需立即送县医院。他看看时间，凌晨两点。他抓起一件衣服，出门发动车子，踩一脚油门冲了出去。病人被抬上车，他也没多问，一路专注开车，只花了二十来分钟就送到医院急诊室。还好抢救及时，病人脱离生命危险。那家人后来对他千谢万谢，说：“那晚真惊险，乾勇手机打不通，县里救护车开过来也来不及，不是你帮忙，人就没了。”李凯想人家第一时间还是愿意找乾勇的，心里不是滋味，但场面上还是说说笑笑：“没什么没什么，都是分内之事，再说你们也不是不给钱。”也许因为真真和这几件事，他的生意渐渐有了起色。

那天送完真真回来，乾勇靠拢过来，递上一支烟，觍着脸说：“祝贺凯哥，今天开张大吉、鸿运当头，头一回还是小美女。”李凯说：“都是托你的福。”乾勇说：“哪有哪有，真真可不是一般的女孩子。”李凯说：“不就是高中生，有什么不一样？”乾勇没有正面回应，他吐出一口白烟说：“对了，凯哥你在外面混得挺好，为什么要回来跟我们抢饭吃？”李凯说：“饭大家一起吃，不存在谁抢谁的饭吃，再说现在文星镇发展不错，年纪大了，叶落归根嘛。”乾勇说：“你还年轻呢，你的故事我们都听过，当年也是威震一方。”

说年轻也不年轻，再过几年，他就四十岁了。这二十多年是怎么度过的，想起来毫无头绪，似乎都没有什么坚固的恒久的回忆，倒是在文星镇那些时光他依稀还记得。父亲顾不上管他，他跟几个人在学校附近晃荡，有了钱大家就去县城打桌球、看录像、压马路。后来离开文星镇，在城市凭手艺谋生。到了这个年纪重新开始晚不晚，他也吃不准，但他没有太多的选择。

三

真真两周坐一趟车，车费15元。别人叫他的车去县城，他一般收 30 元。他把真真当作自己的幸运乘客。她第一个上他的车，才有后面源源不断的客人。真真的话不是太多。他有时问起学校里的事情，真真也不愿多说。有次他无意间说起之前的经历，她倒是很有兴趣，问了很多细节问题，比如做什么工作、收入如何。长途生意也渐渐打开局面。前段时间有人坐他的车去虎门，回来也没放空，来回就有近千元收入。至少他在文星镇有了立足之地。

一个周日傍晚，他把真真送到县城。天色已经暗淡下来，他看着真真往巷子里走去，几条人影不知从哪里闪出来，尾随其后。他察觉到不对劲儿，把车子停在路边，也跟着斜进巷子。他看见几个女生将真真团团围住，起初言语争执，后来竟然动起手来。他赶上前去大喊一声："你们想干什么。"那几个女生说："跟你有什么关系。"他说："少废话，真真是我妹，谁动她试试。"几个女生见他来者不善，气焰矮了半截，嘴上不肯服软，身体却很诚实地往后退却，很快就消失在巷子深处。他把真真拉起来，问她怎么样。她拍打着身上的泥土，喘着粗气说："还好，她们几个弱鸡，能把我怎么样。""不要嘴硬，我带你去吃点东西吧，给你压压惊。""我带你还差不多，你还没我熟悉呢。""也行，上车吧。"

十几年前，他经常在县城里晃荡，那时学校附近还是绿意葱茏的菜地，他在里面摘过西红柿、拔过白萝卜，如今都建起商业街。他们找了一个烧烤摊，地方不大，生意还不错，里面吵吵嚷嚷。他要了两瓶啤酒，给真真也倒了一杯，说："你也可以喝一点，马上满十八岁了。"真真倒也不推辞。真真后来告诉他，她跟那几个女生也没什么大的冤仇，学校拉帮结派成风，女生也有小团体，不加入团体就会受欺负，她们拉她入伙，她不愿意（主要不喜欢为头的女生），加上平时宿舍生活有摩擦，她也不愿低头，所以那天她们把她堵在巷子里，准备把她教训一顿，让她长个记性。她们吃准了就算真真挨了揍，也不会去学校告发她们，这会让她的生存境地更加险恶。真真放下酒杯说："读书挺没劲儿，我不想读了，反正也考不上大学。"李凯劝她："还是好好念完高中，说不定有机会上大学呢。"真真说："就我们那破学校，每年能上一本的不到10%，像我这样的成绩，连陪跑都算不上，纯粹就是炮灰。退一万步说，就算考上二本三本大学，毕了业照样找不到好工作，还不如早点出去。"

李凯就吃了没文化的苦头，年纪轻轻出去混社会，文化程度不高，只能干粗活儿笨活儿，甚至做了违法的事自己还不知道。但他的话似乎也没什么说服力，他不知道现在的文凭到底还值不值钱，甚至不明白二本三本有多大区别。他只知道，文化程度太低在南边也找不到好岗位，只能进工厂做女工，这个年代还去流水线上当工人，每个月累死累活挣三五千，有什么意思。李凯看到一对母女经过，有说有笑，随口问真真："你爸妈呢，他们什么意见？"

真真情绪激动起来："提他们干吗，他们根本不了解我，不了解学校，也不了解这个社会，他们只会打工、打工。"李凯说："他们挣钱不都是为了让你上学吗？"真真说："是，也不完全是，我两年没见到他们，要是能见到他们，我会跟他们好好谈谈。"李凯有些冲动道："你要是想见他们，我可以带你去。"真真说："你说真的？"李凯说："当然是真的，去一趟广东还不简单，等你有时间我们开车去。"真真说："我爸妈不放心我一个人，他们又常年不回来。”

吃完东西，李凯把真真送回学校，一个人往文星镇开。他左手搭方向盘，右手夹一支烟。烟雾飘到窗外，很快消散在空气中。他笑着摇摇头，他不知道自己为什么要说这种话，到了这个年纪还这么冲动。有些话脱口而出，自己都没料到。但既然说到就要做到，不就损失一点钱和时间嘛。能让真真跟她父母见个面，这些都不算什么。他这样想着，身体里涌动一股气流，以至于见到乾勇时，面色还有些红润。乾勇笑嘻嘻地说：“凯哥，是不是交了桃花运，春风满面。”他板着面孔说：“也没什么，接了一个长途单。”乾勇说：“长途单？是真真吗？她要去广东？”他说：“没有没有，她去广东干吗。”

四

从文星镇往南方走，经过南风坳，有一段盘山公路。汽车沿Z字形往上爬，再弯弯绕绕下来，这是文星镇人的噩梦。李凯第一次坐长途大巴去广东时，车上许多人经受不住没完没了的盘绕，吐得人仰马翻，以至于有些害怕坐车的文星镇人，听到“南风坳”几个字，就会下意识呕吐。他倒是天生不晕车，甚至闻到汽油燃烧的气味，还会莫名兴奋。到广东没多久，他就跟车子沾上了边。先是摩托车，而后是轿车、客车。他双手搭在摩托车上，感觉就像坐在饭桌前，左手酒杯，右手筷子，一边喝酒，一边吃菜，摩托车仿佛嵌入肉身，快慢自如。如今回到文星镇做网约车司机，似乎也顺理成章。

期间，李凯跑了几趟广东。有的是老人带着大包小包去儿子家里，说是去帮忙带孩子。儿子为了省事，直接叫了李凯的车。车子翻越南风坳时，他尽量开得稳一些，不停跟他们说话。那些从未出过远门的老头老太，不知不觉过了这道坎，自然感激不尽。有的带着行李出去，跟他差不多大年纪，大部分是念了大学出去，在广东那边找到一份正经工作。人送过去，他很少在那边逗留。有时连饭都不吃，就往回赶。那边当然有他的朋友、兄弟，只是他不想跟他们联系。既然离开那个圈子，就不要跟他们牵牵扯扯。

放寒假后，真真开始找他谋划出行之事。他以为真真只是说说而已，没想到她真要去广州。她说出发前千万不要跟她父母说，如果说了，他们肯定不同意，这趟出行就泡汤了，还不如“先斩后奏”。他想想不无道理，便答应她的要求。不光没对她父母说，也没有告诉她爷爷。每天跟他抢生意耍嘴皮子的乾勇自然也毫不知情。他只是跟父亲说自己要出去几天。

那天中午，他从县城文庙广场接了真真后，往城外驶去。驶上高速那一刻，他甚至有一种私奔的感觉。真真掩饰不住兴奋。她说这是她第一次出远门，而且不是跟着父母。她让李凯放《成都》。到了副歌部分，她也跟着大声唱起来：“和我在成都的街头走一走，直到所有的灯都熄灭了也不停留。”唱得颇为投入，虽然有些荒腔走板。走了一个多小时，两人情绪渐渐平静下来。

他问真真，那天为什么上他的车，而不是乾勇的车。真真说：“他——不是什么好人。”他说：“怎么不好？”真真说：“你多接触接触就知道了。”两人一路聊着，天色渐渐暗淡。再往前就是南风坳，李凯问要不要上山。真真说："走吧，只要你不犯困。"李凯开车就没犯困的时候。他最高纪录开了四十几个小时，从广州开到大连，也不过是腰有些疼。他点了一支烟，"那我们就走吧。"盘山路曲折盘桓，忽而往东，忽而往西，转弯都是180度。他走过许多回，倒也还算熟悉。只是到了晚上，山上没有路灯，全靠汽车大灯照亮前方。无数蚊虫在雪白的灯光中飞舞，有些直接跌落在挡风玻璃上。

快到山顶了，路却行不通。山体塌方，堵了半侧路面，一辆车大约是没看清，直直冲撞上去，车身横将过来，把另半幅路面挡得死死的。李凯和真真下了车，车上空空如也，驾驶员已不知去向。他们察看了地形，的确没办法移动车辆。打了110，警察说明天一早来处理。还有几个小时天就亮了，掉头开回去危险不说，也不划算。这是去往南方的必经之地，不如坐在车上等天亮。已是农历冬月深夜，又在海拔几百米的山上，相比白日，气温骤降十几度，车外如同冰窟。汽车怠速担心油不够，熄火又经不住冻。还好车上有件厚实的军大衣，他们坐在后排，把大衣盖在身上，渐渐感到一丝暖意。

五

大灯熄灭，窗外顿时陷入黑暗，四周阒寂无声。过了一会儿，他借着月光，隐约看见大山和树木青灰色的轮廓。偶尔有猫头鹰和不知名兽类的叫声，无端增添几丝恐怖。他们像被文明世界所抛弃的人类，在这荒郊野外忍饥受冻。还好不是一个人，即使有什么情况，比如冻死、饿死，或者被野兽攻击，至少还有个人陪伴，李凯不由伸出手臂搂住身边的女孩。

真真没有太多抗拒。他闻到一股淡淡的香味。他很笃定地认为，这肯定不是香水，而是女孩身上散发的体香。密闭车厢里，气味无处遁形，进入鼻腔，进入肺腑。他说："你——还好吧，呃，我是说冷不冷？"真真说："都怪我，这个时候不该上山。""没事，不要担心，天亮就有人来的，只要过了南风坳，再开上一两个小时就能到你爸妈那里。""我不担心，不是还有你在这里嘛。"

身上渐渐暖和一些。正是腊月上旬，月亮如一把镰刀挂在空中。李凯跟他的伙伴经常在夜里出动，也练就野猫般的夜视力。他能在黑黢黢的夜里辨别一辆车的品牌、型号，也能在没有路灯的巷子里奔跑。天眼系统，红外监控，让他这些"能力"失去用武之地。此刻，他透过玻璃窗看出去，却什么都看不清。窗外只有晦暗的天空、山峰和树木，以及星星点点的灯光。

"我们来玩真心话大冒险吧。"真真忽然说。"什么真心话冒险？"李凯问。"就是把你平时最不愿意告诉别人、最不想说的经历讲出来。通常都是一问一答，今天就我们两个人，干脆轮流讲吧，你先讲，等会儿我来讲，你敢吗？"

李凯说："有什么不敢的。"他摸出一支烟，掏出打火机点燃，烟头在黑暗中发出幽暗的红光。他缓缓说道："从什么时候开始说起，可能是初中吧。我妈去了外地，一年到头也看不到人。我爸说她跟着别人跑掉了，不要想她。他整天喝酒、赌钱，不怎么管我。我的成绩不太好，班主任找我谈了几次，我没放在心上。我越来越对读书没了兴趣，想着早点出去。班上有个叫赵小刚的，经常带我玩。有一次，他说带我去另外一所学校玩。我跟着他走了几里地，到那里天都黑了。他对地形很熟悉。我们是从围墙上爬过去的，他让我在下面看着，他钻进宿舍，没过多久就出来了，他的身上多了几件东西。第二天，他带着我坐车去了县城，看录像、打桌球、唱歌，玩了整整一天才回来。当然都是他付的钱，我没问他钱从哪里来的。后来他又在夜里带我出去几次，我渐渐明白那些钱的来历。有一次，我们被学校保安抓住。他们把我们关在房间里，威胁着要送我们去派出所。小刚趁着保安不注意，解开绳子，把我也放开，两人爬窗户跑了。再后来，我就没上学了。我跟父亲说，我不是读书的料，还不如早点出去打工。我爸劝我几次，看我心意已决，也就不管我了。到了广东，没什么好的地方可去。在模具厂、玩具厂干了大半年，我受不了那种生活，天天加班，搞得筋疲力尽。巧的是，我在东莞又碰到小刚。我们约好一起做事，配合很默契，我开车，他干活儿，来钱快也刺激。有一次搞了几万块，全是绿色的'富兰克林'。也有失手的时候，有一次摩托车撞上街头消防栓，我和小刚都飞出去，断了几根肋骨，小刚摔成脑震荡，反应也慢了许多。看守所也是几进几出。从此以后，我们就开始做生意，卖手机、保健品啥的，有赚有赔，不是什么大买卖。再后来年纪大了，就回到文星镇——"

外面刮起了大风，风声拂过树林、拂过山谷，发出骇人声响。李凯的声音淹没在呼啸的风声里。他想起有一回住在海边，海浪翻涌，跟这个声音很像。那天，他跟一个女孩待在一起。第二天早上，女孩却悄悄离开他，没有留下任何信息。那是他最落魄的时候，生意失败，兄弟翻脸，多年积蓄化为乌有，最基本的吃住都成问题。他开始不想去找她，心想走就走吧。几个月后的一天，他喝醉了酒，忽然很想见她。女孩却换了号码，微信消息也发不出去。两人从此再也没见面，那女孩就这样从他的生命中消失。

真真看他沉默无语，不知道他在想些什么，也开口说道："说实话，我羡慕你的经历，相比之下，我的生活简直就是一张白纸——当然也不完全是白纸。说来不怕你笑话，这是我第一次出远门。我上小学时父母就去了广东，刚开始每年还回来一两趟，后来回来的次数越来越少，这几年很少回来，也不知他们在忙什么。我跟着爷爷生活，上了初中后我开始住宿，我爸妈也不想让我每天跑来跑去。大概初二的某个星期六，我放假走路回家，有个人开摩托车从我身边经过，在前面停下来。他问我去哪里。我说文星镇。他说他可以载我回家。我说我身上没钱。他说没事，我顺路带你回去，不收钱。我看他不像坏人，就上了他的车。这个人就是乾勇。后来他就经常送我去学校或回家，刮风下雨都不间断。我其实心里对他蛮感激的。如果，如果不是后来那件事，我也许会把他当作很好的哥哥。"真真说到这里停顿了一下。黑暗中，她的身体颤抖着，李凯似乎能看见她的脸色变得绯红。真真艰难地说出乾勇对她做的事。虽然言语混乱，他还是大致明白她的意思。

李凯不知该对真真说些什么。他也好，真真也好，都是这个世界的弃儿，被父母抛弃，被朋友抛弃，被社会抛弃，却又无处可去、无处可逃。如果不是母亲离开、父亲放任，他也许会走上另外一条路。但事已至此，似乎说什么都迟了。他搂着真真的肩膀，喉咙发出浑浊的近似呜咽的声音。

六

两人互相倚靠着，不知什么时候睡着了。李凯被窗外的光刺醒，虽然隔着眼皮，他还是能感受到光线和温度。他醒过来，看见真真靠在他的肩膀上，发出轻微的鼾声，嘴角还挂着明亮的液体。他笑了笑，仍然保持原来的姿势。窗外那些青灰色的山峰、树木，渐渐现出清晰的模样。乱石和泥土依然堆在路上，那辆抛锚的车却不见踪影。车什么时候开走的，还是失去重心滚落到悬崖，为什么他们没听到动静。他仔细回想着清晨的情形。真真醒了过来。

障碍清除，下山的路程也畅通无阻。花了不到半个小时，他们就从南风坳开了下来。沿着高速又走了一个半小时，上省道，转县道，沿着那些被重型货车压出两条印痕的柏油路，他们进入一座巨型工业区。放眼望去，千篇一律的白墙蓝顶厂房。真真说，她父母就在这家叫立益精密的模具厂里。李凯说："那赶紧打电话啊。"真真说："没用的，他们上班不准带手机，等中午吧，他们会出来的。"这段时间，他们去小店里买了广东肠粉。李凯怕不够，特意多买了一份。两人把三份肠粉吃得精光。吃完，人也精神很多。

到了中午，穿蓝色工装的工人纷纷涌出来，大部分人神情呆滞。真真将电话拨过去。电话那头的人语气惊诧，他们无论如何也没想到真真会出现在这里。没过多久，两人从蓝色人流中走出来。他们比李凯想象得要老一些，额头、眼角、脸颊布满细密的皱纹。也许是晒不到太阳，肤色有些苍白。真真介绍李凯给父母，说这是送她过来的司机，也是文星镇人。李凯感觉真真父母看他的眼神有些奇怪，不过也没多想。四人找了间小餐馆坐下。真真跟他们说起如何到的广州。母亲说："你来怎么不告诉我，我们也好准备准备。"父亲也说："你这样贸然过来，搞得我们措手不及，连个住的地方都没安排。"真真说："我就待一两天。"母亲说："难道来一趟，好好玩几天。"三个人絮絮叨叨说了好久，询问起家里的房子、爷爷，还有她的学习成绩。李凯坐在边上插不上嘴，便借口出去抽烟，走到餐馆门口。餐馆外面五花八门的店招、轰鸣而过的摩托车、丝丝缕缕的大榕树，勾起他许多回忆。这些城市有一个好，无论你是身无分文还是腰缠万贯，都能按照自己的方式活下去。

"不管怎样，你要去试试，你试都不试，怎么知道自己不行？读书还是有前途的，你看我们整天在这里流水线上做，就是赚点辛苦钱，那些大学生，进厂没多久就坐办公室、打电脑，事情少，人轻松，钱还比我们多——"两人说话的声音高起来。真真也在努力表达自己的看法。之前对李凯说过的话，她对自己父母又说了一遍。但是父母并没有把她的话当回事，而是反复跟她说读书如何如何。她跑这么远，如果只是想做通父母的工作，未免有些天真。

真真父母来不及请假，下午回到流水线继续上班。李凯和真真在附近找了家小旅馆，开了两间房。李凯洗了一个热水澡，躺在床上刷了一会儿手机。有几条是乾勇的信息，问他去哪里了、怎么见不到人。他想想没回复。暖风吹拂，他很快就睡过去，但睡得并不安稳，其间隐约听到说话的声音，又听不真切。被一泡尿憋醒时，他发现房间里已经暗下来。看看手机，差几分钟就到六点。他胡乱洗了把脸，关掉水龙头时，他再次听到说话的声音。

听起来像母亲的声音："你知不知道他是什么人，从小就没人管，上初中时偷东西被学校开除，到了广东飞车抢劫，非法传销，到处借钱不还，他爸都要跟他断绝关系，这次回去估计也没那么简单，文星镇人防他都来不及防，你怎么还搭他的车过来。"父亲也说："乾勇不是也开网约车吗？怎么不坐他的车？"真真听到这句话，毫无征兆地喊出来："你们了解他吗？你们又了解我吗？你们在我身边待了多久？他就不能改邪归正浪子回头吗？还说什么乾勇，他就是禽兽，禽兽都不如——"那边传来真真的哭声。房间安静了下来。

七

真真和她父母出现在他面前时，神色看不出什么异样。真真母亲甚至表现出某种过分的热情，似乎想掩饰什么。吃过晚饭，他们乘地铁去看"小蛮腰"。城市夜色中，变幻 LED 颜色的塔身展现出婀娜姿态。地面广场上有人唱歌、吹萨克斯、卖小饰品、跳广场舞，还有许多人骑车、散步、练字。江面上浮着几条游轮，船舱里灯火通明，坐满了游客。灯光倒映在水面上，形成层层叠叠的五彩光晕。游船缓缓移动，水面上的光晕随之破碎、消融。

真真和父母走在前面，李凯跟在后面。如果不知晓那些秘密，他也许会以为这是一个幸福的家庭。谁知道他们好几年没见面，父母对于真真经历的事情一无所知。很多东西谈不上对和错，就像母亲当年离他而去，他当时也不明白，心中的埋怨、愤怒化为叛逆，化为与父亲的对抗。长大后他渐渐理解母亲，也许她也有自己的苦衷，只是无人能倾诉。三人走进高楼，坐上观光电梯。电梯缓缓升起，随即提速。李凯耳畔有轻微的压迫感。真真父母的神色也有些紧张。电梯越升越高，他干脆闭上双眼，直到电梯门打开，压迫解除。

从近 600 米的高度俯瞰，整座城市一览无余。灯光铺陈而去，如同河流缓缓流淌，直至城市边缘。真真掏出手机，对着城市夜景拍起来。李凯站在真真父亲边上，掏出香烟，却想起一楼过安检时打火机已经被收走。他把香烟放回烟盒，随意地说道："有空你们也回去看看，真真毕竟是女孩，不在身边，她也不好对你们说。"真真父亲说："我们过年过节不回去，也是想多挣钱，等她考上大学，还得花一大笔钱。"他说："钱当然重要，但有比钱更重要的事。"真真父亲说："什么？"他本想说，话到嘴边却有些迟疑。这时，对岸放起了烟花。一道道光束冲向天空，"轰"地炸响，在空中绘出彩色图案。

回去的路程顺利许多。真真不像来时那么兴奋，坐在副驾驶长久不出声。在南风坳山上绕来绕去时，她甚至睡了过去。李凯为了不犯困，抹了风油精在太阳穴和人中。气味弥漫开来，真真咳了两声，也醒过来，迷迷糊糊问他到哪里了。李凯说："刚爬过南风坳，现在往下走，你再睡一会儿。"真真说："不睡了。"过了一会儿，真真又说："我想好了，回去把书念完，无论考上考不上，给他们一个交代。"李凯说："你能体谅他们的心意，也算没白来一趟。"真真说："谢谢你，说实话，来之前我都快要崩溃了，很多事情也没人可以商量，又特别抗拒考试。"李凯说："想明白就没事。"真真说："乾勇的事请你答应我，不要跟别人讲，我跟爸妈也没提起过。"李凯说："明白。"

车子开到文星镇时，差不多是下午五点。太阳已经沉到西边，整座村庄被笼罩在暗红色余晖中。乾勇在桥边等客人，瞥见他们，脸上有些疑惑，笑嘻嘻说："原来你们一起出去，难怪呢，真真，你爷爷还问我你去哪里了，我说我怎么知道，真真又不是我的人。"真真站在边上没搭理他。乾勇接着说："你们这成双成对的，出去度蜜月啦，凯哥，胃口不错，老牛吃嫩草啊。"李凯说："你狗嘴里吐不出象牙。"乾勇继续涎着脸说："对，我是狗，你们就是狗男女。"他看着乾勇油腻的面孔、潮红的鼻子，以及被烟熏得发黄发黑的牙齿，忽然觉得有些反胃，他几乎下意识地推出去。乾勇踉跄几步，很快反应过来，向他扑过来。他侧身躲开，借力将乾勇推倒在地。乾勇爬起来，他一脚踹过去。乾勇躺在地上，喊着"打人啦打人啦"。边上有人围拢过来，却无人敢上前。他捡起半截砖头，一步步向乾勇走过去。

文星塔轰然倒塌

一

妈妈得知我跟李晓慧交往时，反应之激烈出乎我的意料。

“你这么多年不在镇上，根本不清楚她家的情况，我不是嫌她们家条件不好什么的，有些事情我不好跟你说。况且，她也没有稳定工作，还搞什么美容美发，说白了就是剪头发的。”

“你对人家成见太大了，我跟她交往这么久，感觉挺好的，现在什么年代，两个人感情好最重要，什么家庭、工作，跟结婚有什么关系。”

“反正这个事情免谈。”

“为什么？”

“理由我都跟你说了，你要继续跟她来往，就别认我这个妈。”

话说到这个份上，我也不好继续再跟妈妈谈。但是我能听出来，这里面肯定有难言之隐，工作什么的还是其次。我依旧每天跟李晓慧通电话。我没敢跟她说妈妈的态度，更不能问她深层次的问题。这个事情堵在我心口，一直隐隐不安，以至于李晓慧让我在她那里留宿时，我还有些犹豫不决。但是身体背叛了大脑，犹豫归犹豫，我还是抱走那只毛茸茸的抱抱熊，乖乖爬上那张床。

那天下了大雨，我原本准备回文星镇，可是冒雨骑车太危险。李晓慧说："那你就住在县城吧，也别去开房了，就住我这里。"我心里嘀咕着，本想说这样不好，话说出来却变成"好吧"。李晓慧上床时没有脱衣服。我右手搂着她的脖子，左手不由自主伸过去，逐一解开她的衬衣扣子。她没有阻挡我。待我进一步发起攻击，她却让我停下来。她说："再等等，别急，明天我带你去见我爸妈。"我说："见归见，跟这个不妨碍啊。"她笑着亲了我一口说："急什么，以后有的是机会。"

她家离文星塔只有几步路距离。我带了烟酒、水果之类，走过几条七扭八拐的狭窄巷子，进入这座老式水砖木板房。虽然是第一次到她家里，但她的父母似乎熟悉我的工作和家庭，毕竟文星镇就这么大个地方。她的父亲，一个相貌堂堂、中等身材的男子，五十几岁的样子。他跟我谈起国家政策，条分缕析、头头是道。他真诚地希望我多看报纸，多看电视，多到镇上跟普通群众打成一片，搞旅游工作更要走群众路线。我连连点头，在他面前表示的确要加强学习。晓慧妈却是一副低眉顺眼的样子，虽然上了年纪，头发乌黑，脸庞清秀，不像一般的农村妇女。

晚饭很丰盛，摆了满满一大桌子菜，除了血鸭、酿豆腐，还做了文星镇有名的水丸子。不过我没顾得上多吃，晓慧爸好不容易碰到个酒伴，不停举杯畅饮。后来不顾晓慧劝阻，跟我划起拳来。他有点口齿不清地说："文星镇如今的发展不错，就是麻将小镇这个定位不好，应该在状元文化上做文章，打响状元品牌，特别是把文星塔隆重包装，这个塔是国家一级文物，上央视，推到全国、全世界去。"

晓慧妈应酬性地说了几句，其他时候都不怎么说话。我感觉那种沉默里，有着某种说不清道不明的东西。快到九点，我终于找到机会起身，摇摇晃晃走出门去。小巷子黑黢黢的，晓慧拿着手电筒，送我到大路口。夜幕中，文星塔孤零零地矗立着，塔身散发着幽暗的光，隐身于沉沉夜雾中。李晓慧紧紧抱着我，什么也没说，柔软的嘴贴着我的唇，热烈而投入地吻着，不知过了多久才分开。

二

妈妈给我介绍的第一个女友，是文星小学的语文老师。这位女老师长得还不错，模样端庄，肤色白皙，举止文雅，戴着一副无框眼镜，符合她心目中的儿媳标准。但不知为什么，我心里一直对女老师有些成见或心理阴影。也许是我上小学时曾被女老师没收过一本书，或者害怕女老师喋喋不休的样子。我与她见过一次，就借口工作太忙，没有主动联系。这个女老师明白我的心思，主动断了往来。妈妈骂我条件不怎么样还挑三拣四的："你以为你是谁？"

骂归骂，妈妈依然锲而不舍地为我寻女友。第二个女孩是文星卫生院的医生。镇上没有咖啡馆之类的地方，我找了家小饭店约她一起吃饭。跟她见面时，我闻到一股消毒水的味道。她随身携带湿纸巾，她撕开一次性碗筷，小心翼翼地擦拭，再用开水一一烫过。我看她熟练的操作，好像做术前准备。以我这样邋遢、懒散的性格，恐怕也很难与她愉快地生活在一起。

一年前，我从一家水电工程公司辞职，进入文星旅游公司工作。文星镇历史上诞生过湖广两府首位状元，这位状元据说是麻将鼻祖。这几年，国家鼓励各地发展特色小镇，县政府有心将文星打造成“麻将小镇”，外地游客逐年增多。父母希望我回来工作，离家里近点，更要紧的是，他们想让我早点成家。以我的年龄，在镇上也属于大龄未婚青年。文星有工作的女孩子不多。妈妈筛选了几轮，发现工作稳定、年纪合适的女孩屈指可数。浪费几次机会，这件事就这样耽误下来。

这样也好。猴子这家伙一直想找我玩，我要不加班，要不相亲，推辞了几次也不好意思说。猴子说：“你小子就这么急吗，先玩几年，又不是找不到女朋友，过几年还能找更年轻的，你傻啊。”猴子是我小学同学，在文星镇开了个麻将馆。同学们大部分出去工作或创业，我和他这样留下来的算是异数。猴子的麻将馆是镇上规模最大、最豪华的，一楼摆了二十几台自动麻将机，二楼是茶室、餐饮馆，三楼住宿、按摩等。一条龙服务。几年运作下来，他基本不用太操心。

我回到镇上不到一年时间，猴子至少带出来三个女朋友。跟他混在一起的有麻将馆的女服务员，有镇上外来务工的女孩子，有酒桌上认识的小姑娘。虽说以我的审美，这些女孩略显庸俗，但是毕竟人家心甘情愿跟着他。这让我感到好奇，甚至羡慕。猴子具有某种天赋，类似雄性荷尔蒙之类，我也说不清楚这是什么东西，能吸引女孩子的注意力。

三

我跟猴子去县城 KTV 玩时，见到了李晓慧。那天也不知道是谁过生日，猴子叫上我，我也稀里糊涂就跟着去了。李晓慧坐在我身旁。猴子说："她也是文星镇的，现在从事美容美发行业，是我们县有名的美发师。"他又指着我说："这是我兄弟，文星旅游公司的高管，未来的企业家。"李晓慧表情夸张："哎，你要死啊，我们是初中同学啊，你不会把我忘记了吧。"她又说："我原来叫李艳丽啊。"我想起初中时好像有这么个人，只不过近二十年没见，样子变了，又换了名字，认不出来也正常。为了这个"认不出来"，李晓慧罚我多喝两杯酒。

那天猴子喝多了。在 KTV 抱着麦克风，从《爱一个人好难》到《单身情歌》《有多少爱可以重来》，整个晚上就听他一个人在扯着嗓子嘶吼。最后，参加聚会的人不知什么时候都走了，只剩下猴子、李晓慧和我。猴子躺在沙发上，鼾声响彻整个包厢。李晓慧说："也别去住酒店，反正我那里有地方睡，我们就直接过去吧。"我叫了出租车，把猴子架出来，好不容易拖到李晓慧的美发店。店面不大，后面三张窄小的洗头床，我把猴子安顿好，跟李晓慧一人一个，也躺了下来。

我跟李晓慧聊了什么，已经记得不太清楚，迷迷糊糊就睡着了。第二天起来还有些难受，大脑一片空白。猴子清醒过来，三个人在旁边找了家米粉店。吃过早餐，李晓慧留下来做生意，我和猴子开车往回走。猴子打了一个嗝，隔夜的酒精和食物气味涌出。我屏住呼吸，摇下半扇车窗。猴子说："你觉得李晓慧怎么样？"我说："还行吧。"他说："比你妈介绍的那几个好看吧。"我说："昨天光顾着喝酒，没来得及仔细看。"他说："以后反正有的是机会，下次你好好瞧瞧，她还是不错的，身材也好。"我说："你不会对她有意思吧。"他说："我从不吃窝边草。"

猴子说："你得主动出击，攻占山头，被动就吃亏，知道吗，比如李晓慧吧，我觉得她对你还挺有好感的，你可以尝试下，你都二十六了，还没碰过女人，说出去真丢人，还好意思跟我混。"猴子握着方向盘，兀自大笑起来。

我也尴尬地笑了。我高中时曾经暗恋过一个女生，她很喜欢笑，长得像《东京爱情故事》里的赤名莉香。我每天目送她上学、离校，打听关于她的所有消息，但没有勇气跟她说话。一直到上大学，才写信告诉她，我很喜欢她。为时已晚，她有了男朋友，还是我认识的高中同学，一个死胖子，让我生气又后悔。上大学那几年，我也追过几个女孩，一次次无功而返，屡战屡败，几乎失去信心。在水电公司那几年，我在深山老林往返奔波，人也见不到几个，更何况女孩。

四

接到李晓慧电话时，我正在做一个统计表。她的声音听起来慵懒无力，我似乎看到她头发蓬松、睡眼蒙眬的样子，一边说话，一边夸张地打着哈欠。

“哎，你在做什么啊？”

“统计旅游资源。”

“有那么多旅游景点吗？”

“这种东西是要包装的，文星塔、状元楼、洗砚台什么的，只要跟状元和麻将有关的，全部列入景区，你住过的老房子，包装包装也能给游客看。”

“真没意思，你别干了，陪我说说话吧。”

“我不是在跟你说话吗？”

“我是说当面说话。”

“上着班呢。”

“我也上着班呢。不过这会儿没客人。对了，刚来一个女的，要我给她弄个女明星的发型，还带了照片，长发，大波浪，哎，她也不看看自己什么脸型，圆滚滚的，还女明星，我说‘你弄这不合适’，她非得做。我开店也不光是为了挣钱，我有我的审美我的品位好吗，我硬没给她做，她气呼呼走掉了。你说我傻不傻？”

“挺傻的。”

“好啊，你也敢说我傻，你等着，下次见面收拾你。”

“有钱不赚还不傻吗？开门做生意还这么讲究。”

“那当然，我这儿又不是公共厕所，不是谁都能来的。”

“看来你还有点原则的。”

“废话，我好歹是金牌理发师。”

“不说了，我的 Excel 还没做完呢，老板等着要。”

“你这人真没意思。”

“我真的忙着，还有好多地方没统计进去呢。”

“你赶紧去弄，别忘了把我们家也列上去。”

……

如果不是我主动叫停，这个电话会一直打下去的。不知从什么时候开始，李晓慧的电话突然多了起来，好像我跟她认识了很久、跟她是多年的好朋友似的。她事无巨细地，将她的生活、她遇到的人和事，一一讲给我听。我得把手机接上电源，才扛得住她无休止的电话轰炸。她打电话的时间毫无规律，有时上班，有时午休，有时深更半夜。我也感到奇怪，难道就因为我是一个好的听众吗？大多数时候是她在说，而我，像相声里的捧哏角色，“嗯啊呦喂”，插不上什么话。

她跟我说得最多的，还是她的前男友。她在广东那几年，认识了他。他是一个发型师，个子高高的，一头深灰色长发。她刚入行时，只是理发店里的洗头妹，看着别人剪头发很羡慕，偷偷在旁边看。他知道她想学，就带着她，从模特假发开始练手。她很执着，一步步从学员，成长为连锁店第一个女性金牌理发师。她是摩羯座女生，认定一个人就不会变。她打算两个人攒够钱，就开一家理发店，然后结婚、生子，但是他毫无征兆地离开了她。他说去更大的城市发展。她花了很多力气，找了很多朋友，才跟他联系上。她对他说：“我找你没别的事，只想让你给我报个平安。”这段历时五六年的感情就这样草草结束了。说起这段往事时，她在电话里哭得稀里哗啦，足足有三分钟。我拿着电话，也不知道说什么好，只是听着她哭。我仿佛能看见，哭声转换成微弱的电磁信号，通过基站放大发射到空中，再通过另一个基站接收，进入我的手机，钻进我的耳朵。我突然对这个大大咧咧、实则不太熟悉的女孩，生出某种心疼或怜悯的情绪。

五

猴子说："你傻啊，李晓慧这样就是喜欢你，在向你示爱啊，一个女人最重要的欲望，除了性，就是倾诉，她把你当作她的倾诉对象，再进一步你们就会躺在床上聊，而不是打电话。"我说："人家也许只是把我当朋友而已，多说几句话有什么。"猴子说："你也太天真了，你们两个单身男女，还当朋友而已！你等着吧，下一步她就会向你表白了，说实在的，李晓慧不错，胸大腰细屁股肥。看来你小子交桃花运了，是不是偷偷去文星塔拜过？"

这期间，我跟李晓慧见过两次面。一次到集团总部送材料，顺便去她店里坐了一会儿，她正忙着给客人做头发，很专注的样子，顾不上跟我多说几句话。她让我在她休息的房间里喝咖啡。床头放着一本《从你的全世界路过》，书中还有铅笔划过的句子。床上一个大大的抱抱熊，毛茸茸的样子，憨态可掬。冰箱门上磁铁压着一张照片，照片中的女孩大约只有十来岁，婴儿肥的脸，一头卷发。记忆中的李艳丽就是这个样子，一个胖女孩，天然的卷发，话很少。大约是在九五年圣诞节，李艳丽曾送给我一张贺卡，在班上惹起轩然大波，同学们纷纷传李艳丽喜欢我。我觉得很丢人，大义凛然地把贺卡还给她，让她不要再骚扰我。如今看着这张照片，却觉得可笑，心想当年自己怎么会如此无知。

还有一次是李晓慧主动约我。她说县城新开了一家室外游乐场，让我陪她一起去玩玩。我长这么大，几乎没怎么去过游乐场，她这样一说，勾起我的好奇心。到了游乐场我才知道，是她陪我来玩，而不是我陪她。很多项目她不敢上去，好不容易排队排到了，她却让我一个人上去。我在这里第一次坐过山车，垂直下落时感觉就要摔死，大转弯时几乎被甩出去，我发誓以后再也不坐。还有海盗船，把我晃得几乎吐出来。她看着我晕晕乎乎的样子，捂着肚子大笑。只有碰碰车，我和她一起进去了，两个人在里面开车撞来撞去，她像小孩子一样尖叫。她还让我去玩超级大摆锤，我说什么也不去了。她说："去嘛去嘛，最后一次，玩完我请你去吃夜宵。"我说："再玩下去，我什么都吃不下，你饶了我吧。"好说歹说她才放过我。我和她到文庙旁的露天烧烤，点了几个菜，十几串羊肉串，还有两瓶啤酒。她的脸上仍有笑意，她说："没想到你胆子这么小。"我说："你还不敢坐呢，胆子比我还小。"她说："切，我不想坐而已，谁说我不敢坐的，我以前在世界之窗、欢乐世界，比这个刺激得多的都玩过，我只是想看你玩玩。"

吃完，我骑着摩托车送她去美发店。她坐在后面，双手搂着我的腰，胸部贴着我的身体，一种柔软的感觉从背后传来，我感到一阵酥麻。我握着摩托车把，在空旷的街道上缓缓行驶。她的头靠在我的右肩上，头发触碰到我的皮肤。摩托车经过大桥时，江面吹过一阵带着腥味的风。她在我耳边说："做我男朋友吧！"

六

我对女性身体的渴望，随着跟李晓慧交往的深入，变得更加强烈，躁动不安。那触手可及的诱惑，让我痛苦不堪。妈妈的反对，反而增添了她的魅惑。

猴子喝下半斤烧酒后，终于答应帮我去调查。不过他语重心长地劝导我："好女孩多得是，不要在一棵树上吊死，你还没怎么样呢，难道就要跟她结婚？不要太天真地相信什么爱情，你不多跟几个女人上床，就不要谈什么狗屁爱情。"那天，我见到了他的第四个女朋友，一个四川女孩，跟我们一起喝酒、抽烟。当猴子说到爱情和上床的话题时，她脸上没有异样的表情，仿佛谈的是麻将和喝酒。

老板最近传达了总部精神，今年文星镇将投入100多万资金，举办全国范围的麻将比赛，相关筹备工作已经启动。作为对猴子的回报，我把这个消息透露给他，让他早做准备、早点攻关。旅游公司人手有限，我成为筹备组的一员，负责大赛的报名和统计工作。我跟李晓慧依旧每天通电话，但两个礼拜没见面。

李晓慧开始跟我谈买房的事。我们煞有介事地争辩在县城和文星镇买房的利弊。我却不敢跟她说我妈的真实态度，一直没有带她去我家里。自从我去过她家后，她跟我提了几次，我都没有正面回应，后来她也不怎么说了。她看中了县城的一个新小区，房价也不算贵，三千多一平米，约我周末去看。我说周末要筹备麻将大赛，好多事情，她有些生气。她说："你这什么工作啊，整天没日没夜的，也赚不了几个钱。"我也不太高兴："这不是钱多钱少的事，这是工作。”

她几天没跟我联系。我自己却有些心慌，抑制不住地想她，特别是到了晚上，我躺在凉席上，想到她，身体就莫名其妙感到燥热。我忍不住打给她了，她似乎也在等我的电话，言语中并没有什么不快，反而跟我说起房子的事情，房型、价格、地段、绿化、容积率等等。我突然说了一句（我没料到自己会说这句话）：“我想你了。”电话那端好几秒钟沉默不语，然后她也说：“我也想你。”

放下电话，我骑着摩托车就上了柏油马路。一路上把油门加到最大，轰轰隆隆往县城驶去。见到李晓慧时，她正在给一个客人卷发。她将一个烫发机推过来，将客人包满透明保鲜膜的头放置在里面。她对客人说，需要 30 分钟左右，然后我跟她一起进了休息室。我抱着她，迫不及待地吻起来。她穿着绿色的工作围裙，我迅速解开围裙纽扣，扯下白色 T 恤。她不再抵抗。

七

筹备两个月后，声势浩大的麻将大赛如期举行。大赛吸引全国几百位麻将爱好者，还有上千名外地游客，镇上一派热火朝天的景象。猴子承办麻将桌椅置办项目，加上餐饮、住宿，大赚一笔。为了感谢我，他特意请我喝了一顿酒，又在他的“麻将世家”招待我喝茶、按摩。我惦记着上次拜托他的事。他说已经有了初步结论，不急的话，再等等详细情况。

“你先跟我说说啊。”

“看你急的，对了，你跟李晓慧怎么样，有没有实质性进展？”

“差不多吧。”

“那就成了，难怪我看你跟以前不一样了。”

“有什么不一样。”

“反正就是感觉不一样，碰过女人了。”

“赶紧说吧。”

“唉，说来话长了。你知道，文星镇是个大镇，也是老镇，房子多且密。你看现在很多老房子还是这样，连墙共瓦，互通有无的。”

我点头称是。如果从空中俯视，文星镇的核心地带就像一个巨大蜂巢，内部结构精密而复杂。小的时候，我常在这迷宫般的巷子中穿行，走着走着，就进入别人家里。穿过堂屋，又走到了另一户人家家中。只有本地长大的孩子，才不会迷失在这座迷宫之中。我不知道之前为什么这样修建，可能整个村子住的都是状元公的家眷或后代。这样串门方便，然而彼此之间也没什么隐私。当然，镇上的人从来不知道隐私为何物。这些老房子保留下来，如今也成为旅游景点。

他继续说：“李晓慧家也住在老房子里。她爸爸那时在乡政府做个小头目，权力不大，事情却不少，整天在外面跑。李晓慧妈妈一个人在家，又要外出种地，又要操持家务。隔壁家有个叫李红光的光棍，一个人过。看她孤苦无助，便常常帮她干活儿。两个人眉来眼去的，天长日久，产生了感情。加上她爸常下乡，夜不归宿。她妈就跟李红光好上了。天下没有不漏风的墙。文星镇这些人，最喜欢传这些丑事。一来二去，全镇人都晓得她爸戴了绿帽子，只有他一个人被蒙在鼓里。直到有一次，他跟别人发生争执，别人骂他是老乌龟，他才隐约了解。他设了个圈套，本来说去下乡，但半夜折返回来，果然撞见两个人在床上翻滚。”

说到这里，他停了下来，端起茶杯慢慢吮了两口。把两位服务员支使出去后，他继续说：“最刺激的，是他怎么惩罚她这个女人，你看过十大酷刑吧？”我点点头。他说：“差不多就这个意思。总之，他想尽一切办法羞辱她，那些老家伙说得天花乱坠，不知道真还是假。据说有一次，他用烧红的烙铁烫她的下身，隔壁邻居闻到一股焦煳味，还有一阵阵惨叫声。女人不堪折磨，有一天深夜，在家里寻了瓶农药，边走边往嘴里灌，走到文星塔时，软绵绵地倒下来。她想在文星塔下了结自己的性命。但天无绝人之路，正好那天有人在塔边乘凉，把她救了下来。从此以后，男人不再折磨她。她变得沉默不语，很少说话，跟哑巴一样。”

我问：“他为什么不找那个男的出气，跟自己老婆过不去？”

他说：“自己老婆嘛好收拾，跟别人干仗就没那么容易。”

我想起上次去李晓慧家，她妈的确有些异样，没想到这里面隐藏着这么多秘密。文星镇面子始终是第一位的。虽然过去多年，这桩丑闻依然留在人们的脑海中。我妈不愿意我去触碰这个禁忌话题。可是，我发现自己已经爱上李晓慧，或者迷恋上她的身体，该怎么办。猴子似乎看穿我的心思。他一脸坏笑看着我说：“李晓慧肯定很风骚吧，你受不了她的诱惑。这种家庭出身，懂事早，放得开。其实也没什么。你跟她走远一点，不要在镇上生活就好。”

八

李晓慧看中的房子在县城南部新开发的地段。周围还是一片荒芜之地，小区北面是一座小山。她兴奋地向我介绍，小山今后将被开发成一个公园，登上山顶，便能俯瞰整座县城。她想买的是一座高层楼房，沙盘上看大概三十几层。在县城应该算得上第一高度。我问她："万一停电怎么办，这里供电可不像大城市，停了就停了，也没什么备用的，难道要爬三十几层？"

她说："你想多了，怎么会停电呢？又不是文星镇。"

首付不高，只要十万元，她这些年存了七八万块，让我再掏两三万就行。我觉得也行，只是我上班不方便。她说："先买了再说，你又不会在文星镇待一辈子，有机会就离开那个鬼地方，到县城谋个职务，实在不行我也能养活你。"我说："让女人养活，算什么本事。"她说："我就想养你。"

事情发展到这个地步，我不能再向她隐瞒妈妈的态度。当然，我没有提到猴子告诉我的事情。她信心满满地说："我们一起努力，带我去见你妈妈，我相信以我的真诚、我的能力，一定能打消她的顾虑。"为了这次会面，她做了精心的准备。首先，找跟她水平相当的发型师重新做了头发，将之前的淡黄色长发染成黑色，看起来略微有些蓬松，又不至于太夸张。然后，去买了一条草绿色的裙子，搭配一双水红色高跟凉鞋。她还给我妈挑了一套洗护用品，给我爸买了两瓶精装"男儿酒"。会面前的一天晚上，她仍忐忑不安，一直问我妈会问她什么问题，她又该怎么回答。我被她折磨得烦不胜烦，劝她安心一点，顺其自然就好。

尽管有心理准备，妈妈看到李晓慧时，还是有些意外。如猴子所言，从外表和装扮上看，李晓慧的确比妈妈介绍的几个女孩好看。妈妈很快镇定下来，两人一起进厨房，一边做饭一边聊天，气氛融洽而愉悦。李晓慧紧绷的神经放松下来，她聪明而巧妙地回答妈妈的问题，有几次逗得妈妈大笑起来。饭桌上，大家以茶代酒，频频举杯。妈妈热情地给李晓慧夹菜，直到她再三表示吃不下。

李晓慧问我妈妈的态度。我告诉她，我妈没有明确表态。其实，第二天妈妈就跟我说："你有没有仔细观察她的面相，下巴尖、嘴唇薄、人中长、颧骨凸，这样的女人不聚财，而且容易出轨，有些东西会遗传的，你还是谨慎一点。"我忍不住跟妈妈吵了起来。我说："你也太挑剔了，这不是鸡蛋里挑骨头吗，你又不是算命先生，就说别人面相如何如何。"妈妈说："我也不是乱讲，我听说她之前有过男朋友，跟你同学猴子还交往过，你不信的话，自己去打听下。"妈妈这句话让我愣住了。猴子说起李晓慧，语气猥琐暧昧，掩饰不住内心的嫉妒或炫耀，难道真有其事？

九

"麻将世家"没有想象中那么喧闹。大家安静地看牌、出牌。自动麻将机取代"搓麻将"的工序，顾客不需要动手，轻轻按下一个按钮，一摞摞整齐的麻将牌就从桌底送上来。赢钱也不需要找零，以大小筹码代替。结束后再到柜台兑换成现金，省事，效率高，我由衷佩服猴子在这方面的聪明。

此刻，他正懒洋洋地躺在按摩床上看电视。对于我的质问，他没有正面回应。

“喝茶喝茶，川妹子的竹叶青，还带着女人香。”

“你就告诉我，你们有没有交往过？”

“好东西要大家分享，我跟她也是朋友。她嘛，想找个男人过日子，你也知道，我这种人不喜欢被拴牢的，结婚有什么意思，自由自在多好。不过，我敢向你保证，没碰过她，我不是跟你说了，兔子不吃窝边草。”

“你吃的窝边草还少吗？”

“那不一样，我找的都是外地的。”

“有什么区别？”

“有没有区别，你去问问她就知道了。”

李晓慧似乎刻意隐瞒这段往事。她为什么这样做？她是怕我在意吗？既然我不在乎她有过男朋友的历史，也不一定会计较她与猴子如何。可是这样被戏弄的感觉，让我有一种深深的挫败感。当我问起她与猴子的事情，她沉默了许久。窗外进来一阵凉风，眼泪从她眼眶里流出来，像雨滴滑过玻璃。

她低声说：“我最后悔的就是跟他交往。我刚回县城，人生地不熟的，是他帮我找了房子，办了执照，开了这个店。我以为他也喜欢我，没想到……”她又嘤嘤啜泣起来，她抱着我继续说：“我一直想找一个男人，爱他宠他恋着他，以他为中心，生活，过日子。直到遇到你，我才知道，自己喜欢什么样的人。”

看着她楚楚动人的模样，我准备了一肚子的气话，竟然一句也说不出来。我的心软了化了……

我躺在床上，迷迷糊糊，进入半梦半醒的状态。李红光、晓慧爸妈、猴子、迷宫般的小巷、带着腐烂气息的老屋，这些东西在我心头积压、发酵。许多事情像宿命般被操控，无处用力。李晓慧主动追求我，让我做她男朋友，迫不及待买房，催促我结婚；猴子创造机会让我跟李晓慧交往，怂恿我跟她亲密接触；妈妈坚决反对我跟李晓慧交往，虽然她的理由不那么站得住脚。这么多年过去，自己仍然处于被动状态，没有什么改变。

十

九月份，文星镇将举行一年一度的旅游节。距离正式开幕还有一个多月，许多事情要对接、落实。我投入到紧张的会务中，每天加班到半夜。李晓慧的电话不像之前那么密集。我抽不出时间去县城。她到我这里来过几趟。每次过来，她都跟我说起今后的打算。有一次她说："我想好了，就到省城去，先租间房，还是开个美发店，我一个人先干，等做大了，再请人，至于你，愿意在店里帮忙就帮，不愿意，就出去找份工作，富有富的过法，穷有穷的过法，总不至于挨饿，你说是不是。"我说是。她站在窗口往外望去，她接着说："你陪我去文星塔走走吧，好久没去了。"

我正好想去文星塔看看，老板交代在塔身做亮化，到了夜晚也能看出大致轮廓。文星塔是一座七级八面的宝塔，塔基为青石基座，塔身砖砌而成，塔内设砖砌楼梯，螺旋式逆时针而上，可攀至塔顶。李晓慧和我绕着塔身转了三圈，又在碑前停下来，作了三个揖。她的态度很虔诚，我却想着灯珠该如何接入。

她说："不知道为什么，我妈很喜欢这个塔，她没事就带着我来玩，我小时候还爬上去过，我妈也不管我。她还问我在上面能看见什么，我已经忘记怎么回答她的。以后离开这里，想来看看它还不容易了。我们再爬一次吧。"

我正想上去查看，便与她侧身而入。塔内久无人至，蛛网丛生，黑灰密布，散发出一股浓烈霉味。我与她沿着荒废逼仄的石阶，一步一步爬上塔顶。期间，几只蝙蝠贴着耳郭，从石洞门呼啸而去。黑暗之中，她牢牢攥着我的手，仿佛握着所有的希望。爬上塔顶时，我们轻轻呼出一口气。从空中俯视文星镇，有一种豁然开朗的感觉。那些迷宫，隐秘、疑惑、勾连，毫无遮蔽，全部暴露在眼前，好像自己能洞察一切。一阵风吹过，塔身轻微摇晃，李晓慧轻声说：

"你，会跟我走吗？"

我没有立刻回答她。我好像明白该怎么做，是时候做出决定了。

那天晚上，我做了一个奇怪的梦。李晓慧拉着我的手，朝着远离文星镇的方向狂奔而去。突然，身后传来一声巨响。我回头看见，文星塔轰然倒塌，地面上升腾起铺天盖地的灰尘，整个镇子淹没在尘雾之中。等灰尘消散，一个女人从废墟中走出来，脸上带着诡异笑容。我的手中空空如也，她已不在我的身边。

不存在的青山尾

“那我回去一趟吧。”爱权对电话那头说，同时瞥了一眼妻子。妻子抓住他说：“非得要回去吗？一堆事儿等着你呢。”他放下电话：“无论如何，我要回去看看，大哥一个人撑不住。”妻子说：“至少等女儿放学回来。”他说：“算了，你跟她说一声吧。”他拖着拉杆箱进入车库，发动那辆蓝色英菲尼迪。

“我会尽快回来的。”他从车窗探出头来，对妻子说。

车子开出车库约下午三点。如果路上顺利，他将在晚上十一点到达目的地。汽车开到高架入口，导航路线变成深红。他摇下车窗，点上一支烟。右脚在刹车和油门之间来回移动，车身一点一点往前挪。经过入口，他才发现两辆车追尾，一男一女站在车旁，抓着电话，四处张望。他将烟头弹至两车之间，抓牢方向盘，缓缓踩下油门。进口发动机发出低沉的轰鸣声，流线型车身如导弹飞出去。

出城，路上渐渐顺畅。他将汽车设为定速巡航，手搭方向盘，面无表情地望着前方。他要保持这样的姿势，长达七八个小时。想到这漫长路程，心中未免沮丧。火红夕阳渐渐没入山峰，云层间残留着金色余晖。高速路面变得暗淡，道路标志模糊不清。一辆辆汽车从旁边呼啸而过。他伸出右手，摸到清凉油，食指轻勾，抹在太阳穴和人中上。瞬间，清凉感从皮肤传至大脑，精神为之一振。除了在服务区上厕所，他几乎没停下来休息过。脑袋里有个声音对他说：早点到，再早点到。似乎只要见到父亲、见到大哥，那些难题便能迎刃而解。

晚上九点不到，汽车抵达县城出口。他驶离高速，绕开城区，直接驶上乡村公路。前方只有大灯照出去十几米。除此之外，便是沉沉暗夜。有时路过一个村庄，能见到星星点点的灯光。汽车往青山深处行进，道路颠簸，GPS 信号时断时续。对于天上的卫星而言，这些纵横交错的乡村道路，简直像蛛网般难以辨认。凭着模糊而飘忽的记忆，他在暗夜中找到这座寂寂无闻的村庄。

车子开到石桥边，他停下来。对岸的一盏白炽灯，孤零零地嵌在旷野之中。他提着行李，打开手机电筒，往那亮光走去。多年前，父亲带着他从这里经过。他们去邻近村庄看露天电影。散场之后，父亲攥着手电筒走在前面，他跟在后面。电筒的光随着手臂晃动，牵扯出长长短短的光线。一群萤火虫从眼前飞过。他伸出手去捉，却扑了一个空。父亲将手电筒摁熄，再打开。那群萤火虫聚拢过来。父亲两只手掌缓缓靠近，迅速收拢。他捧着那一点光，脚步轻快。他把萤火虫养在玻璃瓶里，放在床头。每天睡觉时，能看见那微弱的光，直到自己进入梦乡。

这昏暗灯光，也像多年前的萤火，让他感到心中踏实。他轻轻推开门，看见父亲弓着身子，神情专注地做着木工。父亲双手握住刨子，使劲儿往前推，身体几乎贴在木板上。起身，回到原来的姿势，再往前俯身。一片片木花从刨子上方卷出来，滚落到地上，混入木屑之中。他闻到一股霉味，夹杂着杉木清香。

他说："爸，我回来了。"

父亲对他的到来并没有表示过多的惊讶。招呼过后，继续他的推拉活计。沉默之中，他反而有点不知所措。他放下拉杆箱，坐在父亲身边。父亲看起来不像病入膏肓的模样，至少目前如此。他一路上悬着的心，稍微安定了一些。那句话在他心中盘桓，好几次几乎脱口而出，最终却说："爸，早点休息吧。"

第二天他起床时，父亲早已出门。偌大老屋空空荡荡。他像孤魂野鬼般游荡其中。白色粉墙早已脏污不堪，上面爬满蛛网、油烟、青苔、虫卵，以及不知名的东西。十几年前挂在墙上的"奮鬥"条幅，字迹依然能辨认。下面写着："人的一生全靠奮鬥，唯有奮鬥才能成功。"阳光从天井射进，在地上投射方形白光。

他沿着石阶走到院子里。长久无人，那些植物蓬勃蔓延开来。杂草齐膝高，几乎将院子淹没。一丛毛竹肆意生长，竹叶密不透风。那棵枣树皮肤皴裂，老态毕显。爬山虎覆满整个墙面，透出一股凉意。走出院子，后面是一片开阔田野。许多土地荒废了，里面长着稗子、燕麦、荠菜、车前草。他远远望见一个人。走近，果然是父亲。父亲正在翻挖土地，身体弓成 90 度。他接过锄头，挖了起来。

他对父亲说："咱们还是去县城看病吧，这里待着好是好，毕竟不是办法。万一遇到什么情况，也找不到人。你在县城，至少大哥还在身边。”

父亲说：“我哪儿都不去，就待在这里。”

“你怎么这么固执？你要有个三长两短，我们跟妈妈也不好交代。”

“我去了自己会跟她交代的，你们不用管。”

“我们不管谁管？你知不知道我回来一趟多不容易。”

“谁都不用管。我自己会照顾自己。”

两人低着头，各自干着自己的活儿，不再言语。太阳渐渐升起，汗水浸透后背。回到老屋，大哥已经在门口。父亲并没有跟大哥多说什么，一个人径直走进厨房。大哥神色略有些尴尬。兄弟俩找了个地方坐下。

大哥低声说：“唉，快把我急死了，爸爸那脾气，犟得跟牛一样。治疗刚有点起色，他却死活不住医院，说再住下去他就要死在那里，一定要回这里住。我说，老屋十几年没人住，整个村子也几乎搬空，回去不是等死吗？他说等死就等死，死也要死在老屋。我也是没办法，才让你回来的。也许他还能听你的话。”

“他为什么会有这种想法？”

“谁知道啊，我也觉得奇怪。你最近挺忙吧，听阿丽说你的公司准备上市。一上市，你是不是就成为亿万富翁了？”大哥敲出一支“芙蓉王”给他点上。

“也没那么夸张，现在能不能上还不好说，好多企业排着队等呢，一年就那么些名额。唉，先别说这个了，你跟我说说医生什么意见。”

“医生当然希望他继续治疗，说他这样回去，身边没有人照顾，很容易出意外。就他这个身体状况，如果不接受化疗，快则两三个月……”

“我明白了，我来做做他的工作吧。”

“我不跟你多说，爸爸见到我，跟见到仇人一样。你说我冤不冤，好心当成驴肝肺。人家不知道的，还以为我们把他扔在这里不管呢。你在外面无所谓，我和你大嫂丢不起这个人哪。唉唉，不说了。你有空去县里，我们再详细说。”

话毕，大哥急匆匆地开车离去。他坐在门口石凳上，望着远处的巷子。“快则两三个月”——他反复掂量这句话。现在是六月底，两三个月，也就是八九月。这些年，他在外面经历大风大浪，好像什么麻烦都能应付，可挨到生老病死这种大事，他仍然茫然不知所措。公司上市，父亲患病，几件事交织在一起，让他烦躁不安。太阳一寸寸往巷子中间挪。烟渐渐熄灭，尼古丁凉中带涩。

那男子朝他走来，面容愈发清晰：蒜鼻、宽额、厚唇、络腮胡，老式军装上有几个醒目补丁。爱权认出那是哑牛——跟他一起长大的伙伴。哑牛眯缝着眼睛瞅他，喉咙发出“呜呜呜”的声响。爱权大声道：“哑牛，是我啊，权权。来，抽烟。”爱权敲出一根烟，递给哑牛，点上火。哑牛吸了两口，大声咳起来，眼泪鼻涕流出来。他自觉难为情，捂着嘴笑了，涎水从嘴角流出，黏在胡须上。

自打回到这里，电话从未断过。公司副总老戴频频问他什么时候回来。投资部每天打好几通电话，向他请示各种事情。最奇葩的是要他定夺冲洗马桶盖的型号。二十年前，他加入模具行业，从一个研发人员，逐渐成为台湾老板最为器重的副手。五年前，他看准医疗器械这一蓝海，创办了自己的模具厂。做老板的代价是任何事情都要自己操心，大至产品研发，小至马桶采购，即使身在千里外。

他对老戴说，三五天之内，他没办法回来上班。他想了好几种方案，甚至想让医生带着设备到这里，不过多花一些费用而已。但是这种治疗究竟能起到多大作用，他的朋友方医生并没有把握。方医生对他说，必须把病人送过来，做一次彻底全面的检查评估，才能制定科学的治疗方案。方医生透露，目前有一种基因疗法，还处于临床试验阶段，但有奇效，也许对他父亲的病有帮助。

父亲死活不肯离开这里，难道真要把他五花大绑，开上七八个小时，送到医生那里？还是父亲真的不想活了，回到这里坐以待毙？想想也不可能啊。他不在家的这段时间，父亲和大哥之间究竟爆发了什么矛盾？父亲为什么如此固执？他反复揣摩着这些事，却理不出头绪。他暗自下决心，要不惜一切代价，把父亲送进医院。

期间，他到县城去了两趟。一次是为了企业的事情。证监会对公司财务报表提出异议，认为采购来源过于单一（一家大型医疗器械公司占据 90% 的采购量），不宜上市。他为此到县城召开视频会，与股东协商如何处置。他安排老戴带财务总监去北京沟通。多名股东希望他回来主持大局。还有一次大哥请客。大哥坚持尽地主之谊，请他务必到县城聚聚。他推辞不过。此外，他也有事跟大哥商量。

席间，大哥明里暗里提及，希望能获得一些股份。他解释说，公司不是他一个人的，他也没办法做主。大哥说："你是老板，还不是你一句话。"他说："到了这个阶段，已经没办法操作。"他又跟大哥商量父亲的事。大哥认为老人家瞎折腾，脑子坏掉了，跑到深山老林，难道想得道成仙？他问大哥："如果父亲真的走了，丧事怎么办？"大哥说："送到县城来，进殡仪馆啊，现在老家都没人住了，难道让那个哑牛背出去？"大嫂接着说："现在丧葬一条龙服务，花点钱交给他们就好，不用操太多心。"大嫂又说："权权，我们要的股份不多，50 万，40 来万也行。"

他忍不住说："爸爸快死了，你们怎么一点都不关心？"

大嫂变了脸色。停顿片刻，劈头盖脸道："权权，你这样说话我就不爱听了，爸爸去年查出毛病，到现在快一年了吧，住院、检查、打针、吃药，大大小小的事，哪一样不是你大哥和我在管，你才回来照顾几天？你以为就你孝顺？你天天跟他住一起试试看？爸爸那个脾气，说句话你都要被他气死。我们对他已经够好了。你去问问别人看，我们有没有不管他？邱爱明，你是个哑巴啊，我们做了这么多，没落一句好话，反而被人说三道四的，这算怎么回事啊……"大嫂抹起泪来。

大哥送他走时，一脸歉意道："你嫂子就这样，你不要放在心上。"他笑笑说："不会的，都是一家人。"开车的时候他还在想，也许真的应该跟父亲多住几日，而不是刚回来几天就想着离开。可是他耗不起这么多时间。他待在这里，心中时刻牵记他的公司。上市前夕，方方面面的关系都需要料理。公司内部的关系也需要平衡。几个骨干此次若不能获得股份，恐怕很难留住。而一旦离开，那些技术也会流失出去，对自己的公司直接造成威胁。他想着这些事，不知如何对父亲开口。

父亲的咳嗽声断断续续。有时极为轻微，仿佛一片树叶落在水面上，荡开浅浅的涟漪。有时连绵不绝，一次比一次激烈，好像垂死之人在拼命挣扎。他一度想从床上爬起，冲到父亲的房间里。须臾间，仿佛越过一座山峰，前方出现一片开阔草地，清风徐徐。父亲平静下来，他那颗提起来的心慢慢放下。偶尔，他会突然惊醒，不是因为什么声音，而是过于安静。他莫名其妙地想到，父亲会不会这样悄无声息地死去。奇怪的是，无论他何时醒来，他都会发现父亲早已起床。

他担心的事终于发生了。那天夜里，父亲咳得特别严重，好像要把五脏六腑咳出来。有一次，咳到一半，忽然没了声音，过了一会儿，好像传来挣扎声。他掀开被子，冲进父亲房间。他看见父亲的头停在距离枕头 30 厘米左右的空中，嘴巴张大，双目圆睁，双手使劲儿抓着被子。他用力拍打父亲的背，过了许久，父亲一口气缓过来。他稍微安心。少顷，父亲猛烈咳起来，一口鲜血从口中喷涌而出，将被子染红一片。他第一次感到死亡带来的恐惧。不能再等，他想。

爱权给父亲穿好衣服，不顾他反对，一把托起，按在背上，往汽车那里快步走去。父亲的身体轻盈，仿佛刚出生的婴儿。父亲大口喘气，在他耳边说着什么，他听不清楚，也顾不上听。他把父亲放置在后排座位，自己冲到驾驶位，按下一键启动按钮。慌忙中，他竟然忘记穿鞋。赤脚搭在油门上，金属寒凉传来。自动大灯刺破黑暗，在前方射出一道惨白亮光。汽车缓缓移动，往山外开去。

他七八岁时，跟着父亲去田里割稻。一茬一茬水稻倒下，一只鸟窜出来，他看到几个雪白鸟蛋。他兴冲冲扑上去。不经意间，镰刀割进小拇指，鲜血落到土地里，染红了黑色泥土，他感到剧烈疼痛。父亲冲过来，将手指包好，背着他跑过田埂、跑过大桥、跑过村庄，一口气冲进镇上卫生院。好在抢救及时，那根切掉半截骨头的手指，好歹接了起来。如今，小拇指上还有一道疤痕。他摸着自己的拇指，心里渐渐平静下来。没事的，他想，没事的，父亲会没事的。

"我没事的，不要去，你不要去。"父亲的声音虚弱，却坚定。

"你这样下去不行的，我们去医院看看，很快就回来。"

"停下，快停下！"父亲咆哮起来。

他猛地踩下刹车，轮胎与路面剧烈摩擦，汽车硬生生停下，父亲几乎从座位上翻滚下来。他爬到后面，将父亲安顿好。父亲喘着粗气，断断续续说："我没事的、没事的，咳咳，死不了、死不了。就算有事，你也不要把我、把我送到医院，我不想进殡仪馆，不想进火化炉。就算死，我也死在这里，埋在这里，跟你妈在一起，而不是变成一捧灰。人变成灰，就没了魂，就什么都不知道，什么也没了。你要真为我好，现在就送我回去。我求你，求你了，权权！"父亲哭了起来。

"爸，你别激动，我这就回去，就回去。"

他找了一个开阔地，调转车头，往山里开去。父亲仍在咳嗽，一声接着一声。他有一种无力感。眼泪无声无息地流下来，他不敢用手去擦。眼泪流到法令纹，流到脸颊，流到嘴角。他尝到苦涩的滋味。他很想趴在方向盘上大哭一场，却不得不在黑夜开着这辆该死的车，把父亲送回老屋，送回沾满鲜血的床。

他换了床被子，将父亲抱到上面。父亲靠着枕头，呼吸逐渐平稳。爱权用纸巾擦去父亲嘴角的血，抓着他的手，轻声说："你这是何苦呢？医院是治病的地方，又不会害你，你为什么不愿意去？"父亲闭着眼睛没说话。

爱权说："你要相信现在的医学，我朋友方医生说，你这种情况可以试试靶向治疗，定点清除癌细胞，他说效果很好，你去尝试下，给自己一次机会。"

"过段时间再说吧。最近有些咳嗽，但我自己能感觉到，身体在一天天好转，如果可以慢慢恢复，没必要去大城市折腾。实在不行，再跟你商量。"

爱权没办法说服父亲，这意味着返程时间无法确定。他通过电话、信息，将一条条指令发出去。至于这些指令能否落实、落实程度如何，不在他控制范围之内。他当然可以一走了之，但是想到老人独自住在此地——不对，还有哑牛陪着——心中又不忍。有时候，他对父亲和哑牛的关系感到嫉妒。无论如何，他跟父亲之间谈不上亲密。他很早就出去读书，毕业后在外闯荡。偶尔与父亲通电话，也不知说些什么。而他所从事的工作，早已超出父亲的理解范围。父亲很随意地说出"牛儿，把那堆柴劈了""牛儿，挑担水回来"，在他面前却无话可说。

老戴向他报告沟通情况。采购来源固然单一，可细分下来，也有十几家公司，只是母公司归属一家而已。上面勉强采纳这个说法，估计也花了银子。不过相比上市，这些付出都是值得的。爱权拼搏十几年，把所有积蓄（包括那套180平的大平层）、几百万贷款，统统投入公司运营，就盼着这一天早点到来。奇怪的是，大哥怎么跟老戴牵扯上了。大哥言辞凿凿地透露，老戴私下同意让他入股。他让爱权早点回去，他们会全力照顾好老爸。爱权本想找老戴质问，想想还是作罢。

很多事情是这样：只能接受，没办法改变。

那天以后，父亲的身体一天比一天虚弱。除了在家做木工，他已经不大出门。爱权觉得，做木工也许是父亲的精神寄托，如果这个也不让他做，日子或许更难熬。父亲在推拉刨锯时，哑牛在边上帮忙，一起拉锯，将那些纹理粗糙而厚实的木板打磨光滑，或者在上面钻孔、制作榫头。父亲做一阵歇一阵，进展缓慢。有时，一个简单的木工活儿，也要好几天才能完成。还好，父亲不急。

回来近十天，爱权渐渐习惯这种缓慢的生活。这些年，他时时刻刻为企业劳心烦神，研发产品、开拓市场、申请贷款，周旋于合作伙伴、公司股东、员工之间，应付工商、审计、税务、银行，每天加班、熬夜、喝酒、唱歌。他唯独没有为自己、为父亲而活着。那些精确到几时几分的行程计划，在这里失去了意义。

父亲对时间的概念日益模糊。他会在半夜爬起来，望着外面黑魆魆的天空，自言自语道："为什么天还没亮呢？"他清晨回到床上，让爱权早点休息，不要睡得太晚。吃过中饭不久，他问爱权什么时候开饭，说自己好几天没吃饭了。他问爱权什么时候回来、回来多久、什么时候离开。爱权刚说完，他转身又问一遍。爱权只好一遍又一遍重复。父亲说："你早点回去，我没事，不要陪我。"看到爱权整理箱子，他又抱怨："回来一两天就要走，孩子大喽，留不住了。”

爱权对父亲的说法无所适从。父亲仍没有放下木工活儿。有时半夜三更的，父亲也在屋里敲敲打打。他的睡眠毫无规律。有时候几天几夜连续工作，有时候白天也能睡好久。吃东西也是如此：一整天不吃饭，或者一顿吃很多。他日复一日地忙碌，似乎抢在某个时间前，完成最后一道工序。他把这些零件制作完成，拼接起来，就能完成浩大的工程。至于这个工程是什么，爱权心中并无把握。

过于静谧的夜晚，爱权常常陷入奇怪的梦境。他跟一大家人在厅屋里吃饭。开始还热热闹闹的，不知谁说了句什么话，气氛忽然变得沉重。他试图跟母亲说话，母亲只是对他摇头，朝父亲努努嘴。他又拉大哥的手，大哥示意他不要说话。他不明白什么意思。他到厨房盛了饭出来，饭桌上空空荡荡，家人全部消失不见。刚才还热腾腾的菜肴，也变得冰凉，像是摆在神龛上的祭品。他大叫一声，从梦中惊醒过来。有时，他感觉自己轻飘飘的，飞升至空中，俯瞰这座老旧的房屋、房屋上的青黑瓦片、瓦片间的青草，俯瞰这座空寂的村庄。他赫然看见父亲和爱权躺在床上。他分不清楚，此刻他到底是自己，还是父亲飘飘荡荡的魂魄。

父亲精神好转起来，吃东西也比前几日好很多。有时就着几碟咸菜，能吃进一大碗稀饭。晚上咳嗽也没有那么厉害。他甚至想让爱权给他抽烟。他保证，只是过过嘴瘾，决不吸进肺里。爱权犹豫着，终究还是没有给他。爱权对父亲这种改变感到欣慰。也许父亲是对的。这里的空气、水源、食物甚至气味，也许更适宜他的康复。当然还有心理上的作用。爱权能理解父亲对医院、太平间和殡仪馆的恐惧。自他溯源而上，祖祖辈辈在这里出生、生活、死去。父亲熟知这里的每一座山、每一棵树、每一条河、每一块地。回到青山脚下，他也感受到前所未有的安宁。他心里时时冒出“奇迹”两个字。有什么不可能的，企业上市不也死而复生？也许父亲还没到那个地步，等情况稳定一些，他就能回去“主持大局”。

七月初，天气一天天热起来。到了午后，太阳明晃晃地罩在村庄上方，没有一丝风。躺在床上，汗珠不知不觉冒出来，身上黏糊糊的，凉席浸出一层汗渍。爱权实在吃不消，开车到县城买了两台电扇。父亲多次提出，想去河里洗冷水澡。爱权一开始没答应，担心父亲着凉，发烧感冒就麻烦了，但拗不过父亲一而再再而三的请求，便找了个晴日正午，与父亲一起去了大桥下。

桥下有个一人来深的水坝。爱权小的时候，父亲常带他到这里。父亲把他的衣服脱光，抱着他一起跳进水里。他喜欢骑在父亲身上，皮肤与皮肤的接触，在水里变得柔软。父亲跟他打水仗，手掌平推水面，激起一道道水花。有时父亲憋气躲在水下，许久不出来。他耐心等待着，等父亲出水的那一刻，将一大捧水浇到父亲脸上。父亲却从很远的地方冒出，对他做了一个鬼脸。等他费力游过去，父亲又消失在水面之下。他也试着沉到水底，眼睛却无法睁开。

此刻，父亲脱光了衣服。他看见父亲干瘪瘦弱的身体、一根根隆起的肋骨。父亲走到水边，先是将脚探入水里，然后将小腿没入水中。他看见腿上的毛发漂浮起来。父亲用手沾水拍在身上，等身体打湿后，慢慢进入水中。父亲闭着双眼，脸上舒展开来。

爱权放下心来。他摊开四肢，任凭身体浮在水面上，随着水波荡来荡去。阳光照在脸上，他感到一种纯粹的温暖。在白茫茫的光线里，他似乎看到母亲。母亲在河对岸挥手，喊他的名字："权权，权权，该回家了……"

他也许该回那个家了。自从二十年前离开故乡，今天这个局面就不可避免。虽然他心心念念这个村庄，但身体已经属于另一个城市，属于另一个家庭。能够回来陪伴父亲十几日，于他而言，已然十分奢侈。就他现在的状况，最最宝贵的就是时间。公司上市的事情，仍有不确定性因素，需要他出面做最后努力。

"成与不成，在此一役！"老戴说。

他准备回去就跟父亲说。他给哑牛准备了一台手机，让哑牛有什么情况，随时跟他联系（电话接通"啊啊啊"叫三声，或者发图片信息）。既然父亲做了决定，就让他安心待在此地。等上市告一段落，自己再回来，住上一段时间。也许到那时，父亲的想法会有所改变。他翻转身体，手臂蹚水，双腿后蹬，往前蹿出去。

父亲不见了。

他深吸了一口气，进入水面之下。朦朦胧胧中，他看见父亲变形的脸，鼻孔里冒出一个个气泡。父亲似乎有意与他比赛憋气。他沉在水底，看着父亲的脸，直到肺里氧气耗尽，他渐渐感到胸闷，嘴里呼出许多气泡。而父亲一动不动，脸上甚至露出怪异的笑容。他忍不住浮出水面，大口大口地呼吸空气。

过了五六秒钟，父亲依然面朝下，身体浮在水面上。他心中感叹：父亲虽已老迈，但老底子还在。突然有种不祥预感。他慌忙滑动身体，游到父亲身边，将那具一动不动的身体翻转过来。

父亲依然保持怪异笑容，可是已经没有呼吸。

爱权拖着父亲，慌忙爬到岸上。拍打、吹气、按压，他几度俯身，探听心跳，毫无动静。他放弃了徒劳的抢救。他背着赤身裸体的父亲，往家里奔去。父亲的身体依然柔软，只是不停往下滑落。他使劲儿托住，一边喊道：“爸爸哎，你慢些走，你慢些走哎，不急喔，我们回家，回家……”他的喊声渐渐变成啜泣。

哑牛听到他的哭声，从村庄迎出来。两人把父亲放到床上。他找出一套崭新的衣服，从里到外给父亲换上。父亲闭着眼睛，任人摆布。父亲的头发仍在滴水，浸湿了地面。爱权抓起一条干毛巾，反复搓揉、擦干。等这一切做完。他开始通知大哥、妻子和其他的亲人。哑牛放了一挂鞭炮，点上红蜡，朝着父亲的身体磕了几个头。而后，一个人去了木工房，在里面乒乒乓乓敲打着什么。

他刚坐下，就接到老戴电话：“报告权总，我已到县城，准备进山。”

他惊诧道：“你过来干吗？”

老戴说：“我代表股东给伯父吊唁，顺便接你回去。你不知道，我们这段时间被上市搞得焦头烂额，你再不回去跟证监会、跟监管部门当面沟通，上市的事情搞不好就黄了，我们这么多年的努力也白费了，权总，你不能因小失大啊！”

“权权，你不能因小失大啊！”好像是大嫂的声音。

他吼道：“什么叫因小失大，你们赶紧掉头回去，不用来了！”

他说完这句话，就挂了电话。茫然中，他走进木工房。逆光飞扬，他赫然看见一副基本成型的棺材。哑牛挥动锤子，正往里面敲榫头。他终于明白，原来父亲夜以继日赶制的，竟是自己将要躺进去的棺材。他感到无比诧异，又觉得合乎情理。回到村庄，赶制棺材，洗净身体，魂归西天，一切都在安排之中。

此刻，父亲静静地躺在床上，面目安详。他那颗扑通乱跳的心，也渐渐安定下来。一切都会好起来的，一切都会过去的。妻子、女儿已经在赶过来的路上。就让他静静地陪着父亲，走过最后这段路程吧。他走到棺材边，用手抚摸光滑的木质纹理。他脱了鞋，爬到里面。棺材是父亲按照自己的身材定做的，他躺在里面尺寸刚好。他闭上眼睛，轻轻嗅闻杉木清香。铃声响起，他的身体轻微颤抖着。

听筒传来妻子急切的声音："喂，喂，阿权，我按照你给的地址导航过来，青山尾，尾巴的尾，没错啊，地图说地址不存在，你到底在哪里呀？"

他说："怎么会不存在呢？"

他想，怎么会不存在呢。

埃菲尔行动

一

冬天日短，南方亦如此。五点一过，天色悄然暗下来。路灯和霓虹此时尚未点亮，县城看起来灰头土脸。李素媛从一幢大楼里走出来，骑上那辆电瓶车，往城区方向赶去。一路上，汽车、摩托车从她身边呼啸而过，她也不急，保持三十几码的速度。她在超市门口停下，坐扶梯到二楼，穿过摆满各式商品的货架，径直走到生鲜区。她挑了一条约两斤的黑鱼、三两猪肉、几个土豆、一把青菜。收银台后面穿红马甲的服务员正低头刷手机，发出“嗤嗤”笑声。她走到自助收银区，扫码结账。

走出超市时，汽车灯光、店铺招牌和亮化景观交织映照，街上行人多了起来。六点半左右，她回到住处。她拎着菜爬到五楼时，额头冒出热汗，呼吸也变得急促。她站在门口，等气息平稳，掏出钥匙。进门后，她转动反锁旋钮。听到“咔嗒”一声，才取下帽子、摘掉口罩。其实少有人敲她的门——快递放在小区门口，物业费提前缴清，楼上楼下的邻居也不会串门——她还是习惯性地把门反锁起来。

她顾不上跟威威说话，直接脱去外套，系上围裙，走到厨房里。她把鱼肚里的血水、内脏冲洗干净，再用刀把上面的肉剔下来。她剔得很仔细，一小片一小片，甚至没有放过鱼鳃边和骨头缝里的肉。被处理过的鱼骨细长惨白，如博物馆里的化石，与眼神呆滞的鱼头放在白色瓷盘上。她看着锋利的剔骨尖刀，想起策划已久的行动。她分明看见利刃刺入陈广生的身体，鲜红血液汩汩涌出。

鱼片用木耳清炒，土豆肉丝，西红柿鸡蛋汤，油渣小青菜。准备食材花了她近四十分钟，真正做起来却很快。几道菜端上餐桌时，还不到七点半。“威威，威威，吃饭啦——”她朝屋内喊起来。威威循声踱步过来。“今天是特殊日子，你也吃点好吃的。”她把鱼头、鱼骨和生鱼片推到威威面前。威威先是伸出舌头舔舐，随即低头吃起来。她给自己倒一杯啤酒，也开动起来。她吃饭的时候，随手点开小视频。APP 推送的都是乡村大妈做饭的画面。砖砌的灶台、黑乎乎的铁锅、随手可得的食材，有听得懂也有听得不大懂的方言，所有这些都让她感到踏实。

看到想吃的东西，她会买回来尝试一番。在做饭这方面，她还颇有天赋，手机上看几遍，就能做个八九不离十。她有时想，要是自己早年学厨，或许还能在这方面有所成就。做饭是她的爱好，也是消磨时间的方式。买菜、洗菜、烧菜、洗碗，这些简单的事用心去琢磨，几乎有一种修行的意味。天天刷视频，其实也让人心烦。她已经很久不跟朋友出去吃饭。确切地说，她几乎没有朋友。

等她吃完，威威早就不见踪影。收拾碗筷时，她给母亲打去视频电话。“叮叮咚咚”响了几遍，都没有人接听。她想想不放心，又拨母亲的手机号，也没有接通。她想才八点多，不会这么早就睡觉吧，要么就是手机没放在身边，或者不小心调到震动。她胡乱猜测，又安慰自己或许明早母亲会拨过来，以前也是这样。

威威在角落里玩毛绒玩具，饶有兴致地把玩具熊衔至高处，松开嘴掉下来，再从桌上跳下来扑住。她说：“威威，今天是你生日呢。”威威似乎听懂了，配合地叫了一声“喵呜——”她把它抱在怀里，轻轻捋着背上的毛发说：“要是五年前，妈妈一定为你办一个生日会，把亲戚朋友和同学都请过来，热热闹闹的。如今我也没办法，让你受委屈了。”她想来想去，还是发去信息：“威威，妈妈祝你生日快乐，天冷了，你要多穿衣服，照顾好自己，如果可以，能否与我见一面。”她本来还想让他过年时一起回老家看外婆，但犹豫几次还是删掉。信息发出去，照例没有回复，就像她之前发出去的许多条。她也不气馁，坚信威威应该会看到的。“对吧，威威。”她拍着小猫咪的头说。威威颇为乖巧地眨了眨眼睛，眼里泛出黄紫色的光。

第一次见到威威，算起来已是一年多前，也是这个时节。那天，她穿了一件薄羽绒服在河边散步，听到草丛中有猫叫唤。一声接一声，听起来颇为急切。那是一只小橘猫，身上有一圈圈黄色斑纹，口鼻、脖颈、腹部皆是白色毛发，身体轻微颤抖。她忽然间有些心软，想着把它带回去养几天，等身体好点再把它送走。

她不愿收养流浪猫，不想额外增加支出是一方面，一个人生活惯了，也怕这些感情上的牵扯。小橘猫在家里待了一个多礼拜，看起来机灵多了，她想着让它离开，但她低估了小橘猫识路的能力。她试着把它带到河边草地上，自己骑车到厂里上班。等傍晚回家时，小橘猫竟然寻了回来，趴在门口伸着长长的懒腰，一脸无辜模样。第二次她骑车把它扔在几公里外的路边，为此心里不安得很。过了几日，小橘猫还是寻回来，浑身上下脏兮兮的。后来她想到自己新注册的微信叫“涅槃之猫”，头像也是一只小橘猫，看来也是缘分，留下来做个伴吧。

既然住在一起，就得有个名字。她懒得起名儿，直接把儿子的小名赐给它。“威威，威威哎！”小橘猫还挺机灵，叫了几次，就知道李素媛叫的是它。她也没有给威威买什么猫砂、猫粮啥的。找了个鞋盒子，里面垫了件旧外套，就当是它的窝。从外面工地找了些黄沙，倒在花盆里，给它方便之用。平时就吃剩菜，它倒不挑剔（也没条件挑剔），有什么就吃什么，实在不合胃口就少吃点，总比在外面翻垃圾箱要好。时间长了，她觉得威威在身边也不错，好歹能打发时间。

独自生活以来，如何打发时间成为一道难题。孩子刚离开她的那段时间，她几乎整宿整宿睡不着觉。威威从小跟她生活在一起，她习惯抱着软乎乎的孩子睡觉。长大一点，孩子有了自己房间，但毕竟在一个屋里，一喊“威威”，小胖墩摇摇晃晃就来了。后来她做了好吃的，下意识喊“威威，过来吃东西喽”，却没有任何回应，心中不免寂寥。想威威的时候，就把他的照片拿出来看，从幼儿园到初中，看着看着，她的眼泪悄无声息地流出来。想他又不能跟他联系，她日日受着这种折磨。

好在都熬过来了，仿佛五脏六腑被撕扯、被震碎，重新长出来，粘连在一起。别人看不出，只有自己隐隐感到痛。这一年来，她不再那么想威威，人变得平和、麻木，甚至一天都说不了一句话。连七情六欲也可以克服，她心里也佩服自己，寺庙里的僧尼也不过如此吧。真要是出家，倒也落得个清闲。只是埃菲尔行动还没有实施，她还得忍受眼前这一切。她有时很感激威威，如果不是它，她很可能就挺不下去。她把威威当作自己的儿子，有什么事都跟它说。威威不会乱跑，也不嫌她烦，每日听她零零碎碎的讲述，有时还叫唤几声以示回应。

有一天，她下班回来，威威不见了踪影。她在小区里找了几圈，一楼架空层、垃圾场、地下室找了个遍。她把威威的照片发到业主群，挨个问管家、门卫、保洁，查看监控视频，也没有发现有用信息。好似当初儿子被接走，那几日她魂不守舍。她不想收留流浪猫，也怕发生这些意外。直到几天后，威威奇迹般在家里出现，她哭着哭着又笑出声来。“以后敢乱跑，就把你做成猫肉罐头！”她凶巴巴地说。

二

李素媛躺在温软的被窝里，恍惚中听到外面有动静。她还在想怎么回事，门已经被“砰”的一声撞开，几个神情凶恶的男人闯进来。“李素媛，你欠我们的钱什么时候还？”为首的肥硕男人把她从被窝里拉扯起来。“我不欠你钱，我什么时候欠你钱？”她抓起沙发上的衣服套在身上。“这是你签字画押的借条，你还敢说你不欠，我看你不想活了。”男人手一挥，边上两个人如恶犬般冲上来。一个个硕大的拳头朝她的脸砸过来，瞬间眼前冒出无数金光。“救命、救命啊！”她抓着被子大声喊叫，从睡梦中惊醒过来，身上起了一层冷汗。

窗外天光暗淡，时而传来汽车喇叭声。威威不知跑到哪里去。手机在振动，她感觉脑袋昏昏沉沉，挣扎半天，才起来接电话。母亲说昨天身体不舒服，早就睡了。她问哪里不舒服，母亲却吞吞吐吐不肯说。她再问，电话那头已经开始抽噎。她问母亲到底发生了什么。过了半晌，母亲才说：“老了不中用，又是瞎婆子，干脆搬出去，死在路边，不拖累你们。”李素媛说自己尽快回家，那头才消停下来。

还好这天是周六，她吃过早饭，稍微收拾下，开着那辆二手威驰往文星镇方向走。她走的时候，没有忘记把门窗关上，交代威威不要乱跑。威威望着她，似懂非懂地“喵呜”一声。母亲的眼疾加重以来，脾气变得古怪，一点点小事就给她打电话。李素辉一年到头没个人影，从不寄钱回家。嫂嫂守着这个残缺的家，一肚子委屈不知道跟谁说。母亲隔三岔五还来这么一出，也不知道是不是真的脑子糊涂了。

母亲看到李素媛回来，说话也有了底气，嚷嚷着这里容不下她，她干脆喝瓶敌敌畏，一了百了。嫂嫂说话也不客气，说：“你要喝就喝，喊了好多次也没看到你喝，要是没钱，我借 10 块钱给你。”母亲听罢又哭，骂儿女不孝，骂老头子走太早，留下她不受人待见，如何如何。李素媛低声下气问嫂嫂到底发生了什么。嫂嫂气不打一处来，说："还能有什么，自己东西找不到，硬说是我拿了，我人穷志不穷，不至于偷她几百块钱。"嫂嫂说着也哭起来，"这个家我没法待了，喊你哥哥李素辉回来，早点离婚，各走各的路，我一个人总养得活自己，我哪个都不靠。"

李素媛看着两个人各哭各的，脑袋嗡嗡作响，也不知道该如何劝解。等屋里稍微安静一些，她对母亲说："要不你就跟我去住几天。"转过头又跟嫂嫂说："你大人有大量，不要跟老人家一般见识，俗话讲老小老小，老了就要当小娃子养。"嫂嫂说："要真是小娃子就好了，你不晓得你老母亲好能作。"母亲却不愿意跟李素媛去县城住，她气呼呼地说："我就死在这里，哪里都不去。"李素媛看两个人都在气头上，母亲也不是真想离开这里，干脆先做饭，等吃过中午饭再说也不迟。

她拖着母亲去后屋杀鸡、洗菜、淘米、做饭。做起事情来，母亲的情绪才平稳一些。母亲也只是说说，她这个视力，离开这间屋子，几乎寸步难行。她在县城的房子，只有一个房间、一张床，母亲去了也得打地铺。今非昔比喽，母亲还以为她住在那套大房子里呢。很多事情她不跟母亲讲，一来是怕她担心，二来也不想让她知道，知道也解决不了任何问题。她跟母亲说，昨天是威威生日，她还做了好吃的，给威威发了祝福信息。母亲说："你也带威威回来看看我，整整五年了，再不回来，我真的看不到他。"母亲抬起手，用袖子揩了揩眼睛，擦去几滴浑浊的眼泪。李素媛说："我有什么办法，你以为我不想他，他爸爸不许他和我联系，生怕影响他的前途。"

母亲又说："牛解凤昨天过来找我，哭起好像屋里死了人，说起还是几年前放在你那里的钱，她攒那点钱不容易，你有办法就还给她吧。"李素媛说："慢慢来，债我是不会赖的，一分钱都不少她。"母亲说："你到底欠别人好多钱？"李素媛说："你就别管了，跟你讲起你又着急上火，你少给我惹事就行。"母亲咧嘴笑道："我给你惹什么事？你嫂嫂天天嫌弃我，恨不得把我赶出去，我忍气吞声过日子而已。"李素媛说："你儿子也不是什么好东西，但凡他有点责任心，嫂嫂不至于这样对你。"

一起吃饭的时候，李素媛当着母亲的面说了嫂嫂不少好话。嫂嫂的态度也软和下来，但下了最后通牒，说李素辉今年过年还是不回家，日子就别过了，反正待在这里跟守活寡也没什么区别。话虽难听，李素媛也不好说什么。以前李素辉隔三岔五问她要钱，她说话还管用，如今她也落魄，李素辉几乎不跟她联系。嫂嫂跟母亲吵归吵，至少在身边有所照应，要是嫂嫂也跑了，她还得回来照顾母亲。她跟嫂嫂承诺，她一定会跟李素辉讲，而且是当面跟他讲。嫂嫂也不以为然。

吃过中饭，李素媛就往县城赶。要是没什么急事，她尽量不回来。就算回来，也是晚上到，天不亮就走。万一碰到牛解凤这样的债主，纠缠不清，不留下点什么都不可能脱身。你说自己没钱，怎么还有车子开？不仅车子开不走，包包、手机也要留下，甚至身上衣服都会被他们扒掉。你说自己开车是为了做生意，赚钱还债，他们才不会相信。她见过太多的讨债人，为了钱命都不要，才不会听你说什么。

她回到县城五楼住处，"咔嗒"一声把门反锁，才觉得心中踏实。威威后腿站立趴在她身上，两只黄水晶般的眼睛望着她，发出“喵呜——”声。她一脸欢喜把它抱起来：“儿唉，还是你好啊，给一口吃的就满足了，还能陪我说说话。”她在沙发上坐下，继续说：“你说我们要不要去看看威威哥哥，他都快毕业了，我有好多话想跟他说，他应该也会喜欢你，他小的时候就喜欢猫猫狗狗。唉，也许他并不想见我，说不定还恨我，还是不要想他，随他去吧，你陪着我就行。”

三

她买了一张开往省城的绿皮车车票。慢一点也没关系，她现在最不缺的就是时间。时间这种东西很奇怪，你要用它的时候，总嫌不够。不需要的时候，它拼命给你。她独自在外地生活时，这种感觉尤为强烈。到了夜晚，躺在床上睡不着，时钟仿佛也变慢，“嘀嗒”“嘀嗒”“嘀嗒”，一秒一秒地流逝，每一秒都那么清晰。时间或许也嫌贫爱富，就像这些坐绿皮车的人，放眼望去，肉眼可见的落魄、困窘，他们的时间大概都不大值钱吧，她也一样。时近傍晚，泡方便面的调料味、卫生间溢出的骚味和鞋袜臭味混杂在一起，滋生出绿皮车独有的浓酽气味。她在卧铺上躺着，却不大睡得安稳。火车“哐当哐当”震动，窗外的房屋、山峰和树木往后退去。

万一行动失败，她被抓住、坐牢，岂不是给威威留下更大麻烦，李素辉就是最好的例子。可是不解决陈广生，她又没法正常生活。她反复想着这些事，心中并没有清晰答案。已是凌晨两点，卧铺车厢里一片黢黑，除了火车撞击铁轨发出的“哐当”声，只有沉重的呼吸声和有节奏的鼾声。十几年前，她常坐绿皮火车去武汉、长沙一带，把老家作坊生产的木材销售到各地。那时她觉得生活如朝阳初升，日子会越过越红火，谁知道那已经是她的“夕阳无限好”。

她睁开眼睛时，窗外天空青白，城市郊区的轮廓显现出来。车厢里有人起身上厕所、洗漱，人们来回走动、活动身体，她想再睡一会儿，却被吵吵嚷嚷的声音所打扰。她干脆坐起来，刷起一个名为“乡村一家人张奶奶”的视频，笑起来满脸褶皱的张奶奶，操持着铁锅大铲，嘴里念叨着做饭的食材、步骤，屏幕热气腾腾，香味似乎从里面飘出来。世间万物，唯有食物抚慰人心啊。下车之后，她也要好好吃一顿，威威应该知道哪里有好吃的吧。威威不知道她要来，她也不打算提前跟他说。她想就这样直接去，碰碰运气。如果能见着，也算缘分；实在见不到，也就罢了。算起来还没到放寒假的时候，他不在学校还能去哪里？

她从火车站换乘地铁往学校方向走。早上七点多，地铁里不断有人涌进来，其中不乏年轻的面孔，大多都戴着耳机专注看手机。如果威威能在这座城市找到一份工作，也会成为这些年轻人中的一个吧。威威父亲前不久还跟她联系，问她能否为威威找工作出一份力。放在以前，她还能想办法用钱打点。如今她自己也落魄了，朋友们躲都来不及，哪里还有人肯帮忙。威威父亲赌气式地说他也没本事，只能靠威威自己了。她没说什么，还能说什么，该吵的架十年前就吵过了。

校门看起来十分气派，大理石门楼上嵌着白底金字的大学名字，门后是一片开阔空地，不远处巍然耸立一座大楼。她还担心门卫盘问，她也说不清具体的班级、学号，但走进去时根本没有人注意她。她走到威威所在的建筑学院。她站在楼下，看着进进出出的学生，心下茫然，难道守在门口一个个辨认吗？还好她想起威威的班级，问了五六个人，总算打听到他住在哪儿。她寻到他的宿舍，威威却不在里面。几个男生神情专注地打游戏，顾不上跟她说话。问了几次，才说威威出门了，可能晚一点回来。她黯然走出宿舍楼，外面阳光刺眼，她想起自己没有吃早饭。

说是早饭，应该是中餐才对，已经是中午十一点多。她在学校边上的饭店点了一份肉末米粉，加一个煎鸡蛋，22 元，也不算便宜。室友说威威出门，难道出去做家教或打工之类？她想。这几年她没给威威寄过钱，他的父亲大概也不会有多余的钱给他。威威小的时候跟着她，吃的穿的都不缺，什么心都不用操，如今连生活费都要自己挣，想来也有些可怜，还不如小猫威威过得惬意呢，至少还有她在身边照顾。

午后仍有阳光，照在身上暖洋洋的，她坐在宿舍楼下的木椅上，一阵困意袭来，意识变得模糊不清。当威威出现在她面前时，她还有些恍惚。威威的模样并没有太大变化，但个子长高许多，下巴和唇上留着细密的胡茬子，俨然一个稚气未脱的小男人。“妈，你——你怎么来了？”威威神色有些慌张，左右观察着周边走过的人。“你跟我走吧。”他没等李素媛答应，便转身快步往外走去。李素媛跟了上去，她有几次想走到威威身边，挽着他的手，但一直赶不上他的步子。走到一个路口，黄灯闪烁，威威先走了过去。她本想闯红灯，但许多车从面前经过，只好在斑马线上停下。等车子开过去，威威却不知道去了哪里。她跑到马路对面，大声喊“威威、威威”，却没有任何回应。那些路上的人都听不见她的声音，仿佛把她当作空气。她惊醒过来，夕阳西沉，光线被图书馆大楼挡住，身上泛起一阵凉意。

宿舍里仍然没有威威，看来等不到他了。她本来也没有抱太大希望，干脆起身，在学校里晃荡一圈，也算是了了一桩心愿。这大概是新建的校区，校舍、宿舍、图书馆、食堂看起来清清爽爽，那些树木也是一副光秃秃的模样。她上初中时，成绩还算不错，但家里条件不好，父亲把上学的机会留给李素辉。李素辉不知珍惜，在学校跟人打架斗殴，差点被开除，不出意外没考上高中。威威或许遗传了她读书的基因，从小成绩就不错，要不是她的公司出事，被迫转学外地，或许能考上一所更好的大学。威威父亲常常拿这件事来埋怨她，她也不知道如何反驳。

远远走来几个男生，其中一个有点像威威，她又不太确定。她躲到一棵树后面，等那几个男生走近，再走近，应该就是威威，右边耳朵下面那块淡淡的胎记是不会变的，脸圆圆的，头发把眉毛都挡住，他为什么不去剪头发？她想。威威从身边经过时，她的心脏“怦怦怦”跳动着，她使劲儿咬着嘴唇，几乎喊出声来。她终究没有发出一点声音，眼睁睁看着威威和他的同学走远，消失在转弯的路口。她站在原地，后悔自己没有叫出“威威”的名字。这一别，还不知道什么时候才能见面。

四

回去路上，她反复想起那个擦肩而过的场景。不打扰威威的生活，也许是对的。这些年，威威已经习惯她的缺失，就算当面把那些事情告诉他，又能改变什么？什么都改变不了。除了让他感到尴尬、难堪和痛苦，她什么也给不了他。要实施她的计划，就要把这些儿女情长放下，做一个没有感情的冷血动物。唯一放不下心的，就是越老越糊涂的母亲。可是她等不起，最好跟李素辉交代一声。万一行动失败，母亲交给他来照顾。他也是四十岁的人，该担的责任要担起来。

李素辉的电话已经很久没打，拨过去系统提示是空号。这几年也不知道他在做什么，三天两头换手机号。微信电话打过去也没有人接听。她问嫂嫂要来一个号码，拨了几遍才接通。电话那头吵得很，呼呼啦啦的风噪声，她只能听见断断续续的“喂喂喂”。过了十来分钟，她再打过去，声音才清晰起来。

“有些事要当面跟你商量，你最近能不能回来一趟？”

“我这边工作忙，不大好请假。”

“嫂嫂跟妈妈经常吵，嫂嫂说你再不回来，她就不管了，要跟你离婚。”

“她也不是第一次说了，也不会真离。”

“妈妈年纪大了，身边总要有个人。”

“我回来守着她吗？家里总要有个人赚钱。”

“你赚钱又不给家里。”

“我还在创业初期，以后会好的。”

“你在哪里？创什么业？你到底在做什么？”

“不跟你说了，我要去做事。”

李素媛还想说什么，那边已经挂掉。她对李素辉毫无办法，所谓创业、做事，或许只是他的一个借口。这么多年，他一个人在外面晃荡，没赚到钱不说，家里的事情也跟他一概没关系。他像个长不大的孩子，活在自己的世界里。她想还是要去一趟，有些事当面说比较好，至少他不会这么敷衍。她问他具体地址。李素辉说：“你不至于为这个事跑一趟吧。”她说：“你敢发吗？”他说：“有什么不敢发。”随即发来一个定位。

她打开导航看了下，是1000公里外的东部沿海县城。高铁过去需要七八个小时，坐绿皮车估计时间翻一倍还不止。她记得几年前李素辉就是骑着摩托车从这座县城回来，骑了三天三夜，到家时浑身上下沾满尘土，走路时腿都伸不直，眼睛里布满血丝。母亲第一眼都没认出来，听到略带沙哑的声音，才知道儿子回来了。李素辉第一句话是“我杀人了”。父亲不敢相信自己的耳朵，问他说什么。他一字一顿地说：“我——杀——人——了！”父亲气血上涌，发出“啊啊啊”的声音，当场昏死过去。

父亲一辈子安分守己，没料到自己的儿子会闯下如此大祸。后来她才知道，事情没有李素辉说得那么严重。他确实捅了别人一刀，但没有伤及要害（执行埃菲尔行动时，切记补刀，确保万无一失）。如果不是着急忙慌地跑路，也就赔点医药费了事，不至于后来被全国通缉。李素辉回家后的那个春节，开口问她要2000块钱。她生气不想给，她知道他拿了钱又是去赌，十赌九输，何时是个头。李素辉发了狠，说：“你不给我就去自首。”她想世上哪有那么傻的人，为了 2000 块钱甘愿去坐牢。可李素辉不知道脑子进水还是一时冲动，骑着摩托车就去了文星镇派出所。

李素辉投案自首后，很快被移送到事发地检察机关。伤者小舅子是当地派出所所长，一口恶气憋了两年多，好不容易抓到李素辉，一门心思要他坐牢。她到处托人，花钱打点，还是判了一年八个月。李素辉出狱后不但不感激她，还把这笔账算在她头上，说当初李素媛痛快给他 2000 块钱，他不至于去自首，他不自首也不至于坐牢，不坐牢也不至于身体落下毛病。不知道这是什么逻辑，这是 2000 块钱的事吗？以他的性格，就算这次躲过去，迟早也会进去。李素辉出事后，父亲的病迅速恶化，在 ICU 躺了五六天，终究没抢救回来。走的时候，两只眼睛睁着，嘴唇一开一合，却发不出声音。父亲是被李素辉气死的，为什么家人对这个事实视而不见。

她选了价格相对便宜的夜间航班。凌晨的飞机上，仍有不少人。妈妈是带着孩子去旅行的，妈妈一脸困乏，孩子还很兴奋，吵着要看《小猪佩奇》。哦，佩奇，那也是威威小时候喜欢看的动画。她听得多了，也记住里面几句歌词："I'm Peppa Pig. This is my little brother George——"无聊的时候，她也看这部动画片，看着几只小猪在泥地里滚来滚去，莫名感觉治愈。听着那些稚嫩的声音，她不知什么时候睡着了。等她醒来，飞机开始降落，空姐提示乘客收好小桌板、系好安全带。

下了飞机，她远远闻到一股鱼腥味。她从接机人群中一眼认出李素辉，戴着一顶淡黄色渔夫帽，身形瘦削，走起路来一瘸一拐，看来那次蹲班房还是留下了后遗症。李素辉看到她，脸上露出奇怪的笑容，似乎不相信她会在这里出现。李素辉开着一辆白色吉利电动车来接她，这大概就是他的营生了。相比他略显滑稽的走路姿势，他开起车来更为得心应手，在机场高速上不断加速、超车，硬生生把一辆电动网约车开出跑车的感觉。她坐在副驾驶，盯着前方穿梭的车辆，右手紧握着上方把手。

“你怎么还真来了？我以为你说说而已。”

“你不肯回来，只好我过来。”

“你过来玩几天也好。”

“我不是来玩，我有事情跟你说。”

“不就是那点破事吗？我回去能解决什么问题？”

“你知道我要去做什么吗？”李素媛犹豫着要不要把埃菲尔行动告诉他。

“我不知道，我也不想知道。我现在只想把自己的生活过好，多挣点钱，等年纪大了也不怕，别的事情我管不了。我的腿不好，做不了别的事，但开车一点问题没有。我回老家开车赚不到钱，到这边旅游的人多，气候暖和，冬天也不冷。”

“不是这个问题。你要想想家里的事，想想母亲，她的眼睛不好，快看不见了，还有嫂嫂，他们都需要你，你是一家之主。我要去做一件很重要的事，有可能有去无回，也有可能跟你一样，去坐——”她不确定他是否忌讳听到那个字。

“你准备去干吗？杀人？你不要拿这个来威胁我，你做不出来的，你不是我。”李素辉抓着方向盘，眼睛盯着前方，喉咙深处发出轻蔑的笑声。“你不会做这个事的，你以为那么容易吗？杀人不是杀鸡，人是会反抗的，当年我都杀不死人，何况是你。我会回去，但不是现在。你做不了这个事的，不要勉强自己，说到底你还是个心善的人。再说你还有威威，威威以后回心转意了想明白了，还是会认你这个妈的。”

她也想笑，不是因为李素辉说得多好笑，而是觉得这件事有些荒谬。她把希望寄托在李素辉身上，大老远坐飞机过来跟他谈，却被他轻而易举地化解了，捎带着把她这样做的意义也化解了。她嘲笑自己准备这么久，却被他一语道破。她的确是个心善的人，但不代表她执行不了埃菲尔行动，不要低估她的决心。如果行动失败，或许可以把威威托付给李素辉。威威从小就跟舅舅亲近，两个人经常没大没小在一起打打闹闹。直到后来李素辉去了外地，跟威威的联系才变得稀少。

后面几天，李素辉带着她去了本地有名的景点。她本来不想去，但李素辉坚持说来都来了，也要对得起机票钱。她想想也有道理，如果只是说几句话，似乎没必要大老远跑一趟。那天傍晚，他们开车来到海边。李素辉说海边灯塔是网红景点，好多人跑过来打卡，必须去看看。夕阳西下时，天边的云染成层层叠叠的灿烂金色，海面也铺陈一道霞光。灯塔伫立在海边，仿佛这就是世界尽头。李素媛心中生出壮阔和孤寂两种几乎完全不同的感觉。她问李素辉：“为什么你不愿意回去？因为这边风景好吗？”李素辉说：“不完全是，文星镇这种地方总让人觉得压抑，好像有一张无形的网罩在空中，每个人都被束缚住手脚，想走走不了，想进也进不来，待在这里，至少人是自由的，没有人说三道四。”夕阳缓缓沉下去，大海变成深沉的青蓝，渐趋于黑。他们站在沙滩上，听见海浪一阵阵涌上来，发出“哗啦啦”的声音。她已经好多年没有跟李素辉这样待在一起，她多么希望此刻母亲、嫂嫂和威威也在身边。

此后几天，李素辉的兄弟轮流安排请她吃饭。那些网约车司机、外卖骑手、小区保安似乎都想在她面前表现，喝多了就抓着她不停说话，有些不该说的话也说出来。李素辉的情况比她想象的更复杂，当年他捅别人一刀也并非一时冲动，有些事最好不让嫂嫂知道。这次过来，她才发现自己对李素辉并不了解，这么多年他们各自生活在完全不同的世界。飞机爬升时，她似乎看到那辆白色吉利车渐渐变成小白点，消失在高低错落的房屋和迷宫般的街巷中，巨大深邃的蔚蓝占据着她的视线。

五

只有威威了解她的行动，这不要紧，它不会对任何人透露。房门反锁之后，她会事无巨细讲述她的计划，至少有三个不同的方案，不同的时间、地点、方式，每个方案还有好几个版本。她在讲述中不断补充和完善各种细节，直到把每一个步骤刻入脑海，成为下意识的动作。威威有时听得认真，水晶般的眼睛瞪着她，一脸呆萌。有时也心不在焉，毕竟李素媛说的这些跟它的生活相距甚远。它只想做一只简单的猫咪，有吃有住还能自由玩耍就够了。但李素媛不可以这样，她有她的使命，她必须完成埃菲尔行动，无论这个行动要付出多大代价。

最初也不是这样。她设想过好多种结束生命的方式。从三五十层的高楼纵身一跃当然最为省事，但她怕自己摔得缺胳膊断腿，她见过这样的场景。泡在38℃的温水中割腕也不错，听说不会很痛，首先得住进一间带浴缸的房屋或酒店，这对她的计划也构成障碍。吞服过量的安眠药或许能解决问题，可一个人住出租屋，等被人发现，浑身上下爬满蛆虫，想想就恶心。卧轨来得痛快，时速350公里的高铁呼啸而过，身体顷刻间被碾成肉泥——却有可能殃及无辜。她思来想去，也没有找到一种体面、干净又省事的死法。经历过一次不成功的尝试后，她彻底想明白了。她或许不需要以自己的生命为代价来为别人的错误买单，至少要完成复仇计划。

她回到县城，蛰伏在不为人知的角落里。她习惯性地戴上口罩、帽子，不跟任何人来往，除了母亲和不会说话的威威。有一个地方她倒是经常去，那就是埃菲尔酒吧。酒吧服务生换过几茬，已经没有人认识她。她在里面能观察到陈广生的举动。她把自己隐入暗夜，只留下一双眼睛。陈广生不可能在如此昏暗的环境中认出一个戴着口罩坐在角落的熟人。陈广生曾经是一头凶悍的老虎，就算是被酒精和毒品耗去许多精力，也算得上是一只阴狠的鬣狗。她必须有足够的把握才能动手。

差一点她就成功了。有一天深夜，她跟着他走到没有路灯的江边。那天他喝了不少，走路时深一脚浅一脚，到冷江边时他停了下来，趴在护栏上大口呕吐。她知道机会来了，从大衣里取出闪着寒光的剔骨尖刀，快步靠近陈广生，准备直接从背部刺入。只要刺得够深，照样能直插心脏、一击致命。她的头脑极其冷静，却分明听见牙齿打战的声音。她努力控制自己抖动的右手，身体朝后蓄力。此时走过两位巡逻的警察，他们以为江边的男人要寻短见，抓着陈广生盘问半天。见他口齿不清，又把他带上警车，扬长而去。她只好把剔骨尖刀藏回大衣，眼睁睁看着他离开。

她也想过在酒吧里动手。她熟知这里面的布局，甚至知道陈广生的存酒在哪个位置。她只需要把几克无色无味的氰化物掺入酒中，就能置他于死地。她试了几次，酒吧里人太多，戴耳环的年轻服务生的眼睛不时瞄过来，实在不便下手。即便她侥幸得手，警察事后回看监控录像，她也难逃牢狱之灾。陈广生有一天在酒吧里跟她擦肩而过，扭过头来盯着戴口罩的她看了几秒钟。也许他的脑子里片刻间闪过一个熟悉身影，但他并没有想起具体是谁。灯光迷离，红色鸡尾酒进入身体，他摇晃着肥硕的身体，不时往她的方向瞟。她找机会从里面溜出来，从此不敢随意进出这家酒吧。

她没有忘记自己的任务。她怎么可能忘记？她重新注册微信后，偶尔打开之前的账号，还能看到陈广生发来的许多未读消息。点开那些几十秒的语音，无一例外都是对她的谩骂、威胁。她甚至不敢删除他，就怕他真的做出什么过激的事儿。他有什么不敢做的？她受到过陈广生的骚扰甚至殴打，家里的墙被泼了红色油漆，电瓶车扔到江里，拳头落在她脸上，留下大块瘀青。她也见过他们对别人下狠手，一刀捅进肚子，鲜血喷出来。就算她不在意自己的安危，也要为母亲和威威考虑。

那天她开着那辆二手威驰经过一个路口，远远看见一个人闯红灯横过斑马线。汽车靠近，她发现这个人竟然是她“朝思暮想”的陈广生。她的右脚下意识地松开刹车，换到油门。陈广生那一刻也蒙了，望着驶向他的车，站在原地一动也不动。她做这一切时，几乎没有经过大脑，手脚自己就完成这些动作。她的脸上甚至掠过一丝笑容。汽车距离目标大概十几米远时，她忽然瞥见边上还有一位老太，身形竟然跟母亲有几分相似。她踩下刹车，轮胎与地面剧烈摩擦，发出刺耳的啸叫声，汽车抖动着，几乎贴着陈广生和老太刹住。陈广生回过神来，迅速跑到马路对面，指着她恶狠狠地辱骂起来。她猛打方向盘，离开路口。随后她接到母亲打来的电话。

那大概是她的最后一次机会。陈广生自此警惕性大为增强，很少单独出门。就连经常去的埃菲尔酒吧，也看不到他的身影。她却隐隐感受到某种威胁。她总觉得有人尾随，但又不是很确凿。那次事件后，她下班之后总要在小巷子里绕上几圈，甩掉那两个鬼鬼祟祟的“尾巴”，回到五楼的住处。听到门锁“咔嗒”一声，她才敢取下帽子、摘掉口罩和墨镜，长长地呼出一口气。威威最近状态也不好。以前她回家，每次都会趴在她身上“喵呜”半天。如今窝在角落里不声不响，给它吃的也没有兴致。是生病了吗？要不要带它去宠物医院看看？难道猫咪也能察觉到人的心情？她想。

六

母亲确实出了状况，还是不小的事情。她说摔了一跤，可能骨头摔断了，疼得不得了，在电话里“哎哟哎哟”地喊，让她赶紧回来救命。她调转车头，以最快的速度往镇上开去。母亲的视力越来越不行，之前还能看到物体的大概样子，这一年，只能模模糊糊感受到一些光。在家里还能摸着走路，出了门就是瞎子。她大概是到河边去洗衣服，那几级台阶石板早已松动，一脚踏空就容易摔倒。车子开到河边，母亲还躺在地上呻吟，脸都有点变形。她和嫂嫂合力把母亲抱到车上，往县城医院走。

她本来想数落母亲几句，让她不要乱跑偏不听，出事还是她来擦屁股。但看母亲哆哆嗦嗦一脸痛苦的模样，又有点不忍心。嫂嫂说："屋里本来有洗衣机，也有自来水，老人家喜欢到河里用手洗，说河里是流水，洗得干净。"又说："老人家眼睛都快瞎了，嘴巴还硬得很，总讲自己看得到，看得到就不至于摔跤，老人家又不是小娃娃，经不起摔，一摔就出问题，骨折还算轻的，有的摔成脑出血，直接走掉的都有。"母亲说："你一心盼我死，我死了你能有什么好处，想分我的财产不是——"她还想说什么，又"哎哟哎哟"叫起来。嫂嫂笑道："你老人家有什么财产好分。"

X 光拍出来，果然是小腿胫骨骨裂。李素媛苦笑一声，看来母亲康复之前，她的计划无法执行了。她头疼的是手术费用，一折腾万把块钱又没了。那笔钱本想年前还给牛解凤，只好再往后拖一拖。母亲什么时候才能体会到她的不易呢。母亲躺在病床上，右腿打了石膏，仍然不省心。她抹着眼泪说要见威威和李素辉一面，说自己可能看不到他们了。李素媛哄她说："骨裂不是骨折，过个小半年就长好了，到时你又可以去河里洗衣服，还是哗啦啦的流水洗得干净，对吧？"母亲说："不是骨折的问题，是眼睛，他们再不回来，我就看不到他们了，我的眼睛快要瞎了，你晓不晓得？"她的眼睛眯缝着，露出一小块眼白，几滴眼泪从眼角挣扎着滑落下来。

威威回不回来她没把握，李素辉的确应该回来一趟。无论是母亲受伤，还是嫂嫂今后的生活，他作为儿子和丈夫，总要有个交代。李素辉接到电话，仍然找借口说走不开、工作忙、公司不批假之类。她身体里的一团怒火蹭蹭蹿上来，说："李素辉你忙不忙我还不知道，就你那破网约车、个体户，多拉一天少拉一天谁管你，你老母亲都快死了，你都不回来看一眼，你还有没有人性！"李素辉可能也觉得自己理亏，勉强应承下来，说他尽快赶回来。等冷静下来，她给威威也发了一条信息，告诉他外婆身体不太好，现在还住在医院里，希望能见他一面。威威依旧没有回复。

次日黄昏，李素辉开着那辆白色吉利网约车回到县城。他看到母亲只是摔断腿，明白自己受了欺骗，但当着母亲的面又不好说，只是愤愤然瞥了李素媛一眼。母亲看到儿子回来，一把鼻涕一把泪地哭诉，说自己生活如何难，仿佛受了多大委屈。李素媛看惯了母亲这副模样，也不解释，坐在边上神色漠然地刷手机。嫂嫂没那么好的涵养，跟躺在病床上右腿还打着石膏的婆婆对骂起来。李素辉看情势不对，把嫂嫂叫了出去。李素媛站在窗前，望着远处的一棵香樟树，一句话也没说。

过了一会儿，李素辉和嫂嫂走到那棵香樟树下。嫂嫂好像在哭，李素辉把她搂到怀里，轻轻拍着她的背。嫂嫂的身体起伏抖动，大概哭得很伤心。李素媛开始想笑，后来有一点触动，甚至生出一丝嫉妒。嫂嫂口口声声要李素辉回来跟她离婚，其实她并没有那么恨他，她也许只是希望他回来，回到她的身边。李素辉虽然算不上什么居家好男人，但年轻时对女孩子还是有些吸引力的，在外面打打杀杀，重江湖义气，手下小弟多，动辄称"小辉哥”。嫂嫂那时跟着他，几乎出于某种崇拜心理。这么多年过去，李素辉又如此不顾家，嫂嫂依然心存幻想，不知道是痴还是傻。

哪个女人不是如此。威威小的时候，她像个男人整天在外面跑业务，请客户吃饭，跟别人拼酒。到凌晨时分口干舌燥，摸黑起来找水喝，上床时却没了睡意。她想什么时候才能跟家人团聚，她觉得自己不需要那么多钱，只要有一个男人可以依靠，有一个孩子让她照顾，这辈子就足够了。柔软和脆弱只有在这种时刻才会出现。第二天醒来，她又像打了鸡血，出去跑业务、应酬，一壶一壶地跟男人干。她有时觉得这种脆弱是需要克服的，她应该为了这个家去拼去闯，她从来也不怕吃苦。

日复一日的别离中，家里出了状况。男人先是赌钱，把家里木材作坊都输光，后来又跟别的女人纠缠在一起。她提出离婚，男人不肯，还到家里找母亲对质、辱骂。当时母亲正在铡猪草，气急之下，锋利的铡刀切下左手半截食指，鲜血瞬间染红了深绿色的番薯藤。那截手指后来虽然接上，但还是留下残疾。她下定决心离婚，为此赔了一笔钱，不惜放弃威威的抚养权，才重新获得自由。她一心想把事业做大，以后才能有更好的条件。她就是在这个时候结识了陈广生，并承揽下埃菲尔酒吧的装修业务，那是一笔大几百万的工程，垫资做的。陈广生不是正当体面的生意人，她不是不知道这里面的风险，但急着想赚钱时，似乎有意无意忽略了这一点。

如今这一切都过去了。她为之付出的事业没了，心心念念的家散了，她付出心血培养的孩子也不跟她联系，只剩下眼前这些鸡零狗碎的烦心事。她对李素辉和嫂嫂的婚姻也不抱希望。她之所以不想让嫂嫂离开这个家，只是自私地想多一个人照顾母亲罢了。母亲虽然整天给她制造麻烦，但毕竟是她在这世上最亲的人。如果哪天母亲也走了，她也没有继续活下去的理由，除了尚未成功的埃菲尔行动。

李素辉回到病房里，说他会在家里留一段时间，等母亲身体好点再走。母亲听到李素辉这样说，脸上露出难得一见的笑容，眼睛眯成一条线。嫂嫂走进来，看着病床上的婆婆和边上的丈夫，神色也变得柔和。不知道为什么，她生出一个奇怪的想法，他们一家四人也许可以在病房里一起吃顿饭，喝上几杯酒。满脸褶皱的张奶奶和家人经常坐在院子里一起吃饭，说说笑笑，吵吵闹闹，她也有些向往这种生活。母亲打了石膏的右腿，在空中轻轻晃动，犹如一架白色秋千，只是上面空无一人。

七

李素辉待在家里，也没有一直闲着。在老家照样可以开网约车，生意自然没法跟沿海城市比，但也能勉强糊口。从县城到市区高铁站，大概 100 公里，从外地坐高铁回来的人需要转乘汽车。他就在县城和市区之间接送客人。运气好的时候，甚至有人约车去省城，也就是威威学校所在的城市，单趟车程近 500 公里。她跟李素辉说："如有时间可以去看看威威，威威从小就喜欢跟你玩，他不愿意跟妈妈见面，不见得把舅舅也拒之门外。"李素辉点点头，说知道了，但也没说去还是不去。

术后十来天，李素辉兄妹将母亲接回镇上。李素媛本想租一辆折叠轮椅，母亲却不肯要，说坐轮椅不好看，她又不是残废，在床上躺几天就好。李素媛只好给她买了一副不锈钢拐杖，嘱咐她千万不能让右腿负重，伤筋动骨至少一百天。母亲眼睛本来就不好，腿又不能着地，吃喝拉撒都成了问题。嫂嫂虽然嘴上不饶人，还是天天床前伺候着。她只要工作不忙，隔两天就回去看看，带点吃的用的东西回去，给母亲擦个澡、洗个头。至于陈广生，她暂时还没有想到好的办法。

陈广生似乎盯上了她。那天她在丁字街巷子里被一高一矮两个男人堵住。矮男人问她是不是李素媛，她说："什么圆？"高男人说："你跟她长得一模一样，怎么证明你不是她，你要是敢骗我们，你会死得很惨。"她掏出身份证，上面清清楚楚写着"黄霭霏"三个字。"你看看，你们认错人了，我姓黄姓了四十几年。"她说。两个男人对着身份证看了半天，还借着反光查看里面的防伪图案。矮男人问她之前做什么，有没有跟别人合伙开酒吧之类。她把自己的经历告诉他们：初中毕业后出去打工，三十五岁回老家创业，开过奶茶店、饭店、服装店，后来没赚到钱，就把店关了去公司上班，目前从事业务推销之类的工作。她絮絮叨叨的，说了很长时间，特意提到许多细节。男人听得有些不耐烦，留下她的联系方式，让她回去等信儿。她走出丁字街，就把手机卡取出来扔到泠江里，连走带跑，逃离这个地方。

李素辉后来知道她的遭遇，说这个事交给他来处理就好。她问他怎么处理。他说很简单，以暴制暴，跟这帮屌人讲道理是没用的。他说："我在外面闯荡这么多年，就明白一个道理，只有你比别人强，别人才不敢欺负你。"她说："你不是说的废话吗？"

他说："我说的强不一定是身体强，而是比他狠，豁得出去，不怕死，你以为小辉哥这么多年白混的吗？"她对李素辉的话也没当回事，她知道李素辉的，一贯外强中干，说的跟实际做的不是一回事。他要是能替她出头，她也不至于活得像只老鼠。

看来五楼住处也不是久居之地，陈广生的小弟迟早会找上门来，到时反锁也解决不了任何问题，要么就像威威那样从五楼跳下去。威威趴在角落里一动不动，她心中一惊，心想威威不会死掉了吧，这段时间天天往医院跑，都顾不上管它。她把威威抱起来，身体还热乎着，只是瘦了许多。她带着威威去了宠物医院。医生一番检查后，说威威患上尿结石。他指着威威腹部的一个肿块说："你看这是憋尿憋的，膀胱都胀起来，估计好几天没尿了，业界又称为'尿闭'，再这么下去可能有生命危险。"她一听心里发慌，赶紧让医生想办法抢救。医生给它做了导尿，又说尿道感染、膀胱肿大，要连续挂三到五天水，才能彻底恢复。医生说，得这种病一般是喝水太少，尿酸盐沉积导致。她想起这几天她忘了给猫盆里加水，吃的东西也应付着，心中有些愧疚。她捋着威威的毛发说："都怪妈妈，最近没时间管你。"

既然要照顾母亲，她想不如住回镇上的家。等威威身体好一些，她就带它住了回来。母亲已经能拄拐下地，做一些简单的家务活儿。期间，牛解凤到家里来找过她，说那是她的养老钱、棺材本，无论如何要还给它。她把母亲摔断腿做手术的事讲给她听，又承诺到年底一定把钱给她，牛解凤这才肯离开。牛解凤刚走远，母亲就拄着拐杖站在门口骂："牛解凤，牛解凤，你脑壳是不是有点抽风，要钱也不看时候，我都这个样子了，还不放过我女儿，我屋里再穷，也不差你那一万块钱。”

一个月后，母亲不再拄拐，自己扶着墙能缓慢走动。李素辉找到她商量，说他还是打算出去，在屋里赚不到钱。她知道李素辉在家里待不住，也不觉得意外。李素辉接着说：“这次想把你嫂嫂也带过去，两个人长期两地分居也不是一回事，你嫂嫂也有这个愿望，我们不在镇上，母亲就拜托你照顾。”她一时不知道该怎么回复。她自然希望李素辉和嫂嫂能在一起，但母亲身边也少不了人。她还想着早点离开文星镇，这样来回奔波空耗时间和精力不说，油费也是一笔不小开支。但李素辉先提出来，她就有些被动，同意也难，不同意也难。她只好模模糊糊地说：“知道了。”

倘若嫂嫂跟着李素辉去外地，她只能把母亲带到县城。如今住的五楼肯定不合适。她原本也打算搬家，到时可以租一楼的房屋或车库，母亲拄着拐进进出出也方便。地方要隐蔽，跟周边的人不怎么接触最好。陈广生不会轻易放过她。她带着母亲不好去外地，只能继续躲在县城里。她把自己隐藏起来，伺机而动。可是以母亲的性格，怎么能做到住在一个地方不被别人知道。要么让李素辉夫妻把母亲也带走，可是这也不现实，嫂嫂好不容易扔掉这个包袱，决计不会走回头路。

八

进入腊月没多久，李素辉扔下母亲，带着嫂嫂离开文星镇。走的时候，甚至没有跟她告别。她为此生了几天闷气，她本以为李素辉这次会回心转意，像个真正的男人一样把这个家撑起来。

这下倒好，直接把包袱甩给她。这个所谓的哥哥，从小就被母亲娇惯，她也竭尽所能地满足，到头来却是这样一个结局，真是何苦来哉。她白天赶到县城上班，晚上开车回到老屋。家中不时有人上门要债，她只能赔着笑脸低声下气地说话。母亲事后骂骂咧咧，当着那些债主的面，也不敢多说什么。

她把威威带回镇上，母亲也有了事情可做。每天惦记着给威威准备点什么吃的，有时还拄着拐颤颤巍巍地走到镇上鱼档，捡拾内脏、鱼尾之类的东西回来。威威的结石排出来，胃口慢慢恢复，身上也长出了肉，脸庞都变圆了，看起来像一只喜气洋洋的招财猫。母亲没事摩挲着背上的毛发说："威威啊你什么时候回来看看外婆，小的时候你脸上也是两坨肉，胖嘟嘟的，现在不知道长成什么样，你再不回来啊，外婆就看不见你喽。"威威伸出舌头舔舔那只皱皱巴巴的手。

陪母亲吃晚饭时，李素媛无意间听到电视播报一则新闻。说是在县城泠江里发现一具男尸，受害人姓陈，从事娱乐场所的经营活动，据法医鉴定，身体有被利器所伤的痕迹，怀疑是他杀的，警方正在排查嫌疑人。女主播又说，发现尸体的地方在泠江下游，距离本县水厂取水口有五公里之远，希望广大市民不信谣不传谣，保持正常生产生活秩序。她走到电视机边上，想了解更多信息，但新闻已经跳到下一条。她打开手机搜，搜到的内容跟新闻差不多，没有更翔实的文字或照片。

姓陈，从事娱乐场所的经营活动，不是陈广生还会是谁？除了她，谁还会惦记陈广生？陈广生性格张扬，仗着自己身强体壮，动辄对别人拳脚相加，仇人肯定不止她一个。死掉的人会不会姓程？或姓成？本地播音员普通话不标准，也不好断定就是陈广生。娱乐场所多着呢，KTV、网吧、电影院、浴室、台球室甚至密室逃脱都是，不一定就是酒吧。她躺在床上翻来覆去睡不着，反复思量着这些事。

吃过早饭，她开车到县城，想着去打听消息，却也不知道问谁。她在县公安局门口转悠了一会儿，望着荷枪实弹的岗哨和红蓝相间的庄严警徽，终究还是没有勇气进去。她之前为李素辉的事情奔波，公安局、法院、看守所不知道跑了多少趟，花的钱更不必说。李素辉离开文星镇后，手机号码都换了，今后完全指望不上他，也真是够了。她想不如到事发地去看看，也许能找到什么线索。

车子开到事发现场，警戒围栏已经拆除。深绿河水缓缓流淌而去，夕阳西下，河面泛起一层金光。两岸竹林茂密，杂草肆意生长。上初中时，她经常跟同学到河边来玩。她跟班上要好的男生在竹子上刻字为证，山盟海誓、一生一世，如今那些字早已寻不着。她捡起一块扁平石头，俯下身子，贴着水面用力甩出去。石头如同长了脚，在水面上快速滑行，连续漂了七八次，才沉入水底。河面重归平静。

如果死掉的人真是陈广生，那笔所谓的欠款将一笔勾销——那本来就是陈广生胁迫写下的“借条”。陈广生一死，她就可以走到地面上，做一个堂堂正正的人。能做的事情很多，木材生意是她的老本行，上下游渠道她都熟悉。建材装修这块她也有门路，做一手代理可以拿到很低的折扣，一般人想象不到的低。实在不济，她可以开一家装修公司，只需要一个门面，设计、施工都可以从外面找。难的是第一笔启动资金，她的公司破产之后，银行避之不及，一般人更不会借钱给她。这些总有办法克服，赚到钱，把债还清，威威也不会躲着她。杀死陈广生的人真是她的再世恩人，她私底下多次为他烧香祈愿，希望他能逃脱法律制裁。她望着波光粼粼的河面，忍不住大喊一声："啊——"声音飘散开去，渐渐消弭于河流和树木间。

晚上她去了埃菲尔酒吧。九点之后，酒吧里人多了起来。人们喝酒、跳舞，互相搭讪，借着酒精和昏暗灯光放纵自己。服务生是年轻男子，看起来也就二十出头，红色头发，戴耳环，调酒动作飘逸。她问服务生，陈老板最近有没有来。服务生问哪个陈老板，她说："就是你们酒吧的陈老板，陈广生，广哥啊。"服务生说："我不知道，我刚来没多久，还没见过陈老板呢。"她说："没见过好啊，最好不要认识。"服务生一脸茫然，露出礼貌的微笑。她喝了两杯，头也有些晕。走出酒吧时，天空不知什么时候飘起雪花。雪花在空中飞舞，落在她的脸上，湿湿的，有点凉。门口的埃菲尔铁塔覆了一层薄薄的雪，看起来像一棵圣诞树。她从铁塔上捧起一把雪，揉成一团扔出去，雪落在地上，碎了。远处路灯下挂着红色灯笼，她才想起就要过年了。

她跟母亲商量，过完年搬到县城去。母亲却不愿意，说自己一个人在镇上住惯了，哪儿都不想去。她说："你看又看不见，走又走不动，一个人住我也不放心。"母亲说："你要不放心，就搬回来住。"她喊道："你也要为我考虑下，我每天跑来跑去也辛苦，你有本事去把李素辉喊回来，你不是对他最好吗？到头来他怎么不管你。"母亲也不知道怎么回话，只好抱着威威抹起眼泪。她说："我准备搬到县城，重新开始创业、做生意，你要是愿意就跟我走，不愿意就留在文星镇，威威可以留下来陪你。"

春节就要到了，镇上多出许多外地牌照车，进出文星镇要花上比平时多一倍的时间。她有时就把车停在镇子外面，走路回去。住在桥头的牛解凤每次主动跟她打招呼，让她还颇感意外。那一万块还给牛解凤了，虽然她手头也不宽裕。人们看她的眼光似乎也与往日不同，是不是他们也知道陈广生被杀的消息，他们不会以为陈广生是她干掉的吧。李素辉说得也许有几分道理，只要豁得出去，就没什么好怕的。

九

过了几日，案子有了确凿消息，那具漂浮在江里的尸体被证实的确是陈广生。陈广生之死，成为警方扫黑除恶的由头。警方开展专项行动，督促涉案人员自首，挖出好几桩跟陈有关的积案，抓捕了一批小混混。县城治安明显好转，一些娱乐场所、借贷公司关门的关门、跑路的跑路。之前跟踪威胁她的一高一矮两个男人也不见了踪影。只是杀死陈广生的人，一直没有着落，这对她来说重要，似乎也不那么重要。

腊月二十几，一位自称是警察的人打来电话，说到李素媛这边来一趟。李素媛接过电话，心里乱糟糟的。虽说陈广生之死跟她没有关系，但警察找上门总不是什么好事。她对电话那边的人说，她住的地方有点局促，他们过来不是太方便，要不她去一趟公安局。警察却说，不需要她来，他们开过来很快。她只好答应下来。

第二天傍晚，一辆警车开到她家楼下。两个身穿便服的警察从车里走出来，一个皮肤黝黑、方脸，一个相对白净、圆脸。他们向李素媛出示了警官证。李素媛本想带他们到小区边上的咖啡馆或饭店之类的地方，他们坚持上楼。到了五楼的住处，看起来年纪稍长的方脸警察拿出一张纸。他还没有开口，李素媛就认出那是自己签过字的借条。方脸警察说："这是在陈广生家找到的，你跟他是不是有经济上的往来？你也知道，陈广生死了，我们不是怀疑你，但有些事情还是搞清楚比较好，你说对吧？"另一位圆脸警察审视着房间里的布局和陈设，眼神如鹰眼般犀利，似乎随时准备扑上来，一把擒住她。还好威威已经送回到母亲身边，不然这阵势也会吓到它。

李素媛看到这张借条，心中反而笃定下来。她对方脸警察说："借条上签的名字的确是真的，但借条本身不是真的。"方脸警察愣了一下，似乎没听明白她的话。方脸警察说："你能详细说说情况吗？"她说："这说起来话就长了。"警察说："你慢慢说，我们有时间。"她让两位警察坐在沙发上，给他们每人倒了一杯温开水，她自己也挨着床盘腿坐下。淡金色夕阳透过玻璃映照在她身后，让她看起来像一尊佛像。她缓缓讲述着，那些词语如流水般从她的唇齿间流淌出来，渐渐充斥这狭小空间。

"八九年前，我在县城开了一家装修公司。生意还算不错，小县城嘛，做的都是熟人生意。我代理了一个瓷砖品牌，同时做橱柜，价格上就有优势，来找我的人很多。陈广生知道我在做装修生意，让我帮他装修酒吧，就是埃菲尔酒吧，一项大工程，但只付了50万定金，后续是我垫资做的，那时候手上有钱。陆陆续续投了差不多200多万。酒吧开业，我找陈广生要钱，他两手一摊说没有，但可以把装修款转为股份，让我持股40%。我本来不想答应，但他一直拖着不给，想来想去也没有好的办法，只好做了酒吧股东。酒吧经营那几年，陈广生从来没有分过红。他推说生意不好，亏了不少，连带着要我承担损失。这很明显就是瞎说八道。你们做警察的应该也知道，埃菲尔酒吧在县城里也算数一数二的，每天里面客人爆满，也出了不少事。陈广生明明欠了我100多万，最后他们算来算去，竟然说是我欠他50万。你们听说过这么荒唐的事吗？我当然不能给他。他就找手下人来骚扰我，大年初一给我家大门泼油漆、扎轮胎，想方设法把这笔账做实。我当然没有给他钱，我怎么可能给他钱。最后他拿我没办法，就把我关在小屋子里，跟你们审犯人一样，各种手段都使上了，不签字不放我出来。我也是没办法，想着先签字应付他，别的以后再说。”

“你当初为什么不报警？”

“你们不知道陈广生的为人，我要是报警，你们今天还能见到我吗？他什么事情都做得出来，真的，我见过他杀人。话还没说完，后来酒吧出了点问题，他资金链断了。他走投无路时，想起那张借条，催促我还钱。我没那么多钱不说，就是有也不能给。他也够毒的，竟以这张借条为由把我告上法院，法官也是糊涂，把我判为失信人。后来银行断贷，生意做不下去，家里人也不敢跟我联系，我跟我儿子都几年不见了。这些年，我在外面躲着，人不像人，鬼不像鬼。我承认，我是想杀掉他，一直想杀他，但没找到机会。杀他是为民除害，就算坐牢也值得，说起来，我要感谢那个杀掉他的人——”她说着说着，情绪激动起来。

“你是不是有个哥哥？他好像有案底的。”方脸警察打断她的话。

“是的，但好多年没见了。”

“他最近回来过吗？”

“没有，联系不上，不知道他去了哪里。”

“你最近跟陈广生见过面吗？”

“见过几次。”

“什么时间？在哪里？”

她跟警察描述起在酒吧角落监视陈广生、与他擦肩而过、在泠江河边跟踪喝醉酒的他以及在马路上与他偶遇的场景。至于那个踩下油门差点撞死陈广生的瞬间，她想了想还是没说。她倒不是害怕什么，只是一件没有做成功的事，说出来有点丢人。两位警察听她讲着，紧绷的神经渐渐放松。他们也明白，她只是一个受害人而已，并没有太大的调查价值。方脸警察把那张借条折起来，准备放进蓝色公文袋。

“那么，这张借条能还给我吗？”她伸出手来。

“我们要把它留存下来，作为他敲诈勒索的证据，以后起诉或许用得上。”

“人都死了，还起诉什么。你们是不相信我的话吗？”

“这跟相信不相信没关系，这是法律程序。”

警察又问了几个问题，她都一一作了回答。他们没有确凿证据，只凭着一张借条，当然不能判定李素媛就是凶手。警察交代，让她保持手机畅通，后面还需要她配合，如果她哥哥回来，一定要及时报告。警察又说，陈广生这个案子，上头还比较关注，要尽快有个说法。她说有什么消息一定会跟他们说，她也想知道是谁干的。

她站在阳台上，怔怔地望着那辆警车驶出小区，消失在茫茫夜色里。她感觉身体里有什么东西正抽离出去，人也变得轻快起来。她想尽快回一趟文星镇，告诉母亲、告诉威威这个好消息：陈广生的确、真的是死了，从此她也不用躲躲藏藏了。

十

母亲留在文星镇，这是意料之中的事，但她心里还是有点失落。不仅仅是母亲的选择，还有跟威威的分别。她跟威威相处一年多，如今每天回家，没有这个毛茸茸的小家伙趴在身上撒娇卖萌，总觉得少了些什么。不过想到威威能够陪着母亲，也不是一件坏事。一个人有一个人的好处，可以不管不顾地做自己想做的事。第一件事是要筹措一笔资金，作为项目启动的经费，不需要太多，10 万就可以运转起来。

放在以前，10 万根本不算啥，那时公司每天流水都有好几万，账面上多的时候大约有几百万现金。但如今，想找人借 10 万不是一件容易的事。这几年跟朋友基本断绝往来，一联系就找人借钱，实在难以启齿。她尝试找了几个之前熟悉的朋友，不出意外都被委婉地拒绝了，有一个甚至连电话都不接。她想到跟威威父亲联系，看能不能找他周转。但回忆起之前那些争吵，想到离婚时的决绝，她又迟疑起来。实在不行，她就继续干现在这份工作，省吃俭用，攒两年应该也差不多了。

后来，她还是给威威父亲打了电话。电话里没有提到钱的事情（想想还是开不了口），说着说着就聊到威威。威威父亲说：“威威放假回来，工作的事情还没有着落，情绪不是太好，有点焦虑。”她说：“现在工作是不好找，你让威威不要挑，先就业，以后可以想办法跳槽。”威威父亲说：“话是这样讲，威威还是担心找不到工作，要不你跟他见个面，开导开导他。”她没料到威威父亲会这样说，愣了一会儿才说：“好啊，威威要是愿意见我，就给我发个信息。”威威父亲说：“我试试看，不一定能成。”

她对此不抱太大希望，她离开威威五年了，她知道五年对于一个青春期的男孩意味着什么。就算是见了面，她又能对威威说什么呢。她每天翻看手机，直到腊月二十八，也没有收到威威的信息。她想也没什么，不见面就不见面吧，她要放下这个执念。威威父亲也许只是随口一说，当不得真。就像当初离婚时约定她可以每年探视孩子，也从未真正实现过。有孩子自身的因素，也有威威父亲有意无意的阻挠，她知道事情没那么简单。她一直这样，说是放下，却总也放不下，过于仁慈就是她的弱点。李素辉大概也了解她的性格，永无止境地索取，直到她没有任何利用价值。

腊月二十九上午，她竟然收到一条信息！她以为是自己眼花，看了好几遍，她对着通讯录把 11 位手机号码念了一遍，确定就是威威发过来的。他说：“妈妈，除夕快乐！我回老家了，你什么时候方便，我想跟你见一面。”她斟酌修改了几遍，才回过去：“孩子，我随时有时间，明天上午可以吗？”威威说：“好的，有空时地址发我。”接下来的大半天，她都沉浸在一种难以置信的幸福中。威威，她的威威，主动提出跟她见面，毕竟是她的孩子，没有辜负那么多年的心血，血浓于水的亲情，谁也割不断。她在床上彻夜难以入眠，直到天空现出鱼肚白，才合上眼睛沉沉睡去。

见面的地方，选在文庙边的一家咖啡馆，离埃菲尔酒吧不远。她暂时不想让威威到她的住处去，地方小，里面乱糟糟的。约的时间是上午十点，她七点就爬起来，刷牙、洗脸、化妆，妆不能不化，但不能化太浓。她看着镜子里的自己，相比五年前她的确老了不少，皮肤可以敷粉，但眼角那一条条细密的鱼尾纹遮挡不住，岁月不饶人啊。她想，威威会不会认不出我来？要不我看到威威，先主动打招呼，这样可以避免尴尬。到咖啡馆才九点左右。她看到埃菲尔酒吧的大门上交叉贴着两条白纸，一把硕大的U形锁挂在外面。那座铁塔模型不知被谁推倒，躺在地上，上面落了灰尘和枯叶。她忽然想起那个红头发、戴耳环的年轻服务生，不知他去了哪里。

十点到了，威威还没有出现。他不会是跟她开玩笑吧。她本想发信息过去问问，又觉得自己太过心急，也许过几分钟就到。十点一刻左右，一个脸圆圆、微胖的年轻人出现在咖啡馆门口，穿一件白色羽绒服，应该就是威威。她有多少话想对威威说啊，不知道为什么，当威威真的出现在面前时，她却不知道该从哪里说起。她让威威坐下，让他看看想吃点什么，胳膊却碰到桌上的咖啡，打湿了台面。她连忙抽出纸巾擦拭起来，说：“不好意思、不好意思。”威威叫来服务生，帮忙收拾桌上的东西。

重新坐下来后，威威先打破沉默。他的声线变了，听起来有些低沉，不再是她记忆中那个稚嫩声音。威威说：“舅舅前段时间来找过我，说了很多你的事情，也许，也许我错怪你了。”他端起桌上的咖啡杯，抿了一小口。过了一会儿继续说：“你知道，我离开你的时候，才十三岁，爸爸不准我跟你联系，说你欠了很多钱，这辈子都还不清的钱，如果我跟你联系，我也要帮你一起还债，甚至今后工作都找不到——”

她使劲儿咬着嘴唇，眼泪还是止不住地流出来。威威继续说：“舅舅说不是这样的，说你是很好的人，我们这个家都靠你撑着，那些债也不全是你的问题，他说你吃了很多苦、受了很多委屈，但一直没有放弃，也没有逃避，你承担起许多不该你承担的责任。我犹豫了很久，想要不要跟你见面。后来舅舅告诉我一件事，他说你收养了一只流浪猫，猫的名字也叫威威，你每天都喊‘威威、威威’。我听了以后，心里特别不是滋味。这么多年，你一直给我发信息，其实我都看到了，但从来都不敢回。其实想想我也挺自私的，不就是担心自己所谓的前程吗，为此连自己的亲妈都不敢认。”

“威威，你别这样说，你爸爸的担心也不是没道理。”她擦去眼泪。

“带我去看看那只猫可以吗？”威威说，“我其实挺想见它的。”

“当然可以，我们正好一起去看看外婆，她一直念叨你。”

十一

抓着方向盘，她的心情慢慢平复下来。阳光肆意铺洒下来，萧瑟的田野点缀几丛新绿，路边野茶树结出淡粉或白色的花苞，暖风吹拂，春天就要来了。她想起李素辉之前对她说的话："威威以后回心转意了想明白了，还是会认你这个妈的。"他那时或许早有打算，会找威威把这一切说清楚，他出面是最合适的。她自己去说，威威还不一定会相信。只是李素辉到底去了哪里，为什么这么久都不跟她联系，真的跟她断绝往来了吗？还有嫂嫂，似乎也不准备回来，家里值钱的东西都带走了。

她问威威工作找得怎么样了，有没有意向单位。威威说："我暂时还不想就业，也不是找不到工作，而是没有自己满意的。我想去考研究生，考一所好一点的大学，以后出来选择的机会多一些。"她说："多读点书也好，妈妈就是吃了读书少的亏，做生意也要有文化、懂法律，不然吃了亏都不晓得怎么维护自己的权利。"威威说："可是爸爸想让我早点上班，你知道他的，学费不算太贵，一年也要一两万，他说继续供我读书有点困难。"她迟疑片刻道："我来想办法，总会有办法的。"威威说："我知道你也困难，我可以申请助学贷款。"她说："咱们能不贷就不贷，也没多少钱。"

她事先并没有跟母亲打电话。车子停在桥边，她带着威威下车，过了大桥，往家里走去。牛解凤看到她，说："这是谁啊，这么神气的后生。"她停下脚步说："这是我儿子威威。"牛解凤发出"啧啧"赞叹声，说："龙生龙凤生凤，还是你屋里出人才。"她笑笑没说什么。母亲抱着威威坐在门口晒太阳。她看到两个模糊身影朝她走过来，但不确定是谁来了。“是你啊，媛媛。”母亲抬起头。李素媛说：“妈，你猜猜今天还有谁来了？”她让威威蹲下来，抓着母亲的手，放到威威脸上。母亲抚摸着那张长着几颗粉刺的圆圆的脸。“威威，你是威威吗？”母亲喃喃道，眼泪沿着眼角的褶皱滑落下来。

母亲抓着威威的手，不知道在问些什么。威威只是点点头，或说“是”。他抱着“威威”，似乎很喜欢这个小东西。李素媛到后面去准备中饭。家里有现成的腊肉、活鸡、猪肉，后院菜地种着新鲜蔬菜。她在“乡村一家人张奶奶”学到一道新菜，叫茄子煲饭，她准备尝试一番，做给母亲和威威吃。张奶奶说：“每天给家人做饭，也是一种幸福。”她之前觉得这句话矫情，如今也体会到做饭的乐趣。小猫“威威”也许需要改一个名字，要不叫它小威，儿子就是大威。小威、大威，有一对打网球的双胞胎姐妹好像就叫这个名字，也不知道威威们能不能接受他们的新名字。

做饭的时候，她试着打了李素辉的电话，系统提示号码已停机，微信也发不过去。过年了也不给母亲打个电话，真是不应该。也许他们已经开始自己的新生活，过年了，祝福他们吧。不管怎样，李素辉心里是明白的，知道她为这个家付出了许多，说服威威回心转意来找她。他能有这个想法，她已经很满足了。傍晚五点不到，镇上的鞭炮声零星响起，接着越来越密集。“砰——”“轰——”“嗖——”“噼里啪啦——”有时候几户人家似乎约好一起放鞭炮，许多声音在耳边轰然炸响。混着硫黄味的烟尘从门缝和窗户涌入屋里，大家都咳了起来，小威似乎也咳了几声，三个人都笑了起来。

吃年夜饭的时候，威威问舅舅怎么没回来过年。母亲听到这话，脸上的笑容僵住了。李素媛赶紧说：“舅舅出去玩了，带着舅妈，不管他们。”威威似乎想起什么，问李素媛：“妈，埃菲尔行动是什么？”李素媛伸出去夹菜的筷子滞留在空中，不知要收回还是继续。过了一会儿，她才开口说：“你怎么知道埃菲尔行动？”威威说：“舅舅跟我说的，他说他要去执行埃菲尔行动，他说要帮你完成心愿，否则我们都没办法好好生活。”李素媛问：“他是什么时候跟你说的？”威威想了下说：“好像——好像是上个月。”

李素媛脑子里轰的一声，许多事情交织、碰撞在一起，她似乎想明白一些事情，又好像更加迷惑。不管如何，她需要给威威一个解释，一个合理的解释。她对威威说：“你还记得我之前跟别人开过一个酒吧，名字就叫埃菲尔，门口有一座铁塔仿制品，舅舅嘲笑我们说那个模型太 low，他说真正的埃菲尔铁塔有 300 多米，矗立在塞纳河畔，极为壮观。我说你又没亲眼见过，说那么多干吗。他说有一天他会去一趟巴黎，在铁塔下面拍一张照片给我看，我说你吹牛吧，没想到他真的去了。”威威说：“可是这跟我们的生活有什么关系？”李素媛说：“有时候人有执念，心里有这个想法，不去实现就没法好好生活。”威威说：“我也想去看看，老师在专业课上介绍过埃菲尔铁塔的复合拱和空间桁架结构，它不仅是法国的象征，也是世界建筑界少有的珍品——”

威威自顾自地说着，李素媛转过头去，脑子里乱糟糟的。有那么一刻，她仿佛看见李素辉骑了三天三夜的摩托车回到家里的情形。他回到家时浑身上下沾满尘土，走路时腿都伸不直，眼睛里布满血丝。母亲第一眼都没认出来，听到略带沙哑的声音，才知道儿子回来了。李素辉的第一句话是“我杀人了”。后来她知道那只是李素辉慌张时的说辞，他不可能杀人，也杀不了人的。她那颗怦怦乱跳的心脏渐渐缓和下来。

她对威威说：“我会带你去的，去看看真正的埃菲尔铁塔，小猫咪也带着去。”母亲眯缝着眼睛，一脸茫然。“你们在说什么？铁塔还能飞？素辉崽什么时候回来？我藏在被子里面的5000块钱找不到，是不是你嫂嫂拿走了？那是我的养老钱、棺材本，喊他们回来，有什么事当面讲清楚，不要欺负我看不到，我心里清楚得很——”

告别文星镇

那年夏天，文星镇搬来一对陌生男女。年纪不大，看起来三十出头。男的穿白色衬衣，头发梳得整整齐齐。跟人说话时，经常不自觉地抬起右手，把掉到额前的头发捋上去（不久头发又掉下来）。他的手指细长而灵活，喜欢用大拇指挨个按压关节，发出“咔咔咔”的声音。女的面容姣好，有一种镇上女人少见的白皙。话不多，看到不熟悉的人，只顾抿着嘴微笑。父亲说，他们是租客，今后可能长期住在我们家。镇上外来人口本来就少，“租客”之类更是闻所未闻。

父亲并未告诉我，他们从哪里来、叫什么、为什么住在文星镇。我只知道那男的姓胡，我叫他胡叔叔。而女的，姓什么也不甚明了，母亲含糊称她妹妹。不过这并不要紧。女的很少外出，避免人们称呼上的困难。他们住在我家后院的小房间——原本是用来堆放杂物的地方。那时，父亲1000多块的工资，养活一家五口，生活极为拮据。教书之余，他经常外出揽些水电或木工活计。那间房屋租给他们，一年本来准备收三千，后来打了个折，两千五。母亲颇有经济头脑，她认为刚开始不能收太多，等人家安顿下来，住习惯了，再慢慢涨钱。如此，我们就有一个长期稳定的收入，好比家里养了一头奶牛。母亲甚至盘算着今后怎么花这笔钱。她要给上中专的大姐生活费，给二姐治病，反正家里用钱的地方多了。

胡叔叔刚到文星镇时，身上并没有带多少行李。没有田地家产，还要交房租，这让许多人为他担心。他很快打消我们的疑虑。像我前面说的，他有一双灵巧的手，他靠这双手吃饭。他几乎能修理所有跟机械有关的东西，小到手表、火机，大到水泵、缝纫机、电视机、柴油机。在此之前，家里的电器、机械坏了，人们会送到李四眼的修理店。如果东西比较沉重，还要找人抬过去。李四眼照例眯缝着近视眼，漫不经心说："忙着呢，先放那里吧。"人们只好在堆满废旧电器的房间，收拾出一个角落，把东西放下来。过了三五天去看，东西一动未动。可是我们对李四眼毫无办法。他是镇上唯一的修理师傅，修与不修、快或慢，完全取决于他的心情。胡叔叔不一样，他不需要别人把东西送过来，而是自己带着工具上门。如果是小毛病，捣鼓几下，立马就能修好。需要换零配件什么的，他会自己或托人到县城去买，再上门更换。收费也公道。这让李四眼的生意冷清许多。

胡叔叔用白铁皮箍了炉灶，在后院拉出一根晾衣绳，用废木头敲打出一架鸡鸭笼，又去集市上买来锅碗瓢盆。母亲送给他们一床旧棉被、两排蜂窝煤和十来对雏鸡雏鸭。小姨（胡叔叔的妻子）则花了一整天工夫，把屋子里那些蛛网、灰尘、虫卵、蚁穴清理干净，将那间杂乱房屋收拾出家的模样。那天傍晚，胡叔叔趴在地上被烟熏得泪水淋淋，终于让蜂窝煤发出红光时说：“新生活开始了！”

胡叔叔的到来，让镇上死水般的生活有了波澜。第一个到我家抗议的，正是开修理店的李四眼。他透过厚重的玻璃镜片，眨巴着眼睛说：“李老师，文星镇好多年都是没有外姓人的，你让一个姓胡的住在家里，还带着女眷，来路不明，谁知道他们之前做过什么——”他压低声音，神神秘秘道：“我看小胡两口子不像什么好人，不会是逃犯吧？”父亲正色道：“你瞎说什么，小胡是我们家远房亲戚，暂时住一段时间，哪个家里没有客呢？”李四眼冷笑道：“你这个远房也够远的，还讲普通话，谁知道是真是假？你是不是到张所那里备个案，也让大家放心。”父亲说：“这个心就不用你操了。”李四眼说：“咱们走着瞧！”

等他走了，父亲对我们说：“四眼仔扯七扯八，说到底，还不是害怕小胡抢他生意，自己水平不行，还装模作样，要是他搞得好，人家何必让小胡去修？”母亲点头称是，她说：“他就是这种人，见不得别人好。你要防着他一点，免得把我们的‘奶牛’赶跑了。”父亲说：“嘴上说说而已，借他个胆也不敢。”母亲说：“那不见得，还记得电视机的事吗？”母亲说的是早几年的事。李四眼不知从哪里搞来一批电视机，低价卖给镇上的人。没过多久，那些电视开始出现各种毛病，大家让他去修，修好不久又坏了。他之前没赚到的钱，后面加倍赚了回来。

那年暑假，父亲承揽下镇中学的保养工程。他在短短两个月完成几百张桌椅、床铺的维修工作，一个人决计做不完，就让胡叔叔帮忙搭把手。两个人每天天不亮就赶到学校，在学校里面整整干一天才回家。有时我也跟着他们，在一堆刨花和锯末中玩耍。胡叔叔有许多新花样，都是我闻所未闻的。他用木头给我做过一架自动航行的木船。那是一架设计精巧的器具。手掌大小的船体，有船架、后座、脚踏、转轴、飞轮、护罩等等。核心部件是拇指大小的电动机。依靠两节5号干电池驱动，能在水里行驶十来分钟。木船在池塘中开过，水面荡起一阵涟漪，就像巨轮从江面驶过。他给这艘船取名“文星号”，在上面刻了“WXH”三个字母。这些新奇的玩意，让李小勇极为羡慕。李四眼虽然有这些材料，但从来没有给自己的儿子做过玩具。三天两头还把小勇揍一顿——当他考试考砸的时候。小勇跟我抱怨：“他自己读书不行，考了五届都没考上大学，还能指望我有多大出息？”

我问胡叔叔怎么会做这么多东西。他告诉我，他在一家工厂里待过几年，专干维修，机械、电工、木工什么都会一点，后来工厂倒闭，工人下岗，大家都自寻生路。我又问：“为什么上我们这里来？”他笑笑不答。我问他在我家会住多久，他说：“还不清楚，要看你姨在这里习不习惯。”母亲对小姨很信赖，本来平时她也没时间管我（除了忙家务，母亲还要抽出时间打麻将）。小姨会给我做饭，教我读书，这让她省了不少心。但我不喜欢待在家里，我更愿意跟着胡叔叔。

刚到文星镇时，胡叔叔常被东弯西绕的街巷搞得一头雾水，出去就不知道如何回来。后来每次出去，就让我给他带路。他带着螺丝刀、万用表、电笔、电烙铁、绝缘胶布、润滑油等工具。到了别人家里，他先把外壳拆开，再用电笔或万用表这里戳戳、那里测测。大部分时候，只是很小的问题，拧紧某个螺丝、包扎某根电线、用电吹风吹去灰尘，或用电烙铁焊牢接头，那些瘫痪已久的东西又神奇地转动起来。这让我感到高兴，仿佛是自己修好了它们。

不只是我，镇上许多孩子都热爱胡叔叔。他是唯一愿意跟孩子玩的大人。我们经常缠着他，让他做链子枪、木船、铁环、钓竿，一起去河里洗澡、抓鱼。他买来雷管，带着我们去水坝炸鱼。雷管沉到水里，一声闷响。几秒钟后，那些大大小小的鱼全浮了上来，白色肚皮朝上。孩子们跳进水里，纷纷争抢那些被震晕的鱼。胡叔叔纵身跃进水里，在里面憋了许久才出来。他告诉我们，他是厂里的游泳冠军，1000 米自由泳，20 分钟游完。他横渡过长江，游了几个小时。他说，长江里的浪真大，一不小心就会被卷走，要顺势而动，不能使蛮力，文星镇这条河看着不起眼，最终也是流到长江去的，浩荡长江就是许多小溪汇集而成的。

大人们跟胡叔叔交往不多。他们对外来人多少有些成见，干脆敬而远之。还有一个现实问题：胡叔叔不会说本地话，这让他跟别人的沟通很困难。人们对于讲普通话这件事，有一种抵触甚至羞耻的心理。只有外面打工回来、见过世面的人，才会尝试用蹩脚的普通话跟他聊几句。这种交谈通常点到为止，胡叔叔不太愿意跟别人说过去的事。有次他对我说，文星镇什么都好，就是生活太单调，买不了书，看不了电影，电视频道翻来覆去就那几个。长久以来，我们并没觉得这是问题。大部分人只看过 CCTV6 播出的电影。他说："下次带你去县城看电影吧。"

这样的机会很快就来了。他去县城买配件时，带上了我。我们去五金店里买了一堆螺丝、轴承、垫圈、焊条、三极管之类的东西，然后来到电影院。那是一部港片，叫什么忘记了，讲的是卧底的故事。黑帮派人到警局做卧底，警局也安插人到黑帮做卧底。警察卧底不堪重压，想回归警队，可唯一知道他身份的上司却遭人杀害。黑帮卧底想脱离黑帮，成为一名真正的警察。两名卧底之间展开激烈对决。从闷热的录像厅出来，我还沉浸在枪战场面里，神情有些恍惚。走到拱桥上，看见许多金色的光从云层后射出，半边天空被染成橘红色，江面荡漾着一层浮动光影。胡叔叔伫立桥头，看了许久，直到夕阳沉入地平线，光线变得暗淡。他回过神来，问我："电影好看吗？"我想了想说："好看是好看，但我没明白，那警察到底是好人还是坏人。"他笑着说："傻小子，这世界上，好人坏人哪有那么黑白分明，好人一冲动也会干坏事，坏人也不是生出来就坏，你看胡叔叔像好人还是坏人？"我说："当然是好人。"他说："在有些人眼里，我就是坏人。"

胡叔叔无意跟李四眼过不去，他只是凭手艺糊口而已。如果不是后来发生的那件事，两人原本不会有太多交集。那天早上，李四眼带着一群人，气势汹汹冲进我家。"那姓胡的呢？""赶紧把他交出来！"父亲接待这批不速之客。李四眼情绪激昂地说了半天，我们总算明白是怎么回事。原来镇上李得志的老婆头天晚上触电死了。出事的冰箱，正是胡叔叔之前打开修过的。他们一口咬定，胡叔叔脱不了关系，一定要他出来给个说法。父亲说：

“人死不能复生，得志哥节哀顺变，等小胡回来，我一定跟他说。是他的责任，他一定不会推脱的。就算他负不起，还有我。”众人七嘴八舌道：“不行，我们要等他回来，他不回来我们就不走。”李四眼推推眼镜说：“好大的屁股坐好大的凳嘛，自己几斤几两都搞不清楚，还敢到别人家里搞七搞八，这不是害人嘛，好好的一个人，就这样没了性命，三个娃娃没了妈，你让得志哥怎么节哀？赔钱还是偿命，总要有个说法！”

等到晌午，胡叔叔终于回来。那帮人冲上来，团团围住，准备动手。父亲连忙挡住，对众人说：“有话好好说，打死人你们也脱不了干系。”胡叔叔倒也不怵，他捋了捋头发，挨个按压指关节：“东西确实是我修的，出了这种事，真的很对不起。但是我上次只是动了压缩机铜管，别的没碰。”李四眼说：“姓胡的，你不要东扯西扯，男子汉大丈夫，敢作敢当，是你搞出来的事就承认！”父亲说：“四眼仔，不要信口开河，是不是要到他屋里检查一遍，看看到底什么情况。”李四眼说：“检查个屁，人都死了，检查尸体吗？我劝你赔一笔钱，早点滚蛋！”

父亲还要说什么，却被胡叔叔拉扯住。他清清喉咙说：“我经手这个事，多少也有责任，我和李老师商量下，赔钱也好，走也好，给大家一个交代，你们看可不可以？”众人这才吵吵嚷嚷地离去。临走时，四眼还语重心长地对父亲说：“我早就跟你说过，不要把他们留在家里，养虎为患啊！”父亲哼了一声，并未搭理他。等他们走了，父亲才说：“小胡，你怎么能这样跟他们说？四眼仔他们明明就是敲诈！”胡叔叔叹气道：“人不在了，还有什么道理好讲。人在屋檐下，不得不低头啊。我年轻时就是太冲动，管不住自己，差点家毁人亡——”说到这里，他停了下来，一副若有所思的样子。后来，他凑了 5000 块钱，了却了这桩麻烦。

胡叔叔变得更加沉默。除了孩子，他很少跟镇上的人说话。有时候他跟小姨在后院里，会跟着收音机里的音乐跳舞。小姨看着文静，跳起舞来像换了个人。前进、后退、侧身，步伐利落干脆。胡叔叔反而有些笨拙，小姨经常埋怨他跟不上节奏。她硬要教我跳，可惜我个子太矮，没办法够得到她的腰。她抱着我，前后左右移动，甜腻笑声在耳边回响。小勇告诉我，李四眼对于此次胜利颇为得意。他在家里好好庆祝了一番。酒劲儿上来时，还对儿子说：“这个事儿不算完，迟早有一天，他要把姓胡的赶出文星镇。”小勇跟我一样，不希望胡叔叔走。

进腊月不久，胡叔叔跟父亲提出，要离开一段时间。具体多久，他自己也没把握，什么事情也没说。他和小姨简单收拾行李，就匆匆搭乘中巴，离开文星镇。每次我回到家里，看到后院空空荡荡，心中十分失落。他不在，少了许多乐趣。我不能跟着他走街串巷、理直气壮地到别人家去。那些跟电影、工厂、游泳池、大江大海有关的外部世界，变得虚无缥缈。那艘木船在池塘里翻了一次，沉至水面之下，电机部分进水，已经无法航行。父亲倒腾几次，最后也无能为力。

过完春节，胡叔叔仍杳无音信。我每天起床就问父亲：“他们什么时候回来？”父亲刚开始说：“过完元宵吧。”后来说正月过后。父亲的许诺一次次落空，他自己也含糊说：“我也不清楚，你去问你妈。”母亲说：“他们交了一年房租，还有好多东西在，不会就这样走掉的。他们要是真不住，我们倒是少了一笔收入，你姐姐今年还要去住院，到处都要花钱。”过了一会儿，她若有所思道：“不来也好，他们两个好好的城里不待，跑到我们这里来，三十几岁也不要孩子，总归不太正常。”父亲说：“你别胡说，就准你们去城里，不准人家到乡下，人家来有人家的道理。”

傍晚时，我一个人到广文桥上，看着夕阳缓缓垂落，河面从绯红变成青黑。一群灰鸭扑腾着翅膀，摇摇晃晃爬到岸上。几只鸟从水面掠过，斜斜刺入天空，直到与云层融为一体。如果我一直游，一直游，会不会在长江边看到他。他跟小姨去了哪里？不会回到城里工作了吧？他也许真的对文星镇失望，对李四眼这种人失望。我觉得自己愧对他，他教给我很多东西，我却不能为他做什么。

李四眼越来越确凿地相信，他的对手不会再出现了。他对人们说：“你们看吧，我就说外姓人靠不住，到头来还是靠我们本地人。”人们只好把那些坏掉的洗衣机、电视机、冰箱扛到李四眼家，然后遥遥无期地等待。他甚至屈尊到我家来了一趟，跟父亲握手言和。他对父亲说：“我个人对小胡没什么意见，我都是为了文星镇，为了乡亲们好，我们两家论起来还是亲戚，不要伤了和气。”父亲说：“不会不会。”他又说：“据省公安厅内部消息，有个逃犯最近在我们这边流窜，你们要当心点。你不要跟别人讲，免得引起恐慌，张所特意交代的。”父亲若无其事地说：“哦。”等他走了，母亲狠狠啐了一口：“黄鼠狼给鸡拜年，没安什么好心。”

文星镇重归庸常，这让我感到失落。胡叔叔就像一根火柴，擦亮之后迅速熄灭。温度犹存，却没有光亮。我对同龄人玩的游戏感到厌倦。我宁愿抱着一本书，躲在后院消磨时间。我暗自下了决心，等我长大，一定要离开这里。我想去胡叔叔说的城市，闻闻游泳池里消毒水的味道，看看江上真正的军舰和货轮。他说，巨轮从江上驶过，会发出低沉的“呜呜”声，很远很远的地方都能听到。

小勇已经上了初中。李四眼逼着他发奋学习，让他今后考高中，无论如何上个大学。他自己却意兴阑珊。他对我那艘船倒是很有兴致。他让我交给他，他求他爸修好，唯一条件是借他玩几天。我没答应。胡叔叔一定会回来的。不知道为什么，我很笃定地相信。我甚至梦见过几次，他带着我去河里游泳、抓鱼。

到了三月，雨水淅淅沥沥多了起来。每天早晚，总会下一场雨，路面湿漉漉的。树木、草丛绽放新芽，田野绿意葱茏，像是披上一层绿纱。雨越来越大，没日没夜地下。河里的水慢慢涨了起来，河水浑浊湍急，灌木和芦苇露出短短一截。低洼田地被大水淹没，庄稼横七竖八浮在水面。父亲说：“谷雨谷雨，说起来是应该下雨，但今年的雨不太正常，这样下去，迟早要出问题。”

在这样的天气里，胡叔叔带着小姨回来了。他的头发乱蓬蓬的，腮边、唇上长着细密胡茬，一副硕大墨镜遮挡住半张脸，如果不仔细看，一时还认不出来。他对我们说：“本想过完春节就过来，但有些事情耽误了，脱不开身。”“回来就好，回来就好，好多人盼着你们呢。”父亲言语中还有欣喜。母亲去集市上买了新鲜猪肉，又杀了只鸭子，做了一大桌子菜。我们像家人一样，庆贺再次团聚。

母亲抓着小姨的手说："我就知道你们会回来，你们不在，伟伟这孩子还不习惯，天天闷不作声，饭都不想吃，你看他瘦了好多。你们回来，我就放心了。以后就不要走啦，这里就是你们的家，我和老李就是你们的哥哥嫂子！"小姨抿着嘴笑了。胡叔叔说："这段时间挺牵挂你们的，特别想念嫂子做的菜，想念李大哥的红薯酒，也想念伟伟。"母亲说："那就住下来吧，别跑来跑去，以后有条件了买块地，盖个房子，再生个娃，就是真正的文星镇人。"大家都笑了起来。

四月，雨还没停。上游水库无法承受重压，开始开闸放水。镇子边上的河水位迅速增高，水面几次淹过桥面。河里出现许多我们从未见过的大鱼，十几斤甚至几十斤的鱼游着游着，就搁浅在岸边。镇上的人们像是着了魔，纷纷跑到河里捞鱼。李四眼也放下手上生意，买了两个大号网兜，带着小勇每天到河边。人们像过年一样，从河里把鱼抬回来，个个喜笑颜开。大家开始比谁捞的鱼更大，30斤、35斤、46斤、57斤，最大的甚至有78斤。开肠破肚之后，抹上盐，挂在门口风干。整个文星镇弥漫着一股浓烈的鱼腥味。好多人把这场旷日持久的雨，当成老天爷的恩赐——庄稼歉收，别的方面总要有所补偿。

我看着眼红，也想让胡叔叔带我去，他却不肯凑热闹。他忧心忡忡地对父亲说："李老师，还记得九八年的洪水吧，当时我们就住在长江边。洪峰八次过境，一次比一次厉害。我们好几次弃城而去，逃到山上。为了泄洪，好多城镇变成洪区，成千上万的人无家可归，连棺材板都漂在水面上。他们是不知道洪水的厉害呦！"父亲说："文星镇地势高，历史上没发过大水，应该没事的。”

胡叔叔没多说。他找来几条旧轮胎，打上补丁，充上气，放到水缸里确认没有气泡冒出来。又把十几根毛竹钉在一起，用绳子绑在轮胎上。我还以为他扎了船，带我去抓鱼。做好之后，他却把那竹排靠在墙上，没有下过水。他抽空给“文星号”换了电机，装上新电池。木船又能在水里开动起来。小勇顾不上跟我玩。李四眼每天下水都有收获，他正忙着帮他爸杀鱼、切鱼、腌鱼。李四眼让他送来吃不完的鱼肉。母亲用紫苏炖了给我们吃，跟平时吃的草鱼、鲢鱼之类确实不同，鱼肉有韧劲儿，但又不柴，醇厚有回味。母亲边吃边说：“四眼仔把水库里的鱼精鱼怪都抓了回来，要遭报应的哦。”可是我们也吃了啊，我想。

河水溢出堤岸，漫到街上。承包鱼塘的人损失惨重。鱼塘被淹没，整池鱼游进洪水里。街上甚至能捞到两三斤的鱼。地里的庄稼全报废了。父亲和胡叔叔用编织袋装上沙子，一包包堆在门口，防止水流进屋里。等街上的水没过膝盖，人们开始慌慌张张地往外撤离。我们在桌腿上系上大石头，把家里的电器搬到楼上。收拾家中值钱的东西，坐着胡叔叔的船往旁边的山坡转移。山上已经驻扎了不少人，以及他们赶出来的猪、牛。孩子们没见过这种场面，茫然中还有些兴奋。

此刻俯瞰文星镇，石桥、田地、池塘、街道、集市都消失了。除了青黑屋顶、红砖房屋，还有一片开阔的黄色汪洋。父亲和胡叔叔坐在石头上抽烟。父亲说：“今年遭殃了，谁知道会发这么大的洪水，房子被水一泡，不知道还能不能住。”胡叔叔说：“这种时候能保住命就好，等洪水退了，再想办法吧。”这时，李小勇跑过来，上气不接下气地说：“伯伯，快去救我爸啊，他还在家里没跑出来。”“怎么会呢？”“他让我先走，他舍不得那些大鱼，都想搬到楼上去，但洪水越来越大，到现在他和我妈还没出来，他们肯定困在里面了。”他已经哭了出来。

父亲连忙让他别哭，说马上去救他，胡叔叔却把他拉住：“我水性好，我去吧。”他一个人跨上竹排船，撑着一支竹篙，往镇上划去。我看着那艘船和船上的人渐渐缩小，消失在灰色雨雾中。从家里带出来的东西不多，但我没忘记那艘“文星号”。母亲说：“这时候你还带这种东西干吗？帮我们多背点米，还不知道在山上待几天呢。”我还是偷偷带出来。百无聊赖中，我和小勇把它放到水洼里，打开开关，它迟疑片刻，猛地往前冲，接着“轰隆隆”地开动起来。小勇说：“要是我们有这样一艘大船，文星镇发多大洪水都不怕。”我说：“长江上有很多这样的大船，胡叔叔说他还坐过，从武汉到重庆，一路沿江而上，峭壁悬崖，风光险峻。”

天色暗下来，竹排还未出现。小勇担心他父亲是不是抓了太多鱼，已经葬身鱼腹。而我则担心胡叔叔的竹排被水冲走，再好的水性也经不起这种汹涌波涛。小姨一脸焦急，嘴上念叨着：“要是他出事了，我可怎么办。”她一边说，一边抹起泪来。母亲抓着她的手说：“不会的，不会的。”父亲走来走去，沉着脸，狠狠抽着烟，一言未发。天完全黑了。白天隐约可见的文星镇，此刻完全淹没在黑暗中。小勇坐在地上，双手抱着头，低声呜咽，身体轻微抖动。

当竹排悄无声息地出现在面前时，所有人都吓了一跳。胡叔叔和李四眼一左一右划着桨，四眼老婆坐在后面。他们都湿透了，嘴唇乌紫，瑟瑟发抖。四眼老婆跳上岸来，抱住小勇泪水涟涟：“儿唉，我们差点见不到你。”小姨也抱住胡叔叔，大声哭了起来。换了干净衣服，他们才说起这次颇为惊险的经历。

去的时候还算顺利。李四眼和他老婆躲在屋里的阁楼，看着水一厘米一厘米地涨上来，感觉死神一步步向他们靠近。他们将手伸出窗外，挥动红布，期待有人来营救他们。但是过了很久，也没有人回应。四眼老婆责怪他：“不应该贪恋这些大鱼，今天搞不好要把小命丢在这里，要是我们不在了，小勇可怎么办。”四眼则说：“不会的，实在不行，抱块门板也能游出去。”两人等到天黑，好不容易盼来胡叔叔的救命船。上去之后，自然千恩万谢。四眼让胡叔叔大人有大量，不要计较之前那件事。他完全受李得志的蛊惑，利令智昏，才去帮别人出头的，真是吃力不讨好。那5000块钱他一分也没得，谁得了谁被水淹死，李四眼发了毒誓。正说着，竹排触了礁，好不容易挣脱出来，下面两个轮胎被扎破，漏光了气。没有轮胎，竹排虽能浮起，但毕竟吃水深，划动不易。他们轮流跳到水里，扶着竹排前行，好几次差点被洪水冲走。期间，他们看不清方向，还迷了路。四眼的眼镜也被水冲走，看什么东西都模模糊糊。再折腾回来，三人皆已精疲力竭。

“总之，这次多亏小胡兄弟！”李四眼最后说。

过了三天两夜，洪水才消退，天空中出现久违的阳光。我们像一群难民，蓬头垢面回到废墟般的家。那些家具东倒西歪，纷纷挪动了位置。一些能浮起来的东西，如瓢、脸盆、木槽、水桶之类，都不见了踪影。人们把家里的床、桌椅抬到空地上，让太阳把水汽晒干。放在楼上的东西还好，棉被、衣服受了潮，毕竟没浸水。镇上有几座泥瓦房，被水浸泡过后，轰然倒塌，所有的家当都埋在里面。我们清理了好几天，才把那些污泥、烂叶擦洗干净。父亲买来大瓶 84 消毒液，把屋子内外、前后进行消杀。有好几天，屋子里充斥着刺鼻的消毒水味。

经此一役，李四眼对胡叔叔的态度大为改观。他很热情地邀请胡叔叔去他家做客。胡叔叔再三推辞不过，只好带着我前往。两人在家中推杯换盏，俨然已经是最好的朋友。李四眼说，要跟胡叔叔一起，两人联手开家修理店，一个镇守店铺，一个上门服务，文星镇无人能及。至于收益嘛，两人五五分成。李四眼喝多就说："患难见真情，你我是生死之交，钱财乃身外之物，还有什么看不开的。"胡叔叔知道他只是说说而已，说自己漂泊未定，很多事情没办法做长久打算。

胡叔叔的离开毫无征兆。那天早上，母亲过来叫醒我，问我有没有看到他们。胡叔叔不在屋里还好说，小姨同时不见，就有些可疑，况且天还这么早。后院房间里的东西已经收拾过，地上清清爽爽。他们自己的东西，能带走的都带走了，桌上并没有留信。前一天晚上，他们也没有透露一丝离开的信息。父母到镇上四处寻找，我也到小勇家询问。大家碰到一起，最终一无所获。我们坐在家里，面面相觑，不知该说些什么。母亲叹气说："还是走了啊，住了还不到一年，我的租金可怎么办？"父亲抽着烟没答话。过了半晌，他才冒出一句："不应该啊。"

胡叔叔留给我的唯一念想，就是那艘"文星号"木船。但是他走后，我却对这物件失去了兴趣。我有一种莫名其妙的愤怒，甚至想把它一砸了之。他为什么这样对我？在他心里，我就是个无足轻重的孩子吧。可是我一直把他当作最好的朋友。我那些从没跟父亲说过的秘密，都跟他说了。他如果要走，至少要跟我私下说一声。小勇让我不要多想，既然走了，就不会再回来，他们本来也不会长久待在这里。我气呼呼地跟他说："这事跟你没关系，你别跟着瞎起哄。"

他们走后第二天，派出所找到我们家。张所上门详细询问情况，反复跟父亲核对胡叔叔的长相、生活习惯等细节。直到前几天，他们才确认住在我家的租客，正是从中部某城市逃窜至此的通缉犯。我们所说的"胡叔叔"，就是他们一直想抓捕归案的"胡洪峰"。张所说："此人犯了命案，在厂里失手杀了人，带着老婆逃出来的。此前已经待了好几个地方。他们嗅觉很灵敏，一有风吹草动就转移地方。这次在文星镇待的时间已经算长了，可惜还是晚了一步。"张所特意交代，只要有情况，务必第一时间向他们报告。父亲连忙回答："是是是。"

直到此时，我才知道胡叔叔的真名叫胡洪峰。

人们对于自己曾与逃犯共同生活的这件事，感到极为惶恐和后怕。有一段时间，母亲经常嘀咕："小胡怎么会是杀人犯呢？看起来不像啊。嗯，杀人犯也不会在脸上写字，应该是个好'杀人犯'吧，嗨，杀人犯哪有好的呢，无论如何，妹妹人还是不错的。"李四眼则认为他预言成真，大肆宣扬自己的先知先觉。他站在宗祠广场上，使劲儿抽吸鼻子，眨巴眼睛，用尖利的嗓音向众人宣告："我早就告诉过你们，那姓胡的不是什么好人，外姓人嘛——”每到这时，我就会想起胡叔叔带我去看电影的那个下午，想起两个卧底在天台上生死对决，想起水面上映出的金色霞光。他说：“好人坏人哪有那么黑白分明，好人一冲动也会干坏事。”

我捡起地上的一块石头，使劲儿往李四眼扔去，然后转身就跑。夏天的暖风从我的脸上拂过，破败的房屋从我身边退去，喧闹的人声从我耳畔消失。我跑啊跑，跑过潮湿的街巷，跑过寂静的田野，跑过清澈的河流，跑过尘土飞扬的马路。仿佛这样跑下去，就能跑出文星镇，跑到长江边，看到那缓缓开动的巨轮。

后　记

无法告别的故乡

《告别文星镇》收录的小说大多写于2019年之后。那一年，我的散文集《勿忘心安》大部分文稿都已完成。看着将要印成纸质书的电子文档，我心中充满欢喜，同时又有一种“言不尽意”的惆怅。散文质朴真诚、直抒胸臆，为我记录下某一个时刻的心情、心意。但那些记忆深处的情绪、影影绰绰的往事，似乎不是散文这个文体所能承载的。有些人和事我印象深刻，但只知晓片段、瞬间，或者残存模糊记忆。对小说而言，“虚构即真实”。我可以放手将那些片段、瞬间、模糊记忆扩充放大，往里面增添想象，编织出一个个虚实莫辨、结构严整的故事。

写这些小说的时候，我没有刻意写成一个系列。合集出版，我才发现自己在反复书写一个主题：出走与归来。我在《勿忘心安》后记里写道："在城里生活，却很难真正做一个城里人。回到乡村，又感觉格格不入，为那种改变或不变感到悲哀。每次回到乡村，都有一种物是人非的感觉。我所熟悉的人渐渐凋零，我所熟悉的乡村景色、风俗渐渐衰落。"小说对这个主题的探讨更深入。《猫头鹰》中几次返回文星镇的疯子李如泉；《充气城堡》中在城里惶惶度日、回到镇上才安心的牛解风；《文星塔下》中来到小镇寻找父亲的年轻人晓勇；《青白》中回到文星镇开服装店的青白；《翻越南风坳》里一心想出去闯荡的真真；《黑色钢笔》中魂归故里又无处安放的阿亮；《告别文星镇》中来到文星镇又悄无声息离开的胡叔叔。小说中的人鲜有完满的结局，他们在城市和乡村之间彷徨，在出走和归来之间挣扎，不知道该如何选择。也许每做出一种选择，就意味着放弃一些东西。

散文家沈书枝身居北京，以写皖南乡下风物见长。她在《乡下的晨昏》中写道："这是一条真正通往告别的路。一次次的返回与离开，感受那身处其中的疏离、安慰、孤独、残缺与伤痛，用自己所能有的方式做一些事情，也许也包括记下它们，便是完成我们生命的一部分。"我写下这些小说，似乎也是为了跟故乡好好告别，只是这种告别不像"我挥一挥衣袖 / 不带走一片云彩"那么洒脱。加拿大作家阿利斯泰尔·麦克劳德的祖辈几代人都在布雷顿角岛从事地下煤矿开采工作。他在小说中写道："地下的水你喝上一口，就会一直再想回去喝。那种水会渗进你的血液里。我们的血管里都有。"我和故乡大抵也是这种血肉相连的关系。明明知道自己回不去，但那里有你喝过的井水、嬉戏过的河流、劳作过的土地，以及埋葬祖辈先人的山川。每天在城市里生活，身体却流淌着故乡的血液。

乔伊斯《都柏林人》、奈保尔《米格尔街》、科塔萨尔《被占的宅子》、奥兹《乡村生活图景》、福克纳《献给爱米丽的一朵玫瑰花》、雪梨·杰克逊《摸彩》、麦克劳德《海风中失落的血色馈赠》等，都是我心仪的短篇小说。短篇小说是普通写作者最易上手，又很难写出新意的体裁。放眼世界文坛，各种范式、各种题材、各种类型的短篇小说几乎穷尽所有可能。看得多了，常常感到绝望。但绝望之余，又忍不住写下我所知道的故事。米格尔街上形形色色的人们与文星镇人生活境况如此相似。与七个男人生了八个孩子的劳拉，从未为自己的悲惨生活哭泣过，但得知女儿可能重复自己的命运时，却发出了整条街都能听到的痛哭声。文星镇上未成年就出去打工的女孩，几经辗转，或许也经历过劳拉类似的命运。最后一篇《告别米格尔街》，直接启发我写下“告别文星镇”这个标题。

近些年来，每次跟父母通话，听到最多、对我触动最大的就是老家乡亲的相继离世。有的是年迈的长辈，有的其实比我大不了几岁。文星塔下那片荒地被我描绘为年轻亡者的魂归之地。衰老、疾病、贫穷、纵欲、触犯法律等等，都是造成死亡的原因。在父母看来，死亡是归宿，也是日常。死亡是一声叹息、一份帛金、一次别离、一场乡村嘉年华。但对我而言，或许是一篇小说的缘起。夜深人静时，脑海里会浮现出那些熟悉的人，我想尝试进入他们的生命，为何至于此，何事至于此。我在小说里写道：“那些死去的人魂魄飘荡在村庄上空，萦绕在房屋之间，生和死触手可及。”在我的故乡，生与死的界限没有那么泾渭分明。

我在文学上的才华有限，但这不妨碍我用小说这种形式记录故乡的人。那些命如草芥、面目模糊的乡亲，不是因为我的书写，永远不可能被世人所知晓。对世界而言，他们是“沉默的大多数”；对我来说，却是不能忘却和放下的“极少数”。我不可能像散文那样如实记录他们的生活，而是将他们的长相、性格、经历糅合在一起，塑造成小说人物。《西湖》杂志李璐在一篇评论文章中写道：“邝立新的小说为从文星镇（亦是所有的小镇）出走、漂泊的灵魂寻到一片安居之地，也为时代变迁中纷繁的人与事留下了纪念。”这或许是我写作的最大的动力。

文星镇自然不是一个真实存在的地方，但与我的故乡有千丝万缕的联系。小说集最重要的意象——文星塔确有其事。今年春节，我还去看修缮一新的文星塔。与我记忆中那座“破败不堪”“轰然倒塌”的塔不一样，它过于干净，也过于真切。网红、直播、抖音、拼多多、麦当劳、星巴克等正侵入乡村，年轻人返乡，乡下人进城，新的时代潮流与旧的风俗人情交织。这种撕扯、分裂、对抗，正是小说滋生的土壤。也许我需要重新观察和思考，写出一本新的“文星镇小说集”。